ミネルヴァ日本評伝選

福田恆存

人間は弱い

川久保剛 著

ミネルヴァ書房

刊行の趣意

「学問は歴史に極まり候ことに候」とは、先哲荻生徂徠のことばである。

歴史のなかにこそ人間の智恵は宿されている。人間の愚かさもそこにはあらわだ。この歴史を探り、歴史に学んでこそ、人間はようやくみずからの正体を知り、いくらかは賢くなることができる。新しい勇気を得て未来に向かうことができる。徂徠はそう言いたかったのだろう。

「ミネルヴァ日本評伝選」は、私たちの直接の先人について、この人間知を学びなおそうという試みである。日本列島の過去に生きた人々の言行を、深く、くわしく探って、そこに現代への批判を聴きとろうとする試みである。日本人ばかりではない。列島の歴史にかかわった多くの異国の人々の声にも耳を傾けよう。

先人たちの書き残した文章をそのひだにまで立ち入って読み、彼らの旅した跡をたどりなおし、彼らのなしとげた事業を広い文脈のなかで注意深く観察しなおす――そのとき、はじめて先人たちはいまの私たちのかたわらによみがえってくる。彼らのなまの声で歴史の智恵を、また人間であることのよろこびと苦しみを、私たちに伝えてくれもするだろう。

この「評伝選」のつらなりのなかから、列島の歴史はおのずからその複雑さと奥ゆきの深さをもって浮かび上がってくるはずだ。これを読むとき、私たちのなかに新たな自信と勇気が湧いてきて、その矜持と勇気をもって「グローバリゼーション」の世紀に立ち向かってゆくことができる――そのような「ミネルヴァ日本評伝選」にしたいと、私たちは願っている。

平成十五年（二〇〇三）九月

上横手雅敬
芳賀　徹

「ハムレット」の頃
（昭和30年）

大磯の海岸で妻と（昭和24年）

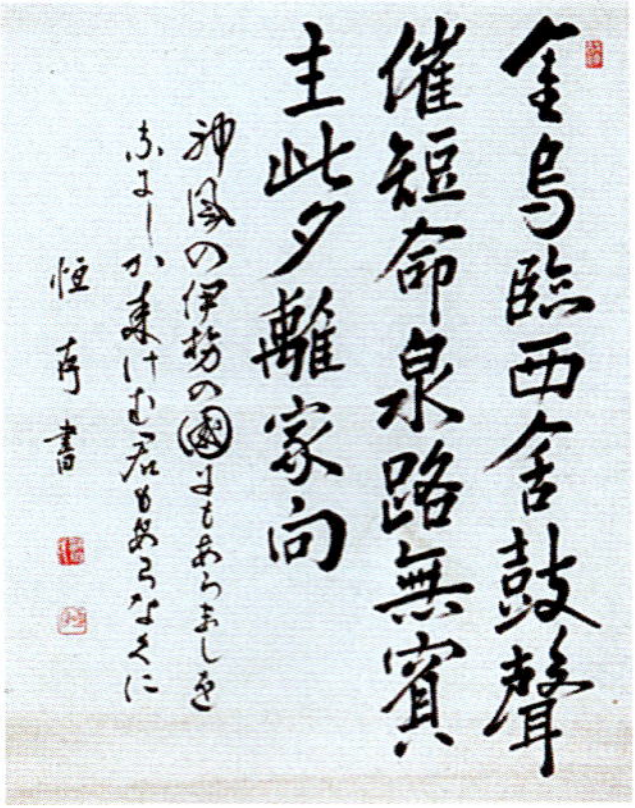

福田揮毫による大津皇子と大来皇女の歌

『人間・この劇的なるもの』
（新潮社，昭和31年）

はじめに

ある科学史家から、こんな話を聞いた。

昭和のある日のこと、ヨーロッパ人学者を招いて、勉強会がもたれた。日本人学者たちは、彼を囲んで、西欧の思想・文化について、長時間にわたり、侃々諤々の議論を闘わせた。いつしか陽も落ち、酒を酌み交わしての懇親会となった。和やかな雰囲気の中で、科学史家は、こうヨーロッパ人学者に語りかけた。

僕たち日本人はヨーロッパのことを熱心に勉強している。
君たちヨーロッパ人も、もう少し日本のことを勉強してくれてもいいんじゃないか。

すると、その場にいた福田恆存《ふくだつねあり》が、ヨーロッパ人学者がこたえるより前に、こう、言った。

それは違うよ。

これは、対称性の問題じゃないんだ。

たとえば僕は、シェイクスピアに惚れた。

だから西欧について勉強したいと思った。

だから、日本に本当に良いものがあれば、ヨーロッパ人も日本について勉強したいと思うようになるんじゃないか。

問題は、僕たちにあるんだよ。


その場に、さわやかな風が吹きぬけるのを、科学史家は感じた。


かように福田は、自由だった。

そして、自然に生まれてくるものを大事にした。

人間に対する信頼があったからだ。


その卓越した精神で昭和日本に屹立した福田恆存。本書では、この稀有な批評家兼演劇人の思想と生涯に迫ろう。

福田恆存——人間は弱い

目次

目　次

図版写真一覧

福田恆存（昭和三二年）（撮影・田沼武能）……カバー写真
「ハムレット」の頃（昭和三〇年）（『福田恆存評論集』第四巻、麗澤大学出版会、平成二一年より）……口絵一頁
大磯の海岸で妻と（昭和二四年）（『福田恆存評論集』別巻、麗澤大学出版会、平成二三年より）……口絵二頁上
『人間・この劇的なるもの』（新潮社、昭和三一年）……口絵二頁下右
福田揮毫による大津皇子と大来皇女の歌（『福田恆存評論集』別巻、麗澤大学出版会、平成二三年より）……口絵二頁下左

大正時代・関東大震災前の錦華小学校（『錦華の百年』錦華小学校創立百年記念会、昭和四九年より）……6
関東大震災当時の神田界隈（『錦華の百年』錦華小学校創立百年記念会、昭和四九年より）……10
二中時代の福田（『福田恆存評論集』別巻、麗澤大学出版会、平成二三年より）……11
浦和高等学校校舎（『瑤沙抄誌——旧制高等学校物語 浦高篇』財界評論社、昭和四〇年より）……15
「我国新劇運動の過去と現在」（部分）（『浦高時報』第二八号、昭和七年六月一四日より）……19
築地座の機関紙（昭和八年二月）……21
小林秀雄（昭和七年頃）（『小林秀雄全集』第二巻、新潮社、平成一三年より）……25

文学座アトリエ（写真提供・文学座）……151
横の会（昭和三二年）（写真提供・藤田三男編集事務所）……156
「ハムレット」稽古中の福田と芥川（昭和三〇年）（『福田恆存評論集』別巻、麗澤大学出版会、
平成二三年より）……158
「解つてたまるか！」（福田恆存『解つてたまるか！・億萬長者夫人』新潮社、昭和四三年より）……167
三百人劇場竣工時の福田（昭和四九年）（写真提供・文藝春秋）……171
チャタレイ裁判最終弁論の日（昭和二六年）（『伊藤整全集』第一二巻、月報、新潮社、
昭和四九年より。撮影・大竹新助）……177
『聲』創刊号（昭和三三年）……198
『中央公論』（昭和二九年一二月号）……205
嶋中鵬二（写真提供・嶋中行雄）……208
田中美知太郎（昭和三九年）（『田中美知太郎全集』増補版第一〇巻、月報、筑摩書房、
昭和六三年より）……215
『諸君』創刊号（昭和四四年七月号）……216

凡例

・資料の引用に際しては、表記を改めるなど、修正を施した場合がある。
・引用中の［　］は筆者による注記を意味する。
・読者の便宜のために適宜ルビを付した。
・『福田恆存全集』（文藝春秋）の各巻末に付された「覚書」を参照した場合の出典注記は、『福田恆存全集』を省略し、「覚書」とした。

第一章　生い立ち――福田の原風景

1　誕生から中学時代まで

大正元年、東京に誕生

福田恆存は、大正元年（一九一二）八月二五日、父・幸四郎とその妻・まさの長男として、東京に誕生した。大正時代は、都市部を中心に、近代化が進展した時代。いうまでもなく東京は、その動向の中心にあった。福田は、そうした環境を背景にして、育っていった。福田のあと、悠紀枝、妙子、二郎、伸子が生まれており、二郎は幼くして亡くなっている。

サラリーマンの父

父・幸四郎は、埼玉県大宮の生まれ。四人兄弟の末っ子だった。実家は、庄屋格だったようだが、没落したという。兄はいずれも職人（簞笥作り）になったが、幸四郎だけは、サラリーマンになった。小学校を出ただけで、あとは独学だった。

大正の当時、サラリーマンは、モダンな職業だった。ちょうどサラリーマンが増加し、都市部を中心に、中間階層が台頭しつつある時期だった。幸四郎は、そうした時代の波のなかにいた。

勤務先は、東京電燈株式会社。日本で最初の電力会社である。結婚した頃は、小石川区の営業所長を務めていた。職場では、当時「柱登り」と呼ばれた工夫たちをたくさん抱えていた。そういう意味では、モダンというよりは、職人的な雰囲気の職場だったといえるかもしれない。

書家としての顔

幸四郎には、書家としての顔もあった。明治から大正にかけて書道界に重きをなした大家に西川春洞《しゅんどう》がいる。彼には、春洞七福神と称された七人の高弟がいた。幸四郎は、その一人である安本春湖《しゅんこ》の門人となり、秋湖という号を授けられている。会社を退職後は、書道教授をして家族を養った。

福田も、大学卒業後の一時期、幼馴染の高橋義孝《よしたか》（評論家・ドイツ文学者）の発意で、父について書を習っている。また、物書きになって以後も、大家の田中眞洲《しんしゅう》に師事するなどして、書に親しんでいる。『福田恆存全集』（文藝春秋）をはじめとするいくつかの福田の著作物の題字は、田中眞洲の筆になるものである。

芝居好きの母

母・まさは、東京八丁堀の生まれで、父は職人、先祖は伊豆から出てきた石工だった。このように福田の親族は、職人揃いである。

小学校を出たあと、平岡熙《ひろし》男爵（明治・大正期の実業家）の家に行儀見習いに入り、その後、幸四郎と結婚している。

まさは、お芝居を見るのが好きで、まだ三つか四つの頃から、福田を連れて、劇場に出かけた。その後も、家族揃って、神田の立花亭、神保町の末広亭、上野の鈴本などに足を運び、歌舞伎や能、狂言に親しむのが、福田家の習慣となる。

こうした家庭環境の影響もあろう、福田と妹の妙子が、のちに演劇の道に進むことになる。

自然ゆたかな下町

福田は、本郷（東片町）に生まれた。しかし学齢に達する頃から神田（錦町）に移り住み、この東京を代表する下町で育つことになる。当時の東京の下町は、自然が豊かだった。福田は、次のように回想している。

まだ私が子供のころ、下町にも所々に椎や欅の大木などがあり、鳥や雀はもちろんのこと、夏の夕空には蝙蝠がとび、秋になれば、赤とんぼがやつてきた。

（「震災の役割（きのふけふ）」『朝日新聞』昭和三一年九月四日）

その頃の東京には、季節感が自然とともに生きてゐたのである。そしてそれは私たちの日常生活のうちに、風俗のうちにもしみこんでゐた。私は東京の下町の夏を愛した。

（「季節について」『坐り心地の悪い椅子』新潮社、昭和三二年所収、昭和二六年一二月二日執筆）

江戸文化の面影

当時の神田は、江戸情緒の面影も残していた。福田の家の近所にも、清元のお師匠さんなどが住んでいた。家並みや小路にも、江戸の「残り香」があった。

また母方の実家に遊びにいくと、よく祖父が『南総里見八犬伝』などを読んで聞かせてくれたという（「覚書一」）。

そもそも福田の名付け親となったのは、石橋思案《しあん》だった。思案といえば、尾崎紅葉らとともに、江戸の戯作の再興を唱え、硯友社を起こした小説家である。作風が江戸時代後期の劇作者・為永春水《ためながしゅんすい》に似ていることから、「今様春水」と称された。

当時思案は、文人町であった小石川区（現在の文京区）の金富町《きんとみちょう》にいたが、そこは幸四郎の勤務する出張所の管内だった。そうしたことも関係してか、幸四郎と思案との間にはなんらかの接点があったらしい。

このように福田には、江戸の町人文化の伝統が流れ込んでいるといえる。福田には、ヤボを嫌い、イキを好むところや、ニセモノとホンモノに敏感なところ、つまり江戸っ子気質がみられたが、それはこのような背景によって形成されたものということができよう。

恒存という名前

ところで「恒存」という名は、孟子の「盡心《じんしん》章句（上）」にある「人之有ル二徳慧術智一者、恒ニ存リ二乎疢疾ニ一」という文言から採られたという。福田はいう。

　徳慧術智の方はいざ知らず、問題なのはその後の文句である。疢疾《ちんしつ》は熱病、災厄だが、それに続けて孤臣（君主に嫌はれ捨てられた臣）や孽子《げつし》（妾腹の子）の類ひは、不遇のゆゑに心を引締めて畏れ慎み、物事を深く心配して掛る、それゆゑに却つて思慮が行き届く、「故に達す」とある。この

「故達」まで来ればいいのだが、途中が一苦労だ、疾疾を文字通り熱病の意に解すれば、私は六つの年に肋膜炎、赤痢、ヂフテリアと三つの熱病を続け様にやつた。また私は捨てられた臣でも妾の子でもないが、彼等がいづれも孤独であり、私も孤独だつたことだけは当つてゐる。名前もさう馬鹿には出来ない。（「覚書一」）

ただ、それによって、「徳慧術智」への道を歩んだという点においても、恆存という名は「当つてゐる」といえる。

福田のいう「孤独」の意味については次第に明らかとなろう。

職人気質

ところで、神田はまた、東京を代表する職人の町でもあった。福田の家の近所にも、鳶の頭や鍛冶屋、ブリキ屋などが軒を連ねていた。そして前述のように、福田の親族には、職人が多かった。

そうしたところから、福田のなかには、職人に対する「憧れ」がかたちづくられていった。「四角いものを四角いといって原稿料をかせぐのは、ちょっと気がひけ」るという福田の「職人芸」を重んじる志向（大宅壮一・福田恆存「人物料理教室」『週刊文春』昭和四〇年三月二九日号）や、潔癖を好む「職人気質」は、こうした背景から説明することができよう。

福田自身、自分のことを、「良くも悪しくも気質は職人」（「覚書一」）と述べている。また福田の義弟にあたる作家の菊村到《いたる》も、「下町職人気質が潔癖な形で古風に残った人」と評している（兼子昭一

大正時代・関東大震災前の錦華小学校
1200名を超える児童が在学
（『錦華の百年』より）

郎「現代の名工　福田恆存の孤独」『正論』平成七年二月号）。

のちに福田は、職人論も展開する。それは、職人を軽視する戦後日本の風潮に対立するものであった。

大正リベラリズム・デモクラシー教育

福田は、大正八年に、錦華《きんか》小学校に入学する。名門校（創立は明治六年）ということで、父親に促されて、学区外から入学した。

当時、錦華小学校は、大正リベラリズム（自由主義）・デモクラシー（民主主義）教育の先進校として注目を浴びていた。

大正リベラリズム・デモクラシー教育は、生徒の個性と人格、自主性を重んじる点に特徴がある。これは、画一的・注入的であった明治教育の見直しという性格をもっている。

錦華小学校では、次のような取り組みが行われていた。

第一に、自学自習や自由研究の時間の導入である。これは当時のカリキュラムにおいては画期的なことであった。第二に、工作における自由画の導入である。課題画一辺倒の時代に、自由画を取り入れたのである。同校では、昭和になると、作文においても自由題目が取り入れられるようになった。こうした取り組みによって、錦華小学校は全国的に注目を浴びることになった。

このように福田は、最先端の大正リベラリズム教育の恩恵に浴した。

しかし福田少年には、次のように大正リベラリズム教育の進め方に関する疑問もあった。福田が小学校五年生のとき、関東大震災（大正一二年九月一日）が起こった。東京は灰燼に帰した。多くの市民が、しばらくのあいだ地方に避難生活を送ることになった。福田も同様であった。

福田少年の反感

福田が学校に戻ったのは、翌年の三月だった。試験にはなんとか間に合った。終業式を数日後に控えたある日、福田は担任のK先生に校庭の隅に呼び出される。福田は、三年四年と優等を続けており、試験の結果、今学年も優等の資格はじゅうぶんにあるのだが、それをM君にゆずってもらえないかという相談だった。福田は二学期を全休しているが、M君は、学校が再開するとすぐに通ってきた。しかし試験の結果は、優等の次点だったというのである。

少し長くなるが、ここからは福田の回顧を引用しよう。

そのことに私は不平をいだきませんでした。K先生からその話を聴いてゐるときも、私のうちに不満の感情はぜんぜん生じなかつた。私は実質的に優等なのです。それで満足でした。しかも、そのうへ、友人に優等を譲り、先生の顔をたて、自分は平及第にたへるといふ「英雄的な悲壮感」も味はへたのであります。文句をいふべき筋あひではありません。それにもかかはらず、そのとき、K先生の話を聴いてゐた私が感じたものは、いひやうのない不快感だつた。さういふ打明け話をする先生にたいして、私は子供心に不快を感じたのです。いや、それ以上でした。私はほとんど軽蔑に近い感情をその先生にいだいたのであります。いま大人である私がではなく、当時子供の私がはつきりそれを感じとつてゐたのです。今日流にいへば、K先生の態度は「民主主義的」といふものでせう。児童を一個の人格として対等に扱ひ、職員会議の内情を明してくれたのですから。しかし、それは今日流に考へても行きすぎではなかつたか。その証拠に、とにかく私は不愉快だつた。「一個の人格として対等に」扱はれてゐるといふ喜びなど皆無だつたのです。(中略)私は決して一個の人格として扱はれてゐたのではない。児童を一個の人格として扱ふべしといふ「教育理論」の実験に使はれただけです。それも、私だけではない。K先生その人も「新教育理論」の道具にすぎなかつたのです。私の眼の前にゐた先生も一個の人格ではなかつた。

当時、子供の私がそれだけの分析をしたといふのではない。が、今でもそのときのK先生の表情をはつきりおぼえてをります。そこにはふやけた笑顔があつた。その「理解のある」笑顔に私は虚偽を感じとつたのです。それは、人格と人格とが生きて相対してゐないといふ感じ、先生と自分との間の人間関係が本物ではないといふ感じであります。教師が怒りに任せて生徒を打つときにも感じられる生きた人格の真実が、そこには欠けてゐたのです。(中略)このばあひ教師は相手の生徒を信じてゐないばかりでなく、それにたいする自分の態度にも信を置いてゐない。といふことは、結局、人間相互の接触において、最初にあるべきもの、そして最後に残るべきものである自然発生的なものを信じてゐないといふことです。つまりは人間不信ではないか。

(「教育・その本質」『新潮』昭和三二年九月号)

大正リベラリズム・デモクラシー教育という「新教育理論」を実践することに自己陶酔している教師に対する反感といえよう。ニセモノとホンモノの違いに敏感な福田ならではの反応とも言える。

夏目漱石、永井龍男、そして高橋義孝

ところで錦華小学校は、明治の文豪・夏目漱石が卒業したことでも知られる。また昭和の作家・永井龍男も同校の卒業生である。永井は、福田と同じく、職人を愛惜したことでも知られている。彼の小説『石版東京図絵』は、ほろびゆく職人のくらしを描いたものである。ちなみに同書の「あとがき」では、職人に関する本がいくつか紹介されている。その一つである斎藤隆介『職人衆昔ばなし』（文藝春秋、昭和四二年）の序文は、福田の手になる。

評論家の坪内祐三によれば、福田の「最晩年、大磯にあるそのお宅を私が訪れた時、福田さんは私に、もう作家論には興味がないのだけれど、永井龍男論だけは書いておきたかった」（「解説」『福田恆存文芸論集』講談社、平成一六年）と話したそうである。

同級生には、前述の高橋義孝がいた。高橋は、中学校でも同級生となり福田の青年時代を通じての友人となる。

なお、錦華小学校は、平成に入ってから、小川小学校、西神田小学校と合併し、現在、お茶の水小学校となっている。校庭脇には、『坊っちゃん』の碑が立っている。

関東大震災による「故郷喪失」

前述のように、小学校五年のとき、福田の人生に大きな影響を与える出来事が起きる。大正一二年（九月一日）の関東大震災である。マグニチュード七・九。東京に未曾有の被害がもたらされた。

関東大震災当時の神田界隈（『錦華の百年』より）

お昼どきだったこともあり、台所から火がまわり、東京は三日間にわたって火の海となった。神田は、浅草、本所と並んで特に被害が大きく、多くの家が焼失。福田の家も焼失した。一家は、神奈川県（鶴見）の叔母夫婦のもとに身を寄せることになる。

福田家が神田に戻ったのは、翌一三年の春だった。錦町の跡地に家を建て、生活を再スタートさせた。しかし、そこにかつての住民たちの姿はなかった。多くの住民が、震災から立ち直ることができず、東京を去ったのである。それに伴い、東京・下町の風俗も消えた。福田少年が好きだった下町の夏は姿を消した。福田はいう。

> 私には今の東京は勿論の事、戦前の東京も故郷ではない。私の故郷は関東大震災前の東京である。つまり、私は故郷喪失者といふ事になる。
>
> （「ふるさとと旅」『旅』昭和五三年一〇月号）

永井龍男も、先の『石版東京図絵』において、「下町気質とか、下町風と呼ばれた風俗」は、「この時［関東大震災］以来東京から消滅した」と記している。

ともあれ福田は、慣れ親しんだ共同体を失った。

リベラル二中

大正一四年、第二東京市立中学、通称・二中（現在の上野高校）に進学した福田は、やはり先進的な大正リベラリズム教育を受けることになる。

二中は、ときの東京市長・後藤新平が、震災復興計画の一環として、一中（現在の九段高校）とともに、大正一三年に新設した中学校である。

福田が二中に進んだのは、小学校の先生に、「校長が偉いから」と勧められたことによる。その校長の名は、高藤《たかふじ》太一郎《たいちろう》。彼は、学生の自主性を重んじるリベラル（自由）な教育を推進し、「リベラル二中」と称される校風のもとを築いた。高藤について、福田は後年、「全校の生徒の名前を全部知っていて、父親の職業までも覚え込んでいました。ほんとうに教育者だ、と今も感銘しています」（『高藤太一郎先生を追憶する』高藤太一郎先生を追憶する会、昭和六一年）と述べており、昭和三五年に、高藤を囲んで同窓会が開かれた際には、福田も参加している。

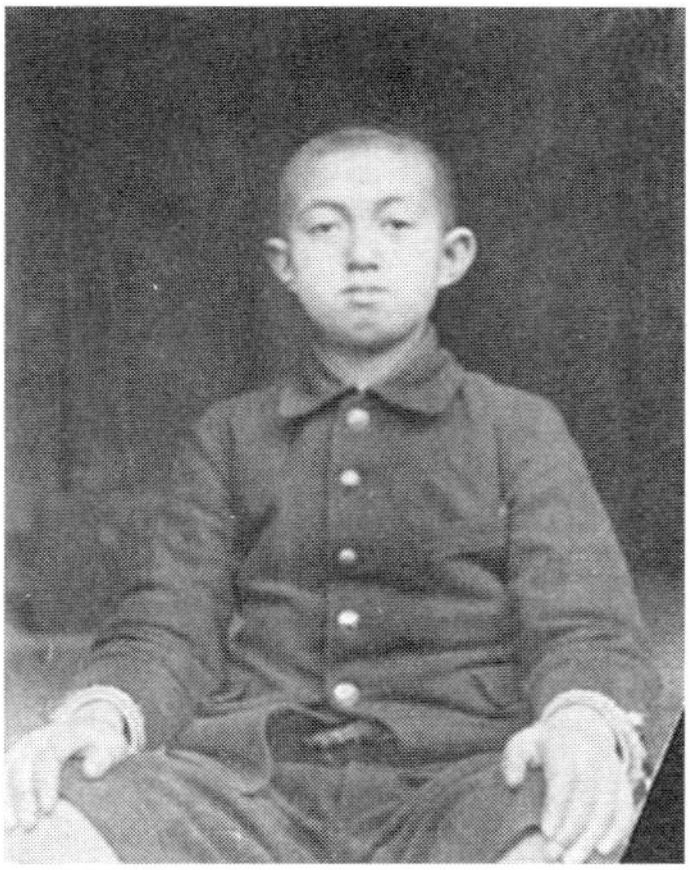

二中時代の福田
（『福田恆存評論集』別巻より）

綺羅星のごとき教師たち

高藤はまた、二中を名門校に育てるべく、優れた教師陣を集めた。「私の前には待つてゐてくれたかのやうに、次々と名教師が現れました」（「覚書一」）と福田はいう。

たとえば——英語の落合欽吾先生、当時の英語教育の権威岡倉由三郎さん（天心の弟）の、その愛弟子だった上田義雄先生、国語では、時枝誠記、西尾実の両先生、国文法の福永勝盛先生も忘れられません。そう鷗外の友人だった漢文の浜野和三郎先生、同じく漢文の、鈴木由次郎先生、東洋史の志田不動麿先生もいました。志田先生は、チンプンカンプンで生徒の私たちにはよくわからなくて、黒板に向かい独り言をいっているような授業でしたが、それでも私どもは学究の情熱というものを感じさせられました。（前掲『高藤太一郎先生を追憶する』）

福田の教養の基盤は、この時代に形成されたといえよう。また、福田が演劇の道に進むにあたっては、落合欽吾《きんご》など二中の教師からの影響が大きかった。この点は後述しよう。

リベラル教育の進め方についての疑問

このように「人物のうへでも学識のうへでも敬服すべき先生が多かつた」（「苦言」『東叡新聞』昭和二四年一〇月二一日）二中時代だったが、福田は、この時代を「煉獄」とも呼んでいる。なぜだろうか。

高藤校長とすれば、一日もはやく二中を定評ある学校にしたてあげたかつたのだらうし、だれが見てもあれはいかにも二中の生徒らしい少年だといふ校風をつくりたかつたのだらうとおもふ。いはば校風は上から与へられた。もちろん教育とはさういふものであり、いかに自主的といはうが——いや、その自主協調といふのがじつは二中のモットーだつたので、をかしなことだが、この自主の精神が他動的にそとからおしつけられ、ぼくたちはこの合言葉を口に叫びながら、ひどく受動的でひつこみじあんで、お坊つちやんだつたのである。もし二中の二中らしい校風があつたとすれば、さういふ善良な育ちの良さとでもいふものだつたらう。

が、おそらくそれは高藤校長以下の先生がたの予期に反したものがあつたにさういない。（中略）わが二中では、先生があまり親切で自主精神といふレールまでこしらへてくださつたので、生徒はどうにも動きがとれず、いろいろ息ぐるしかつたのだとおもふ。

おそらく心のかたまらぬぼくたち少年の、さうした息ぐるしさは、当時の先生たちには——善意と親切に満ちてゐればゐるほど——気づかれなかつたのではないかとおもふ。［一部、字句を修正して引用］

（前掲「苦言」）

押しつけられた「自主精神」の息苦しさ。しかし、先生方の「善意と親切」。「天国」でも「地獄」でもない、「煉獄」という表現が、ここに選びとられている所以であろう。同級生についても触れておこう。高橋義孝とは、ここでも一緒になっている。また、山崎正一《まさかず》（哲学者）も同級だった。山崎とは、後年ともに談話会をつくっている。「アルプス会」という集まりで、そこには、二中の後輩にあたる中村雄二郎（哲学者）や岡本謙次郎（美術評論家）なども加わっていた。

これについては第四章で触れよう。

2　高校時代

浦高に進む

昭和五年（一九三〇）、福田は、旧制・浦和高等学校（通称、浦高。現在の埼玉大学）に進学する。

人気が高く、福田が受験した頃は、第一高等学校や東京高等学校と並ぶ全国屈指の難関校だった。毎年受験シーズンになると、上野駅から受験生を乗せた臨時列車が走り、風物詩となっていた。福田もこの電車に乗り込んだことであろう。

当時、中学の修業年限は五年だったが、飛び級して四年修了で高校受験できる仕組みがあった。いわゆる「四修」である。福田もこれに挑戦したが、結果は不合格。正規の五年修了による進学となった。

旧制高校は、文科と理科にコースが分かれ、それぞれ第一外国語の種類によって、甲類（英語）・乙類（ドイツ語）・丙類（フランス語）の三クラスに分かれていた。福田は、文科甲類（英語）に進学した。

学生運動から離れて

福田の在学中、全国の高校では、学生運動の嵐が吹き荒れていた。その背景には、昭和に入る頃から悪化した経済状況があった。福田の在学期間と重なる昭和六、七年には、全国の高校で同盟休校が頻発、学生の検挙や処分の件数はピークに達した（秦郁彦『旧制高校物語』文春新書、平成一五年）。

浦高も例外ではなかった。しかし、福田が学生運動に関わった形跡はない。

福田が入学してほどなく、浦高では、前年に次ぐ二度目の同盟休校騒ぎが起こった。当時全国の高校では、文部省の主催で、学生の「思想善導」を目的とした講演会が相次いで開催されており、福田の入学直後、浦高でも開催されたが、左派の学生新聞が、講師をからかう記事を掲載。これを重大視した学校が関係学生に停学処分を下したことが同盟休校騒ぎの発端だった。学生新聞は、全校生徒に同盟休校を呼びかけ、ほとんどのクラスはこれに応じた。しかし福田のクラス、つまり文科甲類の一年生だけは、ストライキの理由が不明確であるとして、これに参加しなかった。もともと学生新聞が無理に同盟休校に持ち込んだきらいがあり、一般学生の間には冷めた反応もあったようである。騒乱は、関係学生の陳謝によって終息した。

浦和高等学校校舎（『瑤沙抄誌』より）

この一件以降も、浦高の「シュトゥルム・ウント・ドランク（疾風怒濤）の時代」（『瑤沙抄誌』昭和四〇年）は続いた。

だが、以後も、福田が学生運動に興味を示した形跡はない。

文学青年

では当時の福田の関心は、どこにあったのだろうか。それは文学にあったようである。一年生の頃は、もっぱら小説だった。もともと小説は、好きだった。小学校の頃に、少年少女向けのダイジェスト版『ドン・キホーテ』を読んだのを皮きりに、たくさんの作品に親しんでいた。中学生になると、漱石全集や、二葉亭四迷、国木田独歩、森鷗外、それに『世界文学全集』などに手を伸ばした。

高校になると、ドストエフスキー、スタンダール、フロベール…。文科甲類（英語コース）なので、イギリスの作家についてては原書で読んだ。この頃好きだったのはハーディ。最初に原書で読んだ作家だった（「叙事詩への憧れ」『日本読書新聞』昭和二七年九月一五日号）。

同級生だった金田一春彦（国語学者）は、「福田君は当時から何か英語の原書のようなものを小脇に抱えて歩いていた」（「福田恆存君を偲ぶ」『This is 読売』平成七年一二月号）と述べている。同じく同級生だった原文兵衛《ぶんべえ》（警視総監・参議院議長）も、「福田君」は「文学青年」だったと述べている（原文兵衛『以友輔仁』鹿島出版会、平成七年）。

創作も試みたようである。しかし、興味の対象はほどなく小説から戯曲に移ることになる。

劇作家志望

「劇作家にならうと思つてゐた」（「私の演劇白書2」『雲』昭和三九年五月）。これが高校時代の福田であった。

いくつか、きっかけがあった。まず、前述の幼少期からの観劇体験。つまり、母がもちこんだ福田家の文化的伝統。次に、二中時代の二人の恩師の影響である。

まず落合欽吾（英文学者）。福田は、落合からの影響が「演劇に向かった決定的な原因」であり、高校時代に「初めて書いた戯曲をお見せして批評を頂き、その後も戯曲を書くたびに見て」もらったと述べている（前掲『高藤太一郎先生を追憶する』）。

福田の卒業後、落合は新潟高等学校（現在の新潟大学）に転出したが、「なぜか先生と私とはうまが合ふらしく、その後も文通が続き、中学卒業後も、上京される度にお目にかかつたものである」と福田は述べている（「覚書三」）。落合はのちに、当時を振り返って、「その頃から文章はなかなかいいとは思ひましたが、まさかこれほどの文人になるとは思ひませんでした」（土屋道雄『福田恆存と戦後の時代』日本教文社、平成元年）と述べている。

もう一人は、国語の横山藤吾。

三年生の時でしたが、作文で初めて三重マルを下さったのです。それまでの作文はふつう平叙体の地の文章で書きました。でいつも点が悪かったのですが、その時は別になんの下心もなしに偶然会話体で書いたのです。そしたら「きみは会話というのを実にうまく使える」というお褒めにあずかった。こじつけのようですが、いまふりかえってみると、それが切っかけかもしれません。高校時代には英文でいろいろ戯曲を読みあさりましたから。

（前掲『高藤太一郎先生を追憶する』）

この二人の恩師のまなざしのもと、福田は中学の終わり頃から、戯曲に親しむようになる。最終学年のときに読んだ近松門左衛門の戯曲『国性爺合戦』は、福田に「言葉の魅力」を教えてくれた。

こうして高校になると、戯曲に熱中することになる。もちろん、先に述べたように、入学した頃は西欧の近代文学などにも関心があった。しかし、高校時代を通して関心の中心を占めたのは、戯曲だった。

高校時代、最初に手に取った戯曲は、ストリンドベリー。その後、「チェーホフ、イプセンを始め、近代劇全集に読みふけり、シングやグレゴリーやゴルズワージーを原書で読みはじめた。シェイクスピアには最も興味を感じたが、これは逍遙訳で、原書は大学時代に入ってからはじめて読んだ」（前掲「叙事詩への憧れ」）。ここに出てくる『近代劇全集』は、当時、第一書房という出版社から出ていた円本（一冊一円）である。シング、グレゴリー、ゴルズワージーは第一次世界大戦後に活躍したイギリスの劇作家。

劇場にもよく足を運んだ。近松体験もきっかけとなり、文楽、歌舞伎をよく観た。しかし、現代劇である新劇がやはり関心の中心を占めた。

「我国新劇運動の過去と現在」

その新劇であるが、当時は、左翼的な政治演劇が舞台を覆い尽くしていた。しかし福田は、そうした現状を否定的に見ていた。

そして、その思いを文章で展開した。高校三年のときに、『浦高時報』（昭和七年六月一四日）の「文藝欄」に発表した「我国新劇運動の過去と現在」である。この論説で福田は、次のように述べている。

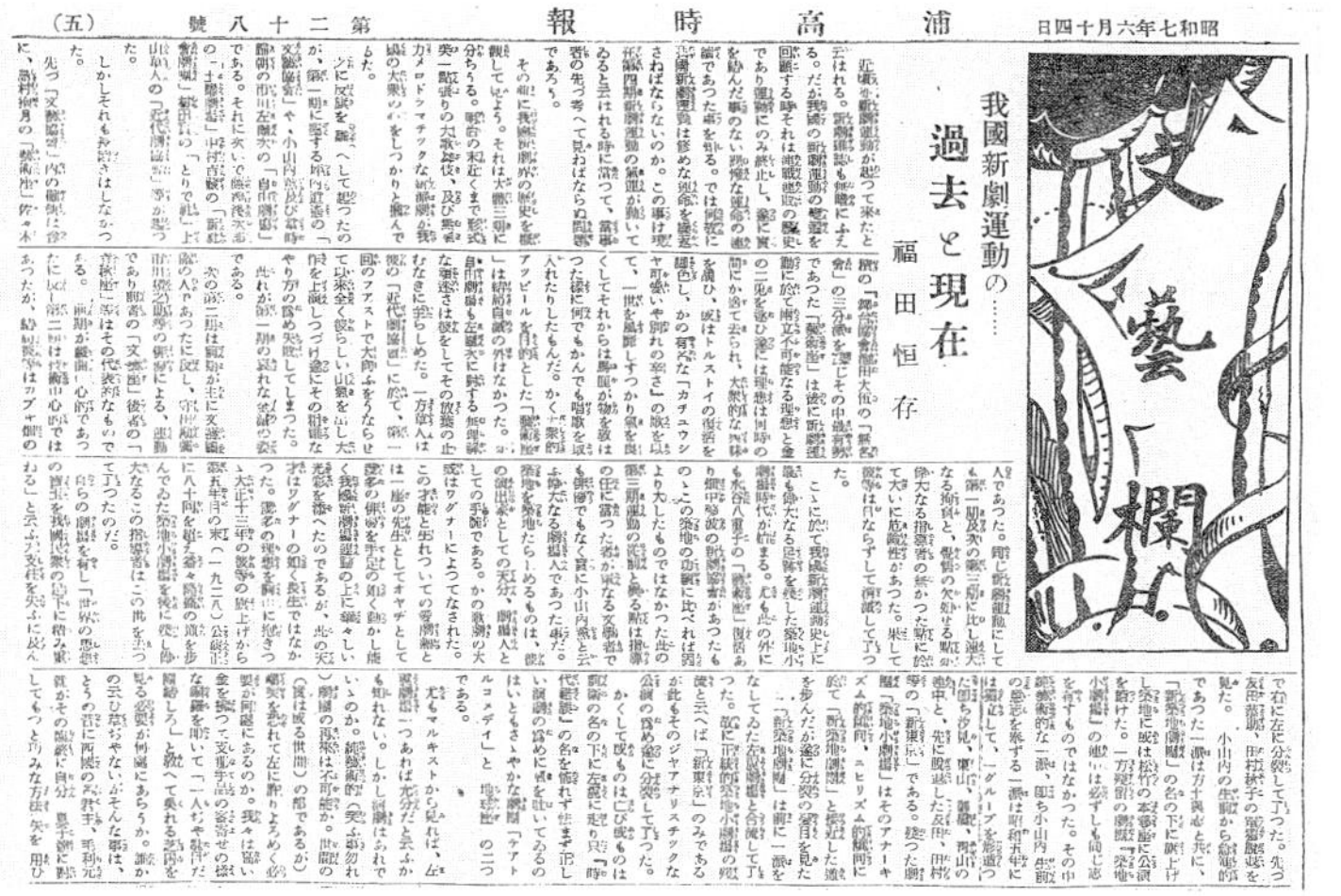
昭和七年六月十四日　浦高時報　第二十八號　（五）

我國新劇運動の……
過去と現在
福田恆存

「我国新劇運動の過去と現在」（部分）
（『浦高時報』第28号，昭和７年６月14日より）

——日本の近代劇は、坪内逍遙の文藝協会、小山内《おさない》薫、市川左團次《さだんじ》（二代目）の自由劇場にはじまり、守田勘彌《かんや》（一三代目）の文藝座、市川猿之助《えんのすけ》（二代目）の春秋座を経て、小山内薫に率いられた築地小劇場にいたる流れのなかで、芸術としての基盤をいちおう確立することができた。

しかし、小山内の死による築地小劇場の解散（昭和四年）以降、新劇界は、芸術を忘れ、政治化し、今では「マルキシズム宣伝機関」と化している。みな、「左」に「よろめ」いている。しかし、芸術主義の火を絶やしてはならない。

このように考えたときに注目されるのが、今年に入って旗揚げされた築地座である。築地座は、築地小劇場の小山内路線、つまり芸術としての演劇路線の継承・発展を目指しているからである。

芸術劇の再生を担って誕生した築地座に大きな期待を寄せたい。――

以上が、「我国新劇運動の過去と現在」の主旨である。

驚くことに、後年の演劇人・福田の基本スタンス、つまり芸術としての演劇の追究という方向性が、ここに早くも示されている。また先の、学生運動に対する姿勢と同様、時代の風潮に流されないその姿は、後年の福田を予見しているといえる。

風潮にふりまわれる戦後日本社会にあって、社会の動向から距離をとって、自分を大切にし、「自分の本当の声に耳を傾ける」（「利己心のすすめ」『諸君』創刊号、昭和四四年七月）よう唱えたのが福田だった。福田は、そうしたことを説くだけではなく、みずから実践してみせたが、その原型を、この時代の福田に見出すことができる。


「或る街の人」　ところで福田は、「我国新劇運動の過去と現在」において、築地座が提唱する「創作中心主義」にも注目している。


「創作中心主義」とは、日本人の手になる創作劇を新劇の中心に据えようという考え方である。こうした主張の背景には当然ながら、これまでの新劇が翻訳劇中心だったことへの反省がある。創作劇がほとんど存在しないことに、日本の新劇の行き詰まりの原因があるとする見方である。

築地座の問題提起に共鳴した福田は、さっそく自ら戯曲の創作を手がけ、築地座の戯曲公募に作品を投稿した。

あらためて確認しておくと、築地座は、昭和七年二月に、友田恭介、田村秋子によって創設されている。友田と田村は、夫婦であり、もともと築地小劇場の代表的な俳優として活躍していたが、同劇団の解散後は、左翼政治劇とは一線を画した活動（新東京の創設など）を展開していた。

築地座の顧問には、久保田万太郎、里見弴《とん》、それに岸田國士《くにお》が就き、文芸部員として、大江良太《りょうた》郎《ろう》、八住《やすみ》利雄が参画した。

友田は、第一回公演（二月二〇～二二日）のパンフレットに「《新しき作者をのぞむ》——築地座創設に際して」と題した一文を寄せ、「創作劇をできるだけ沢山やっていく」と宣言。次のような条件を示して、創作戯曲の募集を呼びかけた。

築地座の機関紙（昭和８年２月）

・隠れた若い作家を不振な戯曲壇に紹介すべく、築地座上演脚本を募集いたします。
・枚数に制限を附しません。自由な気持ちで自信のある作品をお送り下さい。
・賞金は差しあげられませんが、いいものは、築地座の上演目録に入れていきます。
・原稿の返送御希望の方は、その由ご一報下さい。

・選者は久保田万太郎、岸田國士氏をご依頼しました。

福田の応募作品の題名は、「或る街の人」だった。前述の、落合の指導を仰いで高校時代に「初めて書いた戯曲」とは、この作品である。

結果は佳作だった。応募には、半年でたった九篇しか集まらず、当選作はなかったが、福田の「或る街の人」と、小川正夫の「二十九歳」とが佳作に選ばれた。

しかしその後、戯曲誌『劇作』に掲載された、川口一郎の作品「二十六番館」が横滑り的に当選となり、第六回公演で上演される運びとなった。川口は当時、アメリカ修業から帰国したばかりの新鋭の劇作家であった。『劇作』は築地座の創設と同時期に創刊され、岸田國士が両方の顧問格だったこともあり、築地座とは連携関係にあった。福田も愛読していた（福田恆存・田中千禾夫「新劇と近代文化」『新劇』昭和三八年六月号）。

川口の「二十六番館」は上演されると、岸田國士や正宗白鳥、辰野隆など築地座の顧問格の文人たちから激賞されることとなる。福田もそれを観て、「なるほどこれは私など及びもつかぬと思つた」（「覚書五」）という。

「二十六番館」上演後にはパーティーも催され、福田も招待された。

その『二十六番館』上演後に築地座でお祝いがあって、わたくしも呼ばれて行ったんですが、里見弴さんの祝辞で始まって会の終りの頃、友田さんが、「この席上に福田さんと小川さんがいらっしゃるはずですから立ってください」といわれて、そのとき私が立上ったのを見て、友田さんは、始めて私が高校生の青二才であることを発見したわけで、あの時の友田さんのバツの悪そうな顔はいまだに忘れられません、「しまった、こんな子供のものを取っちまった」（笑）という顔で、私もはずかしくなって下を向いてしまいました。友田さんは、帰りがけには「手を入れて上演する可能性があるからそのつもりでいてください」といってくれましたが、友田さんが戦争にいってしまって、どうやら失くなってしまったらしい。（前掲「新劇と近代文化」）

築地座（昭和七年二月～一一年二月）も、わずか四年で幕を閉じるが、昭和一二年に後身として創設された文学座は、周知のように戦後の新劇界をリードする存在となる。後述のように、福田もその中心人物として活躍することになる。

アドルフ・アピアを翻訳

ところで福田は、高校三年のときに、演劇に関係する、もう一つの文章を発表している。「生動的芸術の諸要素に就いて」（『学友会雑誌』第一九号、浦和高等学校学友会、昭和七年一二月）である。これは、アドルフ・アピアの論文"L'Oeavre D' art Vivant"（一九二一）の第一章の翻訳であり、Rosamond Gilder が仏語から英訳して、この年の *Theatre Arts Monthly* 八月号に掲載したものを底本としている。

アピア（Adolphe Appia, 一八六二～一九二八）は、現代舞台芸術の父と称され、照明や音楽が舞台に与える効果を理論的・実践的に追究したことで知られている。この論文は、そうしたアピアの舞台芸術論がテーマとなっている。福田は、その解説文において、アピアは、日本の新劇にとっても大きな意味をもつであろうと述べている。

当時の福田は、築地座と併走しながら、アピアなど新たな演劇理論にも目を向け、来るべき新劇の姿を情熱的に追究していたといえよう。演劇人としての福田の前史がここにある。

このように高校時代の福田は、まさに「劇作家にならうと思つてゐた」のだが、高校の終わりから大学のはじめにかけて、福田のなかで転回が起る。それは演劇から批評への転回である。

小林秀雄の「批評」

そのきっかけは、当時新進気鋭の文藝批評家だった小林秀雄である。福田は、高校二年のときに刊行された、小林の最初の評論集『文藝評論』に衝撃を受ける。小林の文章は、現代文学の先端の問題を扱っており、その内容は必ずしも正確に理解できたとはいえない。しかし、問題は、その思考・表現のスタイルだった。福田は、「批評」というスタイルに魅了されたのである。

そして、こう感じた。「ぼくのようなものでも歩くことができるかもしれない」。つまり、そこに「自分を生かす方法を直観した」(「誠実といふこと」『文藝評論』第二輯、小林秀雄特集号、昭和二四年四月)のである。これが福田における第一次の小林体験である。

とはいえ、福田の当面の関心は、まだ演劇にあった。前述の通りである。しかしやがて、第二の小林体験が訪れる。高校の終わりから大学にかけてである。

福田は、まず小林のランボー論（昭和三年）を読んだ。衝撃を受けた。続けてジード論（昭和八年）を読んだ。福田は、「小林秀雄との絶縁を心にかたくきめた」。これ以上の影響を恐れたのである。以後福田は、終戦後まで小林の本を一冊も買うことがなかった。福田の小林理解が問題となるが、これについては後で取り上げよう。

ともかく、こうして批評家への道が目の前に現れた。とはいえ福田は、演劇を完全に捨て去ったわけではない。大学卒業後にも、福田は戯曲を書いている。

小林秀雄（昭和７年頃）
（『小林秀雄全集』第２巻より）

3 大学時代

東京帝国大学英吉利文学科に

福田は、昭和八年に、東京帝国大学英吉利（イギリス）文学科に入学する。高校時代、文科甲類（英語コース）に所属し、すでにイギリスの作家に原書で親しんでいた福田としては、当然の進路選択であろう。

大学時代の福田は、様々なイギリスの文学者に取り組んでいる。まずシェイクスピア。前述の落合欽吾から、「原書はどの版を選んだらいいのか、文法、辞書などは何を参考にすべきか」など細かな点まで指導を受けている。最初に読了したのは『リア王』で、その後、在学中に二冊ほど原書で読破している。のちに福田はシェイクスピアの個人完訳に取り組むが、その動機の遠因はやはり落合だったと、福田は述べている（「覚書三」）。落合は、演劇と翻訳の二つの道で、福田の導き手となったわけである。

それから福田は、ウイリアム・ブレイク、オスカー・ワイルド、ウォルター・ペイターなどにも関心をもった。なかでもブレイクには心酔し、「コバルト色のケインズ版をいつも鞄に入れて持ち歩いた」（「ロレンス「アポカリプス論」覚書」『新文学』昭和一七年一〇月号）。卒論も、ブレイクで書くつもりだった（前掲「叙事詩への憧れ」）。ところが、そうはならなかった。D・H・ロレンスを知ったからである。

東京帝大入学の頃の福田（昭和８年）
（『福田恆存評論集』別巻より）

D・H・ロレンスとの出会い

それは、大学二年の時だった。授業中に、福田の肩越しに、ある同級生が、一枚の紙片を差し出した。そこには、こう記されていた。

> 今、ベエトヴェンの書簡を読んでゐる。個性の孤独の十字架を、真に身につけてゐない時には、常に誰かを愛し、何人かと接触を求めてゐるね。

ロレンスの書簡集の一節だった。それまでロレンスというと、翻訳で『息子と恋人』は読んでいたが、ほとんど関心がなかった。

だがこの言葉は決定的だった。「ロレンスを発見すると、私はそれまでに集めていたブレイクの参考書を全部売り払って、ロレンスに鞍がえした」（前掲「叙事詩への憧れ」）。そして「手に入れうるかぎりのロレンスの作品を買ひ求めた」（前掲「ロレンス「アポカリプス論」覚書」）。

福田がロレンスに見たのは、「百年前のブレイクが知らなかった」「近代人」

のジレンマだった。つまり、「個」と「愛」とのジレンマだった。近・現代人は、相反する二つの欲望を抱えている。「個人」として生きたいという欲望と、他者と結びつきたいという欲望である。誰もが、この相反する欲望に直面して苦しんでいる。

自分を「個人」として見る意識、言い換えると「自意識」は、近・現代人の病理となっているとも言える。誰も彼も、他者とは異なる自分を追い求めている。他者よりも優れた自分であろうとする。その「権力欲」が、他者との結びつきを切断している。自他の間の温かい関係性、「愛」は、今やどこを探しても見つからなくなっている。

これこそが、近・現代人の「悲歌」なのだ。ロレンスは、その生涯をこの問題の解決に捧げた。これが、福田の見たロレンスだった。

こうしたロレンス観は、ロレンスの最後の書『アポカリプス論』を読むことで確かなものになったようである。そこには、こうある。

とにかく吾々は知つたのだ、個人はつひに愛することができぬといふ事実を。個人は愛することができない。これを現代の公理とするがいい、近代の男女は個人として以外に自分自身のことを考へえないのだ。ゆゑに、かれらのうちにある個人は、つひにおなじく自分たちのうちの愛人を殺さねばやまぬ宿命にある（『アポカリプス論』第二十三章）。

（前掲「ロレンス「アポカリプス論」覚書」）

おそらく卒論では、こうしたロレンス観を全面的に展開したことであろう。あろう、としか言えないのは、現在福田の卒論を見ることができないからである。

卒業論文

『全集』に収められた自筆年譜によると、「D・H・ロレンスに於ける倫理の問題」という題目だったらしい。「倫理の問題」とあるので、おそらく前述のような自他の関係性をめぐる問題が主題であったはずである。

そのことは、文芸評論家の磯田光一の証言からも分かる。磯田は、東大英文科の助手時代（昭和三五年からの数年間）に、福田の卒論を見ている。それは、埃にまみれた研究室の片隅から「発見」された。表紙には、「Moral Problems in D. H. Lawrence――デイー・エッチ・ローレンスに於ける倫理の問題」と記され、提出日は、昭和一〇年一二月二八日、A4のタイプライター用紙に、英文タイプで五八頁にわたる。

その内容について磯田は、「遠く失われてしまった人類の「楽園」を、どのように奪還するかということ、いいかえれば「現代人にとって愛は可能か」という問題を、福田氏は『チャタレー夫人の恋人』や『息子と恋人』を素材にしながら、たどたどしい英語で論じている」（「福田恆存氏の卒業論文」『日本現代文学全集』第一〇三巻、月報、講談社、昭和四二年）と紹介している。明らかに、近・現代人における「個人」と「愛」のジレンマ問題がテーマだったことがわかる。

ちなみに卒論は、磯田の手によって改めて研究室に保管されることになったが、その後、再び紛失の憂き目に遭い、現在所蔵不明の状態となっている。

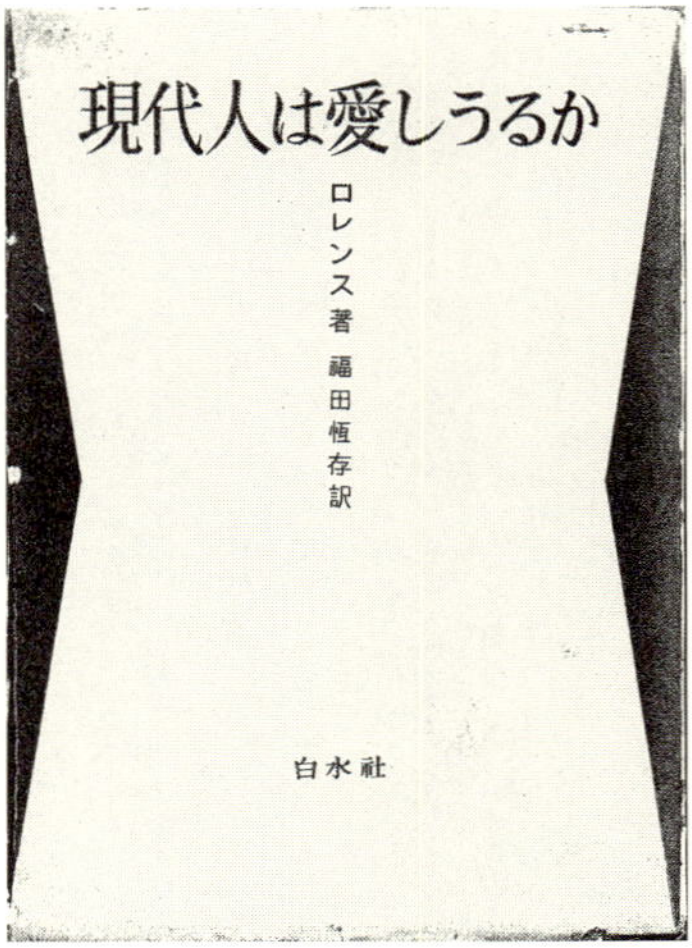

『現代人は愛しうるか』
（白水社版，昭和26年）

現代人は愛しうるか

ところで、「個人」と「愛」とのジレンマ問題の探究は、卒論で終わることはなかった。むしろ、それはロレンスと同様、福田の生涯のテーマとなったといえる。それは、福田にとって切実な、まさに自分の問題だったのである。それは、福田がまぎれもなく近代個人であったということを意味してもいよう。

福田は後年、『アポカリプス論』を「現代人は愛しうるか」というタイトルのもと翻訳刊行し、絶版後も、版元を変えて出版への情熱を燃やし続けた。そのたびに執筆された前書・後書には、次のように記されている。

これは、ロレンスが死の直前に書いたもので、彼の思想のもっとも凝縮された表現である。のみならず、人間を造りかえる力をもった書物というのは、そうめったにあるものではないが、この『アポカリプス論』はそういうまれな書物のひとつである。すくなくとも、ぼくはこの一書によって、世界を、歴史を、人間を見る見かたを変えさせられた。（白水社版、昭和二六年）

私はこの書によって眼を開かれ、本質的な物の考え方を教わり、それからやっと一人歩きができるようになったのである。（筑摩書房版、昭和四〇年）

私に思想というものがあるならば、それはこの本によって形造られたと云ってよかろう。（中央公論社版、昭和五七年）

ロレンス、そして『アポカリプス論』との出会いがいかに大きなものであったかがわかる。同書については、のちに詳しく触れよう。ちなみに現在は、『黙示録論――現代人は愛しうるか』（ちくま学芸文庫）と題して刊行されている。

ロレンス・ブームのなかで

ところで、先の磯田の文章には、次のような指摘もある。「皮肉なことに、この論文〔福田の卒論〕の審査をした一人が、現在の英和辞典界の長老・市河三喜博士で、もう一人がロレンス嫌いでチャタレー裁判のさいに検察側証人になった齋藤勇博士であったのだから、福田恆存氏もよくよく教師運に恵まれなかった人だ、と思わざるをえない」。教師運は、二中時代に使い果たした、ということなのだろうか。当時英文科の専任教員はこの二人をおいて他にいなかったのである。

しかし、不運なのは、福田だけではなかった。福田が卒業した年の卒論三六点のうち四点がロレンスをテーマにしたものだったからである。

当時は、ロレンス熱が広がっていたのである。同年の早稲田大学英文科の卒論を見ると、七三点中一四点という多さである。翻訳も矢継ぎ早に刊行されていた。この点は、福田その人も述べていることである。「当時わが国にロレンスが紹介され、その熱がやうやく昂まらうとしてゐたとき」に、ロレンスに出会った、と（前掲「ロレンス「アポカリプス論」覚書」）。

しかし福田において、その熱は、生涯にわたって続いた。ちなみに、ロレンス研究者の大平章は、その論文「日本の戦後文学とロレンス」において、次のように述べている。

福田恆存の「チャタリー裁判弁護論」は、某教授からさんざんいやみをいわれながらロレンスをテーマに黙々と卒論に取り組んでいた学生［福田］が、いかに深くロレンスを理解していたか、その分析がいかに卓越していたかを今でも伝えてくれる。

（『D・H・ロレンスと現代』日本ロレンス協会編、平成九年）

チャタレイ裁判については第四章で触れよう。

〈生の哲学〉からの影響

ところで福田は、大学時代に哲学にも関心を向けている。とくに愛読したのは、ニーチェ、フッサール、ベルクソンだった（前掲「叙事詩への憧れ」）。

この三人は、〈生の哲学〉に分類されるという点で共通しているといえよう。〈生の哲学〉は、近代哲学のように理性を人間の基礎とは考えずに、むしろ非合理な生命の力を人間の基礎に置く立場といえる。近代人は、とかく理性を重んじ、非合理なものを排除しようとする。しかし、非合理な生こそが、人間の根底なのであり、それを排除することは、人間の存在の否定につながるという立場を、〈生の哲学〉はとる。

こうした考え方は、後年の福田思想の根幹に見出されるものである。福田は、明らかに、〈生の哲学〉から影響を受けている。とくにニーチェの存在は、大きい。福田自身、その影響について述べているし（「反近代について」）、その文章の中には、よくニーチェが顔を出す。

また〈生の哲学〉は、「生命力」を人間の原理と見なし、「生命力」の躍動を求める、いわゆる〈生命主義〉の哲学バージョンともいえるが、D・H・ロレンスも、そうした〈生命主義〉の流れのなかに位置すると見られている。後述するように、ロレンスは、内なる「生命力」の回復によって、「愛」を取り戻そうとした作家なのである。そのロレンスも関心を払っていたのが、人間の「無意識」の働きを明らかにしたフロイト心理学だが、福田は、フロイトも大学時代に愛読している。

このように見ると、後年の福田が〈生命主義〉的な思想を展開したのは、必然であるといえよう。日本の〈生命主義〉に関する研究や議論において、福田が取り上げられたことはほとんどない。しかし福田もまた、〈生命主義〉の流れを引く思想家として位置づけることができよう。

マルクスにも関心

マルクスもまた、大学時代の福田が関心をもった哲学者だった。とくに興味をひかれたのは、その「思惟」の「方法」だった（前掲「叙事詩への憧れ」）。

左翼の学生運動や演劇運動には、なんの興味もなかった福田であるが、それらの源流にあるマルク

浦高の頃　父母，妹・妙子，伸子と
（『福田恆存評論集』別巻より）

スには、知的関心を覚えたのである。福田にとって、マルクスと左翼運動は別ものに思えたのであろう。

もっとも福田にとって、マルクスはあくまでも知的関心の一対象であり、影響を受けるほどの存在ではなかった。

インテリと庶民の間で

このように福田は、インテリ青年として高校、そして大学生活を送った。学校では、ロレンスについて教えてくれる級友もいた。ニーチェについて議論する友人もいたことだろう。しかし、家の中では、そうした話題は通じない。福田家は、下町の中間階層。書道に、芝居と、文化を楽しむ気風はあったが、高等教育を受けた者などおらず、親族も近所も、下町の庶民。おのずと齟齬を生じた。これが、山の手の知識階層の子弟との違いである。また、故郷の家族と離れ、下宿や寮で自由に生活できる地方出身者と異なる点である。

旧制高校といえば、寮が学生たちの文化的拠点だったが、福田には、入学時期が父の退職と重なったため、寮に入るだけの経済的余裕がなかったし、そもそも大学は、実家から通学できたから、下宿の必要はなかった。

しかしそうした環境は、福田に社会性を身につけさせた。つまり、インテリとしての甘えを持たせなかった。

そんな福田にとって、山の手や、寮・下宿の世界は、インテリだけの安全地帯に見えた。それは、身勝手な思いあがりの温床といえる。しかし、福田もいうように、こういうコースを辿るものが、近代日本のインテリの「主流」であり、福田のような東京・下町の出は、「傍流」である（「日本演劇史概観」『芸術新潮』昭和三三年八月号）。

後で見るように、福田の評論には知識人の甘えや身勝手さ、思いあがりを批判したものが多い。その問題意識の根は、このような環境から培われたと見ることができよう。

福田の母は、先に述べたように、小学校しか出ておらず、学がなかった。最初の本を出す前に父を失っていた福田は、「このおふくろに読める本が書けたらいい」（秋山駿との対談「文学を語る」、『三田文学』昭和四三年一二月号）と考え、精励した。後に触れるが、福田の戦後最初の評論は、「民衆の心」と題されている。福田は、「民衆」から学ぶ姿勢を持った数少ない昭和のインテリの一人だった。

個人としての自分を大切にする

もちろん、だからといって福田を、下町知識人、ということはできない。すでに述べたように関東大震災によって下町は滅び、福田は「故郷喪失者」となったのである。したがって、福田にとっての下町とは、家族・親族を除けば、原風景として存在するものだった。しかし福田は、好きだった下町の記憶を忘れることができなかった。

とはいえ、それは福田が下町幻想に自己一体化していた、ということでももちろんない。福田は、何かに一体化してしまうということが、およそない人だった。個の意識が強く、集団や共同性に埋没するようなことがなかった。人づきあいにおいても、「べたべたした関係にならないように用心し、自ら求めて親密につきあはうとしない」（前掲、土屋『福田恆存と戦後の時代』）ところがあった。

それは、時代に対する関わり方においても同様だった。先に見たように、時代の風潮に左右されない姿勢は、高校時代からすでに現れていた。自分は自分、というスタンスなのだ。自分の欲求や嗜好、気質に素直に向き合う。そして、それを大切にする。これは、個として自立しているということでもあろう。ありのままの自分を受け入れたときに、ひとは初めて自立することができる。それは、自由に生きるということでもある。

福田は、自らの生き方について、後年こう述べている。

旧制高校に入学した直後、中学生時代の同級生の最初の集まりがあり、担任の先生も出席して、一人一人、自分は「どういう職業に就きたいか」と今後の抱負を問はれた時、私はかう答へた事を覚えてゐる——自分は、何々家、何々業などといふ肩書は勿論、自分に対するレッテルを拒否する様に生きたい、と。考へて見れば、これほど傲慢、不遜な言葉は無い。しかし、さう言つた当時も、またそれ以来、大よそその言葉通りに生きて来た今日も、そんな思ひ上つた気持は毛頭なく、極く気楽に何物にも捉はれずに生き、考へ、他人ばかりでなく、自分もまた自分の生涯や役割を規定しない様に心掛けたいといふ程の意味に過ぎない。（「見るだけのもの」『新刊ニュース』昭和五二年一月号）

福田は、こうした生き方を、天性のものとして備えていたように思われる。あるいは、本章で述べた生育環境の中で自然に身につけていったように思われる。それゆえ、そこには、てらいのようなものがない。

それに対して、福田の同時代の知識人には、とかく何物かによって自己を規定したがる傾向があった。その代表的なものは、言うまでもなく政治イデオロギー（信条）へのアイデンティファイ（一体化）である。福田が、彼らと対立することになったのは、当然である。

しかし、だからといって、福田が、社会や集団に対して無関心であったわけでは、もちろんない。むしろ、自分を大切にするがゆえに、他者を大切にし、自己と他者との関係性や個人と社会との関わり方について、生涯を費やして、考え続けた。

だからこそ、「個」と「愛」のジレンマ問題も、福田にとって、切実で、重要だったのである。それは、福田の生き方の中から、自然に出てきた問題なのである。

次章では、こうした福田の、大学卒業後の歩みについて見ていこう。

第二章　坊っちゃん――戦前・戦中の福田

1　人間・この平凡なるもの

知的俗物にはなりたくない

福田は、昭和一一年（一九三六）に、大学を卒業する。しかし、当時は就職難。昭和初年の恐慌以来、日本は大不況だった。福田も就職できなかった。当面アルバイト生活を強いられる。

さて福田は、卒業の前後から、批評を書き始める。テーマは、やはり、「個人」と「愛」のジレンマだった。

最初のまとまった評論は、「横光利一と「作家の秘密」――凡俗の倫理」（『行動文学』昭和一二年二月号）。そこで福田は、次のような議論を展開している。

――近・現代人は、「個人」として生きたいという願望を強くもっている。しかも、「個性」をもった個人、他人よりも「優越」した個人、「非凡」な個人でありたいと願っている。

しかし、ほとんどの人間は、「平凡」・「凡俗」である。

しかし人々は、自分が平凡人・一般普通人であることを認めたがらない。

自分は、個性的だと主張し、非凡な人間を演技しようとする。福田は、それを「自意識」と呼ぶ。

近・現代では、知識人や芸術家も、この「自意識」に支配されている。

彼らもまた、「清らかな心」・「高貴な精神」を湛えた芸術家・知識人でありたいと思っているが、実際の自分は、たんなる「俗人」に過ぎない。

しかし「俗人」であることを隠そうとする。福田は、そんな彼らを「知的俗物」と呼ぶ。

そして、その典型を、当時人気の作家であった横光利一に見出す。

他人よりも抜きんでたいという欲望は、誰にでもある。「知的俗物」のいやらしさは、そうした俗人的な欲望を抱えながらも、それを隠し、超俗的に振る舞おうとする点にある。

しかし、こうした「知的俗物」タイプの人間が蔓延している。――

平凡でもいい

自分と他者を区別し、自分の優越性を誇示する「自意識」は、「権力欲」・「支配欲」とも言い換えることができる。それは、「愛」の対極であり、他者との結びつきを決定的に阻害する。

そこで福田は、まずは一般平凡人としての自分を認めることから始めよう、と呼び掛ける。

「知的俗物」は、平凡人を蔑んでいる。しかし、平凡人には、「温かい心」がある。これは、「知的俗物」の〈冷たい心〉とは対極的なものだ。「温かい心」を大切にして、「愛」を取り戻そう。福田は、人々に向けて、このように説く。

これが、福田批評の最初のテーゼ（主張）だったといえる。

弱者論の系譜——ニーチェ、ロレンス、福田

前述のように、こうした福田の議論には、ロレンス『アポカリプス論』からの影響がある。ロレンスは、キリスト教に、「愛」と「権力欲」という対立する二つの要素を見出している。「愛」のキリスト教を体現しているのは、もちろん、イエスである。それに対して、「権力欲」のキリスト教を代表するのが、パトモスのヨハネである。

パトモスのヨハネは、その「アポカリプス（黙示録）」で、こう説く。今、貧しく、不遇にある人々よ。キリスト教を信仰せよ。そうすれば、未来において実現される神の国において支配者となることができる。

こうして、「弱者」の「権力欲」・「復讐心」とキリスト教とが結びつく。

ロレンスは、これを「弱者の宗教」と呼んで、こう述べている。

強きもの、権力あるものを倒せ、而して、力無きものに栄光あらしめよ、と弱者の宗教は教えた。（前掲『アポカリプス論』）

福田は、この言葉を、「横光利一と「作家の秘密」」のプロローグとして引用している。

一般平凡人は、強い力を持たないという点で、「弱者」ということができる。それゆえ、「弱者の宗教」に陥りやすい。福田は、こうしたロレンスの「弱者」論を参照して、自らの「凡俗」論を組み立てているのである。

ちなみに、「弱者の宗教」批判は、ニーチェにも見られる。キリスト教の根幹には、弱者の「ルサンチマン（怨恨感情）」があるという議論である。ニーチェもまた、ありのままの自分の受容を説く。それによって前向きに生きることを説く。いわゆる「運命愛」の提唱である。ロレンスは、こうしたニーチェの議論を参照していたという指摘もある（西尾幹二「「素心」の思想家・福田恆存の哲学」）。ニーチェ、ロレンス。福田は、こうした「弱者」の生き方を説いた論者の系譜に連なっている。

マクベスは、福田自身

一年後の昭和二二年に、福田は英文科の大学院に入る。そして、「マクベス」と題した研究報告を提出する。その現物は、現在、所蔵不明である。しかし、その後、これに手を入れたものを発表している（『批評』昭和二二年四月号）。それゆえ、ここでは、そちらに依拠して、福田の議論を辿ろう。

福田は、いう。

シェイクスピアの四大悲劇のうち、ハムレット、リア、オセローは、非凡で、特別な人間だ。それに対して、マクベスだけは、平凡人である。彼は、非凡な人間でありたいと願っている。

しかし、彼には、高貴な「精神」も、輝く「個性」もない。また、これというほどの「宿命」もない。マクベスは、そんな自分の内面の「空虚」に耐えられない。

それゆえ、

　自分を探し求めてはてしない行為の連続へと駆りたてられてゆく。

〈自分探し〉に苦しむマクベス。しかし、それは、福田自身の姿でもあった。福田は、ある文章で、「マクベスのうちに自分を見てゐる」（『福田恆存著作集』第二巻「解説」、新潮社、昭和三三年）と述べている。

大学卒業直後に発表した戯曲「別荘地帯」（『演劇評論』昭和一一年四月号）でも、

　一体、僕のような凡俗が何で生きてゐる必要があるんです？　…僕は本当に寂しい。

というせりふを、主人公にはかせている。

福田は、こうした内面の葛藤を経て、平凡の肯定に辿りついたのである。

小林秀雄

　さて、近代人の内面の空虚については、小林秀雄が先駆的に問題にしていた。それゆえ福田は、小林に惹かれたのである。

しかし小林は、ほどなく一般平凡人に見切りをつけ、天才の世界に没入していく。ここに、福田と小林の違いがある。

戦後、福田は、次のように、小林を批判している。

かれ〔小林〕は十九世紀小説や私小説のうちに、ほとんど救ひがたい近代自我の限界をみとめたのであるが、そこから二十世紀への血路を見いだすことができなかつた。現代の凡庸性のうちにではなく、過去の天才のうちに身をかくした。（中略）見えすぎる眼がどうして現代のドラマを見ないのか、鋭い感受性がどうしてその苦悶に感動しないのか。それはくだらぬことかもしれぬ、まちがつているかもしれぬ。が、たとへさうだとしても、ある時代がある時代に優つていたり劣つていたりするわけのものでもない。現代の苦悶がもしくだらぬものならば、室町のそれも十九世紀のそれもくだらぬのだ。長編ひとつに盛り込めるほどのドラマを密室に埋めてしまつた小林秀雄の眼に、なぜ現代の凡庸人の苦痛が尊く映じないのか。

（「誠実といふこと」『文藝評論』昭和二四年四月号）

『コギト』グループ

『コギト』グループもまた、福田と同じ問題意識を持っていた。『コギト』とは、昭和七年に創刊された文芸雑誌で、中心メンバーには、文芸批評家の保田與重郎《やすだよじゅうろう》や、哲学者の中島栄次郎、松下武雄などがいた。彼らは、福田より二つ年長で、同世代だった。保田は、彼らの問題意識について、こう述べている。

大東〔松下の当時のペンネーム〕・沖崎〔中島の当時のペンネーム〕が偶然にも考察の基本的内部構造

に於て相共通の点を持つてゐるのは久しくわれわれが手をたずさえて進んできた好ましい成果とも考へられる。ただ大東のものがより多く天才の道を拓くことにあつたとすれば、沖崎にあつては日常性の人間から芸術するという高次的な存在へ近づきうる道を示すものだ。これは天才の道ではなく凡人の芸術し得る道だ。

（「二つの論文（新しき芸術学への試み）――文学時評」『コギト』昭和七年七月号）

福田は、後述のように、学生時代に保田と親交を持っていた。

柳田國男

ところで福田の議論は、柳田國男とも接点を有していよう。柳田は、周知のように日本民俗学の開拓者であるが、民俗学のことを「平凡人の歴史」に関する学問と呼んでいる（「平凡と非凡」『柳田國男集』第二四巻、筑摩書房、昭和三八年）。「平凡人」の生き方の探究という点で、福田と柳田は共通しているのである。

それゆえ、その思想には類似点が多い。まず福田も、戦後になると、お祭りなど民俗学的テーマを取り上げるようになる。また二人とも、近代・戦後日本を代表する保守思想家と見なされている（橋川文三「日本保守主義の体験と思想」『戦後日本思想体系7　保守の思想』筑摩書房、昭和四三年）。さらに柳田は、自分の民俗学を「新国学」と称したが、福田も国学思想の系譜につらなっているといえる。福田のこうした側面については、第四・五章で論じよう。

さて福田は、昭和一三年の五月に、田舎教師の口を見つけ、東京を離れる。赴任したのは、静岡県立掛川《かけがわ》中学校（現在の掛川西高等学校）。

坊っちゃん

当時の生徒の眼に映った青年教師・福田の姿を紹介しよう。

三年生のとき、生徒にとって大きな影響を与えられることになる先生との出合いがあった。英語の福田恆存先生である。東大英文科卒、二七歳、面長で三角形のお顔、痩身という風貌で、飄々としながらその細い身体から強い個性を漂わせていた。当時の世の中は軍国調に覆われ、非常時、質実剛健、滅私奉公などの言葉が盛んに飛び交ってともすれば純粋な知性や人間性を押しつぶしてしまおうとする風潮の中で、西欧近代の教養を豊かに身につけ、といって所謂西洋かぶれというような軽薄さは微塵もなく、和漢の古典にも通じ、高い知性の座をきちっと堅持している先生は、生徒に強く新鮮なインパクトを与えた。先生が補欠の時間にしてくださった旧約聖書の物語は今も心に残っている。先生の在任は短く、次の年の秋にはもう掛中を去って行かれたが、剣道場で行われた離任式のとき先生がおっしゃった「世の中で一番大切なことは本当の事と嘘の事を区別することです」という言葉は今も心に深く刻まれている

（栗田治夫『掛中掛西高百年史』平成一二年）

福田の個として自立した姿が生徒の眼をひいた、というわけである。しかし、それゆえに、福田は校長と対立し、たった一年で学校を去ることになった。

問題は、甲子園出場だった。当時掛中は、甲子園出場を目指して、校長以下、全校を挙げて野球に狂奔していた。町ぐるみといってもよかった。福田の文章を引こう。

確か最初の衝突は、掛中の希望を一身に背負つてゐた投手のAに、零点を与へた事にある。白紙答案だから、零点は当然であろう。それが校長の怒りに触れた。「零点とは何だ、出席点といふのがあるだらう」と来た。「出席点といふことも考へたのですが」と私は言つた。「いくら授業に出てゐても、球をひねくり廻してゐるだけで、教科書を全然見ていないんです」。（中略）

第二の衝突は、掛中奉職後、約一年の月日が立つた翌年の及落会議の時である。当時、藤枝小学校から有能な投手の卵が受験してゐた。受験させてあつたといつた方が、正しい。だが、その子の受験成績は明らかに落第であつた。掛中は県立であつて、私立ではない。普通の中学であつて、野球中学ではない。私は、その時も、校長と意見が対立した。この子を入れることによつて、当然、受かるはずの最低得点者一人が落ちるからである。その後で、私は校長から呼ばれた。「これは校長の意志である、君がそれにどうしても反対なら、学校を止めて貰はなければならない」、合ふと早々に校長は、さう切り出した。私は待つてましたとばかり「それなら、私は止めます」と答へ、（中略）掛中を去つた。私が受持つてゐた組の生徒が、なぜやめるのか、といふ。私はただ二、三時間掛けて『坊つちやん』を読んでやることにし、それ以上、何も言はなかつた。

（「問ひ質したき事ども」『中央公論』昭和五六年四月号）

痛快である。

『形成』

東京に戻った福田は、家庭教師のアルバイトをしながら、「嘉村礒多」（『作家精神』昭和一四年三月号）を書いている。テーマは、やはり「凡俗」にあった。福田はそこで、嘉村作品を、「凡俗」の「自意識」を克服した文学として高く評価している。

そうしたなか、二中時代の恩師・西尾實《みのる》が助け舟を出してくれた。古今書院から新たに創刊される雑誌の編集者にならないかというのである。

こうして福田は昭和一五年、前年の一二月に創刊された『形成』の編集に携わることになった。『形成』は、人文学を広くカバーした雑誌で、『思想』（岩波書店）の大衆版といった趣だった。

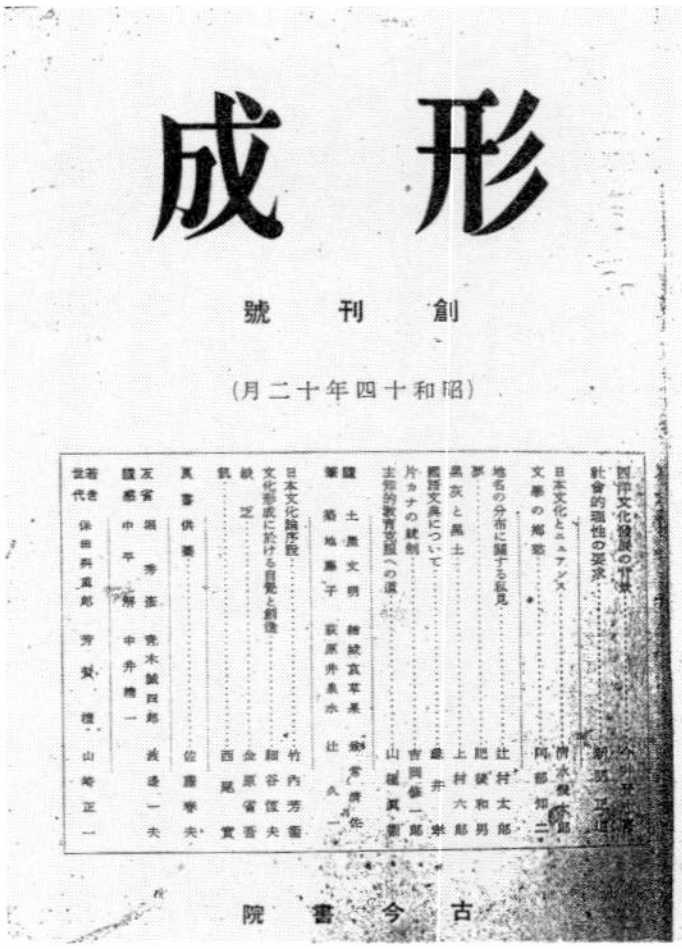

『形成』創刊号（昭和14年12月）

田中美知太郎

福田が、まっ先に原稿を依頼したのは、田中美知太郎《みちたろう》だった。田中は当時、若手のギリシャ哲学者で、まだあまり知られていなかった。しかし福田は、田中の論文「エイロネイアー」（『思想』昭和一四年九月号）を読んで、心を摑まれていた。

福田は、田中の魅力を、こう語っている。読書には、「知識としての読書」と、「経験としての読書」があるが、「前者の場合は「ああ、さういふ物か」と机の抽出の何処かに蔵ひこみ、必要な時に引張り出せば良いと思つて、一応それきり忘れてしまふ。後者の場合は自分の精神と呼吸をひとつにして一字一句、文体のリズムと共に生き、恋愛や仕事の様に読書を経験する。この場合も、その様に自分の血肉と化してしまつてゐるので、忘れはしないが、自分から離れた対象的な知識として人に説明する事ができなくなる。田中氏の文章は私にとつて（中略）さういふものであつた」（「エイローネイア」『田中美知太郎全集』第六巻、月報、筑摩書房、昭和四四年）。

田中側は、当時のことを、次のように回想している。

「思想」の九月号が出て、その十月一日に古今書院から手紙が来る。筆書きの手紙で筆者は福田恆存といふ人であつた。「思想」の論文についての好意的な感想をのべてあつたが、その月の二十日には、あらためて雑誌「形成」創刊号への執筆を頼まれることになる。そしてその二十五日には、「午前、アリストテレス／午後、文理大、高坂氏から『カント』を貰ふ。福田君来訪の由」とあるから、留守に来訪があつたことになる。その後また来訪があり、達筆の手紙から年輩の人だと思つてゐたら、若い人なので驚く。しかし若輩の書生といふ風ではなく、既に老成したやうなところがあり、神田生まれと聞いて、何となく漱石の「須永の話」の主人公を連想したりした。わたしの家はバスだと堀之内で降りて来るのだが、そこの揚饅頭を買つて帰るのだといふ話だつた。落語「堀之内」にもあるやうに、神田と堀之内の御祖師さまは密接につながつてゐたから、このような土産物はあるひは幼少の時から馴染みだつたのかもしれない。（中略）かれはそのとき「芥川龍之介」

を書くのだといふやうなことを言つてゐたやうに思ふ。（『時代と私』新装版、文藝春秋、昭和五九年）

田中は、福田の依頼に応じ、「日蝕」と題した論稿を『形成』第二号に発表している。しかし『形成』は、時局がらみの紙不足から、翌昭和一五年七月、第八号を出して、休刊となった。福田は、再び職を失った。翌年に仕事を見つけるまで、前述の田中の回想に出てくる芥川論に打ち込むことになる。

芥川龍之介論

福田は、昭和一六年から一七年にかけて、芥川論を七本書いている。「芥川龍之介論（序説）」（『作家精神』昭和一六年六月号）、「芥川龍之介について」（『文学』同年八月号）、「芥川龍之介の比喩的方法」（『新潮』同年同月号）、「古典と現代——再び芥川について」（『新文学』昭和一七年一月号）、「文化意思について——芥川論」（『新文学』同年五月号）である。最初の「芥川龍之介論（序説）」は、質量ともに、戦前・戦中期の福田の批評文の中で最高の力作といえよう。

福田は、いう。

芥川は、人間精神の「もつとも美しきもの、最も高きもの」を求めた文学者であった。しかし、彼は、「もつとも美しきもの、最も高きもの」を追い求めれば追い求めるほど、自分の中の「最も卑しきもの、最も俗なるもの」に気づかされていった。

ドイツ・ロマン派は、「イロニー」（皮肉）ということを言う。それは、美を追求すればするほど、おのれの醜悪に直面せざるを得ないという意味である。福田は、芥川もまた、こうした「イロニー」を漂わせているという。

しかし、それは、芥川が、「純情」だったからである。

彼の純情は人間の昇りうる最高位を常に憧憬してゐる。一面、自我の現実をうしろめたく羞恥してゐる。（前掲「芥川龍之介論（序説）」）

さらに、と、福田は、いう。

最高位を憧憬し、現実を羞恥するといふ事実そのものを羞じること、而もここに於て自己の純情をすら羞恥してゐるのは、理智でも自意識でもなくて、純情自体であるといふことである。（同右）

そのうえで、

僕は芥川龍之介の文学に於て、この純情を何ものよりも高く評価する。（同右）

と述べる。福田もまた、「もつとも美しきもの、最も高きもの」の追求を徹底したがゆえに、「凡

保田與重郎（昭和９年）
（『保田與重郎全集』第１巻より）

俗」にすぎない人間・自己を深く自覚するに至ったといえよう。福田自身、芥川論は、自分の精神の投影であると述べている。

保田與重郎

ところで当時、「イロニー」という用語は、保田與重郎の思想的キーワードとして知られていた。ドイツ・ロマン派に親しんでいた保田は、昭和一一年に、日本ロマン派を立ち上げ、以後その中心として活躍していた。

保田は、ドイツ・ロマン派を代表する文学者、フリードリッヒ・シュレーゲルについて論じた文章「ルツインデの反抗と僕のなかの群衆」（『コギト』昭和九年一一月号）で、次のように述べている。

> 自我をはつきりよりどころにとらへようと努めた人間が、つひにあくまで対立し矛盾している自我をみいだした。（中略）自我は矛盾そのものである、絶対者はただよつてゐる、結果己は下らぬ。矛盾から無為の美を考へるとき、作品ルツインデは、己が下らぬ人間だ、との自覚から芸術家の終生の仕事を始めるものの手によつて構想される。（中略）
> パラドクスは善にして偉大なものである、イロニーはパラドクスの形式である、ふとそんな意味

深長な放言をシュレーゲルは堂々としてしまふ。
芸術家は、純然たる矛盾のみしか語り得ぬ、（後略）

福田は、こうした保田の議論からも影響を受けていたにちがいない。
檀一雄《だんかずお》は、その著『太宰と安吾』（沖積舎、昭和四三年）で、次のように述べている。

保田與重郎の家で、時に、ツルのようにやせて、学生服に身を包んだ、福田恆存氏の姿を見かけたような記憶もある。

保田の門弟である文芸批評家の谷崎昭男は、「福田恆存」（『ポリタイア』第二巻三号、昭和四四年）において、「若い日の福田氏がもっとも多く学び、ついにはよく自家の薬籠中のものとしたのは「保田の」イロニーの説であった」という見方を提示している。

谷崎の言うように、「もっとも多く学び」とまで言えるかどうかは分からない。しかし、保田から刺激を受けていたのは確かであろう。『形成』創刊号（昭和一四年一二月号）には、保田の寄稿（「文学的といふこと」）も見られる。

とはいえ、戦争に対する姿勢において、二人は全く異なっていた。保田は、戦争に対しても文学的・思想的に向き合おうとした。しかし福田は、戦争を文学・思想の問題とは切り離して、現実政治の問題として扱った。この点は後で見よう。

同人誌の仲間たち

戦争の問題に移る前に、当時の福田の周辺人物についてさらに詳しく見ておこう。福田の発表舞台のほとんどは、同人誌だった。そこでは、次のような人々との交流があった。

まずは、幼馴染の高橋義孝。福田は、大学を卒業した翌年（昭和一二年）、高橋に誘われ、『行動文学』の同人となる。

『行動文学』は、『行動』と第一次『作家精神』の後身で、昭和一一年六月に創刊され、翌年の二月に終刊した。同誌について、紅野敏郎《こうのとしろう》『昭和文学の水脈』（講談社、昭和五八年）は次のように説明している。「『行動』（昭和八年一〇月〜一〇年九月）のあとを受けて、舟橋聖一・豊田三郎・小松清らが中心となった同人誌であるが、四号まで出して、従来の同人制を改め、舟橋・小松は退き、豊田三郎一人が宰領し、それに『作家精神』［第一次］側の五人が加わって続刊され、続刊後三冊出してつぶれた全七冊ほどの雑誌である」。

福田は、続刊後参加したということになる。つまり、第一次『作家精神』の人脈につらなっていたわけである。

その第一次『作家精神』について、紅野はこう説明している。「豊田三郎・高木卓・真下五一・木暮亮・鷹匠劉一郎・近藤忠ら東大独文系の人々に、坪田譲治や福澤一郎も応援して出していた同人誌『意識』と、野口冨士男らの『現実・文学』が合併して出来た」。

東大独文だった高橋の誘いによって、福田は、こうした人々と相知ることになったわけである。ちなみに、保田は東大美学だが、高橋とは授業を通じて顔見知りだった。その縁で高橋は、『コギト』や『日本浪曼派』に寄稿している。福田も、そうしたつながりの中にいたということであろう。高橋と高木は、『形成』にも寄稿している。

福田は、この『行動文学』の最終号に、前述の「横光利一と「作家の秘密」——凡俗の倫理」を寄せたのである。

さて、同誌の後身が、第二次『作家精神』となる。昭和一二年五月に刊行され、昭和一六年一〇月まで続いた。同誌について紅野は、こう論評している（前掲『昭和文学の水脈』）。「これは当時のこの

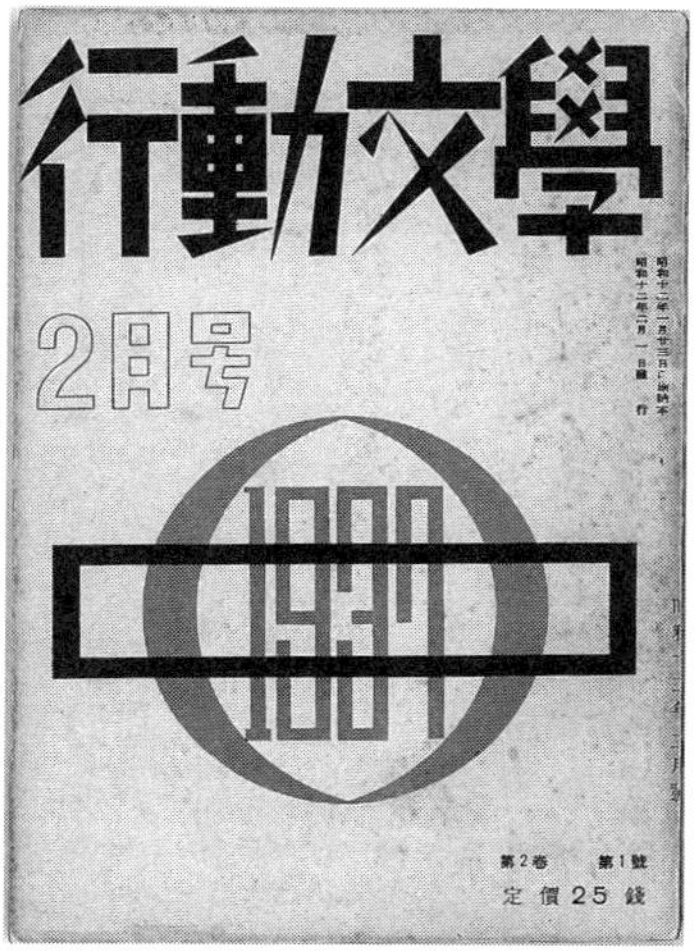

『行動文学』（昭和12年２月号）
福田の横光論が掲載された

『作家精神』（昭和16年６月号）
福田の芥川論が掲載された

種の同人誌としては比較的長命で、この時代のものとしては当然記録しておくべきものに属する。同人は第一次の木暮・高木・野口・真下・松岡らが中心で、それにいくらかの移動があったが、「自己の独自性の発見とその発展に対する不断の精進」というシンプルな構えが長命の原因になったものと察せられる。第一号には、岡田三郎が絶賛した『飛びゆく』の続編を『風の系譜』（のちの代表作『風の系譜』とは別個）と題して野口〔冨士男〕はゆるやかにその才能を開花させていく。同人は、のち正宗白鳥の研究家として著名となる後藤亮やドイツ文学畑の佐藤晃一や『行動文学』の側から接近のあった福田恆存、さらに高橋義孝・麻生種衛・倉本兵衛・桜田常久・岡本謙次郎・谷丹三、それに最後のほうでは小島信夫などまで加わり、坪田譲治や小寺菊子らの応援寄稿もあり、昭和十年代文学の有力同人誌としての実力を充分に持つに至る。（中略）『風の系譜』から『東京慕情』へとつながる野口の制作活動、福田恆存の、嘉村礒多や芥川龍之介に関する評論、桜田常久の『平賀源内』、これらもまた、昭和十年代文学の一収穫であると私は見たい」。

野口は後年、第二次『作家精神』について、「高橋義孝と福田恆存を文芸評論家として羽ばたかせる基地となった」（『感触的昭和文壇史』文藝春秋、昭和六一年）と述べている。

年少の文学青年たち

先の紅野の解説にも出てくるように、第二次『作家精神』には、岡本謙次郎も参加していた。岡本は、福田の母校・二中の生徒だった時代に、当時大学生だった福田に家庭教師をしてもらっていた。以来、福田は、七つ下の、年少の友人として、岡本と交友を深めていった。大学から大学院時代にかけて、福田は、岡本の弟、武次郎も交えて、一緒に関西旅行や富士山登山を楽しんでいる。

また岡本の姉・八重子は、福田の初恋の人だったようである。福田は、八重子が早逝した際に、故人を偲び、俳句を詠んでいる（鈴木由次「福田恆存と俳句」『國語國字』第一八九号）。

岡本は、やはり福田の母校である東大の英文を出たのち、美術評論家となり、戦後に活躍する。その最初の著作をプロデュースしたのは、おそらく福田だと思われるが、そのあたりのことは、次章にまわそう。

こうしたことから、第二次『作家精神』に岡本を誘ったのも、福田だったと思われる。

さて、その岡本を介して福田を知ったのが、小島信夫《のぶお》だった。小島の自筆年譜には、それは昭和一四年だった、とある。そうした縁からであろう、小島も同誌に参加している。前出の引用文の通りである。小島は、やはり東大英文を出、周知のように戦後、小説家として活躍する。

小島は福田より四つ下だった。当時、福田の周辺には、こうした福田を慕う年少の文学青年たちがいたのである。第二次『作家精神』には、そうした人脈も流れ込んでいるといえよう。

後述のように、岡本と小島は、白崎《しらさき》秀雄たちとともに、戦後、文芸誌『同時代』を創刊するが、その白崎もまた、当時福田の周辺にいた年少の友人の一人である。福田の自筆年譜（『全集』）の昭和一五年の欄には、「この頃、白崎秀雄に誘はれ白樺派の八幡関太郎について漢文講読を受ける」とある。

小林や保田など、年長や同世代の文学者からの影響と同時に、こうした年少の友人たちからの刺激もまた、当時の福田を見るうえで重要であるといえよう。

2　福田と戦争

『日本語』

前述のように『形成』は、昭和一五年七月に、第八号を出して休刊となる。そこで福田は、翌一六年に、日本語教育振興会に入り、『日本語』の編集に携わるようになる。『形成』の時と同様、二中の恩師・西尾の紹介だった。

西尾は、多くの卒業生を物心ともに支えた。その中には、高橋義孝も含まれる。高橋の最初の著作『構想する精神』（昭和一七年）や、同年の翻訳、レッシング『ラオコーン』に記された謝辞のなかには、西尾の名が見られる。ちなみに後者の謝辞の中には、福田の名も含まれている。福田の場合、西尾は前半生の恩人ともいえる人物である。そのゆえんは、この後、さらに明らかとなるだろう。

さて、日本語教育振興会は、植民地（外地）における日本語教育の推進を目的に、昭和一六年八月に設立された、文部省の外郭団体である。総主事には西尾が就き、教科書の出版、雑誌『日本語』の刊行、日本語教師のための講習会開催などの事業を展開した。ちなみに、この年の一二月には、大東亜戦争・太平洋戦争が勃発している。

福田は、主事の一人として、雑誌『日本語』の編集にあたった。『形成』での経験を買われたともいえよう。福田は、編集人・発行人として存分に力を発揮し、同誌は、植民地（外地）における日本語教育の専門誌として評価を高めていくことになる。

その関係で福田は、翌昭和一七年九月末から一二月初めにかけて、満州、蒙古、北支、中支の視察もしている。小島信夫の年譜を見ると、昭和一七年の欄に、「福田恆存が来中し兵舎を訪ねてくるが外出のため会えず」とある。小島は、前年に徴兵検査を受け、第一乙種合格となり、この年から入隊、北支で訓練を受けていた。

福田は、大学卒業の年に、徴兵検査を受けたが、丙種合格。つまり兵役免除となっていた。生まれつき体が弱かったためである。戦局が悪化するなかで、丙種合格でも入隊を命じられるケースもあったが、福田は、ついに軍隊生活を送ることがなかった。数回、簡閲点呼に召集され、竹槍訓練を受けただけだった。同世代の保田は、やはり丙種合格だったが、終戦の年になって入隊を命じられている。

『日本語』創刊号（昭和16年）

こうして、友人・知人たちが軍隊生活を余儀なくされるなかで、福田は、昭和一九年の春まで、『日本語』の編集に従事することになる。

またそれと並行して、神奈川県立湘南中学校、浅野高等工学校、日本大学医学部予科などの嘱託・講師もつとめることになる。同時に、時局がらみの論稿を多くの雑誌に発表していく。彼は、銃ではなく、ペンで闘ったといえる。

知的俗物

福田が闘ったのは、戦争を自分のために利用しようとする知的俗物たちだった。彼らは、戦時における「政治と文化」の協力という大義名分のもと、「政治」に介入し、それによって、自分の処世や出世を図ろうとした。

福田は、彼らを、こう批判している。

私の言ひたいことは、人は国家百年の計を立てる場合にも処世の方法に専ら心を用ゐる余裕をもつてゐるといふことである。逆に、彼等は処世の配慮の為にも〈政治と文化〉の大義名分を楯にして諤々の論を闘はすほどに用意周到だといふことも亦事実である。

（「日本語普及の問題――政治と文化の立場」『新潮』昭和一七年四月号）

同じことを、批評家の林達夫も述べている。

いまわれわれの周囲にぞくぞくと輩出しつつある思想的アリヴィスト（立身出世主義者）にすぎない、哲学者の仮面をつけた山師や曲芸師（後略）

（講演「反語的精神」昭和一五年）

林は戦後、福田を高く評価することになる。後で触れよう。

こうした知的俗物を、福田は、「文化主義者」と呼んだ。文化の立場から、あらゆる問題に介入し、発言しようとするからである。彼らは、それによって、おのれの政治的影響力を確かめ、自己満足にひたる。発言権はあるが、「責任」を問われることはないから、「文化主義」はどんどん蔓延する。

「文化主義者」

福田は、その「無責任」を見過ごすことが出来なかった。こう述べている。

僕は文化主義の名のもとにあらゆる放縦無責任な思惟を一括して否定し去りたいのである。

（「文学至上主義的風潮に就て」『新潮』昭和一八年二月号）

したがって福田は、雑誌『日本語』の編集においても、「責任」ある紙面づくりをモットーとした。編集後記（『日本語』昭和一八年九月号）において、福田は、次のように述べている。

戦時にあつては専門と分化と孤立とは当然打ち毀され、ここにあらゆる分野のいはゆる総力戦が要請されてくるのであるが、これは、自分の立つてゐる専門領域に対する安易なながやりと、他の分野に対する無責任な干渉を意味するものでは決してない。総力戦とは他との繋り、全体への関係を充分に意識して、各自の専門に没頭することにほかなるまい。今程、専門といふ言葉の重要性が痛感されるときはないのである。

文化が、ともに役割を分担し、それぞれの責任を果たすことだ。

「文化主義者」が蔓延すれば、政治のみならず、文化も劣化する。大切なのは、政治と文化が、ともに役割を分担し、それぞれの責任を果たすことだ。

福田は、文学者に対しては、こう説いている。

僕達の周囲を眺めてみるがよい。民族精神の明らめと高まりのための美しい歌声があたりに満ち満ちてゐる。だが、これらすべてが僕達に真実の響きを伝へてゐるであらうか。かならずしもそれらが便乗の手振り身振りだとは言はぬ。が、最も恐るべきは、さうした意識的な小細工よりは、無意識的な錯誤である。美しい歌をつくるものは尊ばれねばならぬ。しかし一篇の感激の歌より、一隻の船舶、一台の爆撃機こそ今は必要なのだ。現代に於いて、作家はかならずしも歌をうたひ、小説を書く必要はないのである。報道文学でなくてもいいではないか、なぜただ報道ではいけないのか、戦争文学でなく、なぜ戦争記録ではいけないのか。

（前掲「文学至上主義的風潮に就て」）

そのうえで福田は、「歴史文学もない、戦争文学もない、劫初以来ただ文学の心あるのみである」と説く。福田が言いたいのは、文学者は、政治にすり寄らずに、おのれの文学に打ち込め、ということであろう。

福田はみずから、それを実践し、この時期、前述の芥川論に打ち込んでいる。

その芥川論が掲載された雑誌『新文学』について、前述の紅野は、こう述べている。「太平洋戦争勃発後の民族的昂揚の雰囲気はあまりうかがえない。古典について語っても、神がかり的言辞はいささかも使われていない。福田恆存・高橋義孝の、静かで勁い姿勢がまず人の目をひく」（前掲『昭和文学の水脈』）。

坂口安吾

ところで、当時、福田と同じスタンスを打ち出していた文学者がいる。坂口安吾である。安吾は、前述の福田の引用文の数カ月後に、次のように述べている。

飛行機があれば勝つ、さうときまつたら、盲滅法、みんなで飛行機をつくらうぢやないか。そんなとき、僕は筆を執るよりもハンマーをふる方がいいと思ふ。その代り、僕が筆を握つている限り、僕は悠々閑々たる余裕の文学を書いていたい。文学の戦時体制は無力、矛盾しやしないか。

（「巻頭随筆」『現代文学』昭和一八年六月号）

後述のように安吾と福田は、戦後に、互いを文学・思想上の同志と認め合うようになる。

文学報国会で

さて福田の批判は、文化人のみならず、政治権力の側にも向けられた。昭和一五年、内閣情報局が開設された。戦時における情報統制を任務とする機関である。分野ごとに監視するために、多くの下部組織が立ちあげられた。日本文学報国会もその一つである。作家や評論家は、その監視の下に置かれた。

福田は、昭和一八年三月に開催された、日本文学報国会の随筆評論部会に出席している。そして当時の代表的な評論家たちを前に、次のように発言している。

大抵文藝評論家として出発された方にはいつの間にか非常に景気のいい政治評論家になつてしまふことが、今の文芸評論の実際ではないかと思ひます。（『日本学芸新聞』昭和一八年四月一日号）

会場には、「文化主義」になびいている評論家もたくさんいたであろうから、これは大変勇気のある発言だったといえよう。

そして福田は、さらに、こう続けた。

私最近満州、支那の方を廻つて参つたのですが、その中で一番感激したのは旅順、これは旅順へいらつしやつた方ならばどなたでも御分かりになると思ひますが、あの雞冠山から璽霊山の方を廻つて見ますと、誰でも必ず涙なくしてそこを通れない、そこに案内役が居りまして、説明を聴くのですが、乃木将軍の苦しみといふやうなことをいろいろ聴かされました。（中略）少なくとも日本軍の死体といふものがあの山を覆ふてをつた所を、乃木将軍は後の方から眺めてゐなければならなかつた、而も国内で乃木将軍の、第三軍の指揮といふものを叱責するやうなことがあつたさういふ時に乃木将軍の気持を考へて見ると、そこに何かやはり乃木将軍の、（中略）戦争（中略）といふことに付いて理想主義的な言葉だけでは割切れない悲しみ、さういふものが、軍人であつた将軍自身の中にも堆積されてをつた。

非常に私の論理が飛躍するやうですが、評論といふものもやはりさういふ気持ちの弱みといふ所から出発して行かなければ本当の仕事が出来ない。纏りませんけれども。［一部、字句を修正して引用］

（同右）

同業者に対する批判の形をとっているが、聞き様によっては、軍部に対する批判ともとれる。福田自身、戦後に、こう振り返っている。

私は大東亜戦争を戦つてゐる日本の辛さを語り、勝ち戦さの蔭にその事実を蔽ひ隠してしまふ戦争指導者の一群を「当てこすった」つもりだつたのである。

（「覚書一」）

会合には、当然、軍人も顔を見せていた。会場にいた文学者の吉田健一は、戦後にこう回想している。

最初に福田恆存氏の名前を聞き、その顔を見たのは、戦争の最中だった。文学報国会が幾つかの部会に別れていた中に、評論随筆部会というのがあって、確か昭和十八年にその集会が赤坂の三会堂で開かれた際に、これに属している批評家や随筆家が会長の高島米峰氏に指名されて五分間ずつ喋った。集まったものが全部何か言うことになっていたので、持ち時間が五分に限られたのだったと思う。その時、福田氏に順番が廻って来ると、福田氏は立ち上って、いきなり、「日本人の弱さというものに就いて反省したいと思います、」と言った。それから旅順に行って二〇三高地に登り、そこの記念塔の前に立って感慨無量だった話をして、もう一度、「今こそ日本人の弱さに就いて反省したい、」と言って腰を降した。戦争中に聞くことが出来た極く少数の骨がある発言の一つで、それで福田氏の名前が記憶に残った。

（「万能選手・福田恆存――その人と作品」『別冊文藝春秋』昭和三〇年八月）

福田にとっては、文化人だけではなく戦争指導者もまた、「無責任」に思えた。彼らもまた、うわついた表情を浮かべ、自己満足にひたっていた。

福田は、そうした態度を許すことができなかった。戦後、福田は、こう述べている。

当時、私は反戦であった。勿論、戦争を悪とするがごとき単純な反戦ではなく、国家、国民の命運を賭けた闘いに対する姿勢、態度の軽佻浮薄にへどが出るほど反感を覚えたのである。

（「言論のむなしさ」『諸君！』昭和五五年六月号）

純情

それにしても、知識人・文化人は、どうしてこうも軽薄なのだろうか。なるほど、処世は大切だ。福田だって同じである。しかし、あまりにも、ためらいがなさすぎる。いいかえれば、彼らには純情というものが見られない。昭和一七年から一九年にかけて、福田は、こうした問いかけを、いくつかの評論で、くりかえしている。

福田はそこで、近代西欧の知性との比較を試みている。彼らには、純情があった。日本においても、明治には、それが存在した（「純情の喪失」『日本文学者』昭和一九年五月号）。「理想人間像」を高く掲げて、自己の人間形成に真摯に取り組む姿が、そこにはあった（「年輪の美しさ——クラシシズムの常識」『文藝』昭和一八年六月号）。美を創造しようとする造型への意志が存在した（「造型への意思を」『東京新聞』昭和一八年四月二八日、「私小説のために——弁疏注考」『新文学』昭和一七年六月号）。

そうした若々しい精神を、日本の文化人たちは失ってしまった。にもかかわらず、彼らは、俗に生きる民衆たちを、高みから鞭打つ。いわく、まったく美や精神を喪失している、と。そんな文化人たちを、福田は撃つ。反省すべきは君たち、だと。君たちこそ、精神を失い、創造の力を失っている、と。

僕はあらゆる冷たさといふものに対して猜疑の眼を向けざるをえない。僕は粗雑であり、戦争の重責に耐え、受けた傷を秘め隠さうとしてゐる東京に限りない愛情を覚える。芸術を失ひ、美意識を忘れ、満員電車に揺られながら毎朝職場に通ふその住民たちに深い信頼感を寄せてゐる。幾多の文化的な遺産と同列に、場末の廃業したそばや、裸にされた街路樹を愛惜する。それらは僕にとつて動かすべからざる同時代だからだ。全力を挙げて戦つてゐる同時代を叱咤する心は一体どんな心であらうか。

（「同時代の意義」『新潮』昭和二〇年二月号）

そして、こう福田は述べる。

もし、この戦争を転機として新興日本の次代の美感と、それに基づく生気ある文化とが誕生するとすれば、それは（中略）芸術家や文化人のなかからではなく、（中略）日常人のなかから起るものでなくてはならない。

（同右）

福田らしい言葉である。俗なるものが、俗なるままに、しかし懸命に、生きている。そこに福田は、生の基盤を求めるのである。

『日本語』の編集や大学の講師の傍ら、以上のような言論活動を展開していた福田であったが、昭和一八年の六月、情報局職員への転身を打診される。平野謙《けん》からの誘いだった。前述のように情報局は、言論統制のための国家機関である。

情報局入りを断る

平野は、福田より五つ年長の文芸批評家で、当時、情報局文芸課に勤務していたが、中央公論社への移籍を考えていた。そこで、「芥川龍之介論（序説）」以来注目していた福田を、みずからの後任にと考えたのである（「覚書一」）。

しかし、福田は、この話を断る。前述のように、情報局の管轄下にある日本文学報国会の会合で、軍人や、戦争に便乗する文化人を批判しているくらいだから、当然のことであろう。

日本語教育振興会を退職

昭和一九年の春、福田は、日本語教育振興会を退職する。『日本語』（昭和一九年八月）の「編集後記」には、総主事の長沼直兄《なおえ》による、次のような送辞が記されている。

本誌創刊当時より編集を一手に引受けて活躍して来た福田恆存君が、今度他の方面に進出することになつた。草分け時代の苦労を一人で背負つて来、本誌の今日を築き上げた同君に対し、読者と共に感謝の意を表する。色々の制約の下に、且大きい使命を以て生れ出た本誌には、本誌独特の喜びと苦しみとがあつた。明敏な頭脳と着実な事務、而も全くの陰の人として満三ヶ年以上奮闘して来た日本語教育のかくれた一功労者を送るに当り、感慨の深きは言はず、むしろ春秋に富む前途の活躍に待望しよう。

協会は、終戦とともにいったん解散となったが、戦後、財団法人言語文化研究所として、併設の日本語学校ともども、昭和四六年まで活動を続けることになる。

同年、福田は、太平洋協会アメリカ研究室に入った。清水幾太郎《いくたろう》の薦めだった。ここで、福田と清水の関わりについて見ておこう。

清水幾太郎

清水は、昭和を代表する社会学者で、評論家。明治四〇年生まれで福田より五つ年長だった。清水によれば、二人は、福田の大学卒業の「翌年頃から親しく交際」。「彼が神田の生れ、私が日本橋ということもあって、よく気持ちが通じた」（『わが人生の断片』文藝春秋、昭和六〇年）という。清水の家は、もともと江戸幕府の旗本の出だったが、少年時代は、竹竿の小売店を営んでいた。庶民階層という点でも、福田とは似ていた。ともに学生時代には、アルバイトに励んでいる。

清水は、東大社会学を出たあと、ジャーナリズムで活躍。戦前・戦中から、売れっ子だった。昭和一六年からは読売新聞の論説委員も務めている。戦後は、ともに時代を代表する論客として、ライバル関係にあったといえる。

ここでは、昭和一〇年代の交友を見ておこう。まず気づくのは、清水が、第二次『作家精神』に同人参加していることである。また福田は、『形成』の創刊号で、清水に原稿を依頼している（「日本文化とニュアンス」）。清水は、昭和一五年に、古今書院から、評論集『常識の名に於いて』を出しているが、その企画・編集を担当したのは、福田だった（前掲『わが人生の断片』）。

清水は、福田同様、虚弱体質で、丙種合格組だった。したがって、兵役の方は免除されていたが、昭和一七年に、宣伝班員としてビルマに徴用されている。

福田など、清水の親しい友人たちが、送別会を開いた。その時のことを、清水はこう回想している。

「会の中途で、誰かが色紙を持ち出し、各人が一枚ずつ何かを書いて私に贈るということになっていた。書道の心得があった福田恆存は、立派な筆跡で漢詩のようなものを書き、書き終って、それを暫く眺めていたが、「ああ、これは縁起が悪い」と呟いて、慌てて色紙を破いた。私は、生きて再び友人たちの間に帰って来られるとは思っていなかった。そういう確信は誰もなかったであろう。みんなにとって、「縁起」ということが気にかかっていた」（同右）。

　帰国後、清水は、読売新聞の論説委員などを引き続き務めていたが、昭和一八年に、太平洋協会アメリカ研究室にも関わることになる。

太平洋協会アメリカ研究室

　太平洋協会は、昭和一三年に鶴見祐輔《ゆうすけ》が中心となって設立した、太平洋政策を専門とするシンクタンクである。主な事業は、雑誌『太平洋』の出版、研究資料や専門書の刊行、談話会や講演会の開催などであった。

　さて、この協会に、昭和一七年七月の第一次の日米交換船で帰国した人たちの数名をメンバーとして新しく開設されたのが、アメリカ研究室だった。室長は、坂西志保、室員には、都留重人《つるしげと》、松岡洋子、鶴見和子、鶴見俊輔、阿部行蔵《こうぞう》、細入藤《ほそいりとう》太郎《たろう》などがおり、清水も加わった（石塚義夫「太平洋協会について」『環』第八号、藤原書店、平成一四年）。

　そして昭和一九年、清水に誘われ、福田も参加。室員となる。福田によると、「最初に命ぜられた仕事は、西暦何年に何州をフランスから買上げたとか、謂はば合衆国成立史に伴うプロゥトコルの抄約であつた」（「坂西志保さんから教わった事」『坂西志保さん』国際文化会館、昭和五二年）。

その後、キュリー夫人の妹、エーヴ・キュリーの『戦塵の旅　ロシア篇』の翻訳に従事した。同書は、エーヴ・キュリーが、連合国側の戦時特派員として、一九四一年から翌年にかけて、アフリカ、アラブ、ロシア、インド、支那を訪問した際の旅行記である。昭和一九年の夏に刊行する予定だったが、情報局から刊行を差し止められた。結局、戦後の昭和二一年三月に、日本橋書店から刊行された。

結婚、疎開、防空壕掘り

しかし、翌昭和二〇年の三月、福田は研究員を辞す。かけ持ちしていた学校も辞めた。そして、防空壕掘りに専念することになる。

この年の一月、福田は、西尾實の媒酌で、西本直民の長女、敦江と結婚している。「戦争もおよそ年末まで」と予想し、福田は、妻と家族を守ろうと考えたのである。

しかし、五月、空襲で罹災。結婚にあたり、神田錦町の家が手狭になったため転居した麴町区（現在の千代田区）での罹災だった。一家は、杉並区の西尾實の家に身を寄せることになる。その後、福田だけは残り、家族は、日大の教え子・中島邦夫に付添われ、掛川中学時代の教え子・鈴木由次を頼って、静岡県に疎開。

この年に関する、晩年の福田の回想である。

戦争は年内で終ると見た私は自分の痩腕に精一杯の力をこめ、新しく移った麴町二番町の家に二つの防空壕を掘つた。庭の方は書物と文具用具のものであり、その文房具のうちには、万年筆、鉛筆、消しゴムの類ひの、どんな零細な物でも見逃さず、びつしり詰めこんで、普段は出し入れ無用とばかり、上には土を高く盛り上げ、湿気で本が蒸れることを恐れて、只一箇所だけ、一尺角ぐらゐの穴を作つて、天気のいい時には蓋を開けておくやうにした。大きさは畳一枚位で、深さは胸くらゐのものであつたらうか。五月の空襲で家が焼けた時、不運にもそれに焼夷弾が一つ命中し盛土に突刺さつた。抛つておけばよかつたものを、多少の火を出したらうと、例の一尺の穴に水を入れたのがわるかつた、後で掘起してみると、有朋堂文庫の表紙が水で濡れてどうにもならず、戦後、知合ひの池田書店に頼んで製本しなほしてもらつた。掘出したものは殆ど全部が無事で、消しゴムなどは、その後五年位はまだ使へ、机上にころがつてゐるのを見て、私はにやりとほくそ笑んだ、B二十九と一人で戦つて勝つたやうな気になり、密かに溜飲を下げたものである。

もう一つの玄関脇の防空壕は、父、母、妹二人、既に身籠つてゐた家内と私と、そのほか来客でもあればと、空席を二つ、三つ用意した。かうして数へてみると、胎児を入れて、九人か十人が中へ這入つて腰掛けられるやうにし、その外、鍋、釜の類ひを警報の度に出したり入れたりするのだから、こつちの方もさう小さくはない。家人が手伝つてくれたとはいへ、よく、あんなものを二つも掘れたものだ、（後略）　（「覚書一」）

精神と物質

防空壕掘りに精を出していた頃に書かれた文章に、「荷物疎開」がある（『日本文学者』昭和二〇年一一月。執筆は三月前後。「覚書一」参照）。

そこで福田は、文房具など、身の周りの一見ささいな「物」や装飾品が、実は、人間の「心」を支えていると述べ、「精神」のみを重んじ、「物質」を軽んじる考え方を批判している。引用しよう。

手つとり早くいへば、三流の精神にとつては、生きるためには「物」の支へがぜひとも必要だといふことであります。漱石全集、鷗外全集に限りません。文人の硯屏はもとより、立派な書架、花瓶、置物、掛軸、灰皿、茶器、その他一切の諸道具が大いに必要なのであります。書は読んでしまへば用済みであり、家は雨露を凌ぎうれば足るなどと、ゆめ思ひあがつてはいけません。

僕の憂へてをりますことはほかでもありません——戦争の与へた緊張感が物への蔑視となり、すべての価値判断を必要度をもつて割り切つて行かうとする傾向を生じかねぬといふ事実、これであります。そのやうなことをすれば精神はかならず物に復讐されます。僕たちは俗人であり、凡人であつて、決して聖者でも賢人でもない以上、適度に物の重要性に敬意を払はなくてはなりません。あまりに思ひつめた生活は、きつとその人の精神を狭隘なものと化し、卑小な存在と堕せしめてしまふに相違ありません。

これは、前述の「同時代の意義」と似た問題意識で書かれているといえる。つまり、「日常」にこだわる民衆の姿を蔑むことで、みずからを引き立てようとする戦時下の知的俗物に対する批判意識である。

しかし、それとは別に、この文章には、いかにも福田らしいものの考え方が示されており、興味深い。つまり、「精神」と「物質」をともに肯定する「二元論」の立場である。
ちなみに、こうした発想が、実は、福田と戦後知識人の対立の原点となったのである。次章で論じよう。

敗戦

今見た「荷物疎開」（三月頃執筆）が、戦中期最後の文章となる。

六月から福田は、東京女子大学講師として、週一回、近代日本文学を講じた。

八月、敗戦。

九月、幼友達である波多野武志の満州ハルピン学院の後輩、山本憲吾を頼り、神奈川県中郡《なかぐん》に単身疎開。

一〇月には、家族の疎開先である静岡で、長男・適《かなう》が、誕生している。

翌昭和二一年の二月、家族を呼び寄せ、中郡大磯町に居を転じる。

> 今の国道一号線の南、詰り海岸の近くの漁師の家の二階には父母と妹二人が住み、国道に面した時計屋の二階の一間には、私達夫婦と、生まれて五箇月ばかりの長男とが別れ住んだ。父母達は二間続きで、炊事は階下の漁師の台所を貸して貰へたので、昼間は皆がそちらに集り、私だけは時計屋の二階へ仕事をしに戻つた。（「覚書一」）

その後、友人で、平凡社にいた友野代三《だいぞう》の紹介で、大磯町小磯の山下亀三郎《かめさぶろう》（山下汽船創業者）の別荘に間借りする。

こうして、なんとか、福田は、敗戦を乗り越えた。家族ともども、命をつなぐことができた。少しは、気が安らいだことであろう。山下家の別荘に移ってからは、「自分自身が亀三郎その人になつたやうな気持で、仕事の合ひ間にその邸内を歩き廻り、海を眼下に眺めて大いに気をよくした」、そんな時間も生まれた。

しかし、社会人・言論人としては、すでに、戦いが始まっていた。装い新たに、知識人・文化人が、再び国民の前に現れ、日本再建のリーダーとして振る舞い始めたからである。福田には、彼らのリードが、実際には、ミス・リードであるとしか思えなかった。

福田と戦後知識人（進歩的知識人）の対立が始まる。

第三章　文壇へ——敗戦後の福田

1　進歩的インテリとの対立

民主化路線とともに

戦後を迎え、当然ながら、日本再建の方向性が知識人たちの関心の的となった。その中で、民主化への要求、つまり民衆・国民が主役の社会づくりが、目標にかかげられた。

福田も、同じ考えだった。


今日の社会革命の近き将来において成就せんことを祈ってやまぬものである。

（「私小説的現実について」昭和二二年六月執筆、『福田恆存全集』第一巻、文藝春秋、昭和六二年所収）

と述べ、民主化のための「社会革命」を支持した。

福田のスタンスは、戦時中から、すでに知られていた。進歩陣営の文芸評論家・小田切《おだぎり》秀雄は、次のように述べている。

［戦時下において］民主主義ということばさえ使わなかったが、わたしたちが十九世紀ロシア文学や日本近代文学の批評・研究に熱心だったのは、それらのうちに屈折した形でひそめられている近代的・民主主義的要求の根強さへの共感、それをとり上げることでのひそかな当代批判・当代文学批判ということのためであった。プロレタリア文学とは無縁だった福田恆存や高橋義孝がそのころ日本近代文学に関する文章を書いていたのも、わたしたちとあい通ずるものがあったためである。

（「文学と近代主義の問題——回想を通して」『現代日本思想体系』第三四巻、月報、昭和三九年七月）

前章で述べたように、一般の民衆・市民・国民からスタートするのが、福田のスタンスなのである。福田の戦後最初の社会評論の題名は、「民衆の心」（『展望』昭和二一年三月号）。ここから、福田の戦後が、はじまった。

「新しい人間」をめぐる対立

しかし福田は、その小田切から批判を受けることになる。「民衆の心」（『展望』昭和二一年三月号）の内容が問題だというのである。「民衆の心」のなかで福田は、次のように論じている。

つひこのあいだまで、戦ひに協力しないもの（中略）が、たんなる悪として叱責されたのとまったく同様に、現在もまた祖国の敗戦をよそに自己の利害をのみ追求するものに対して、知識階級はただ絶望的な軽侮の眼をむけることしか知らないのである。ぼくはなにもかれらのいふ「道義の退廃」を弁護するつもりではない。だが、現実の醜悪さ、人間性の奥深くにひそむエゴイズム——かうしたものに直面したとき、ひるがえつて正義や善の観念にすがりつくことしか知らぬひとびとにむしろ強い反発を感ずるのだ。近代日本にあつては、文化のみならず政治もまた、この人間性の悪とエゴイズムとに気づかぬやうにふるまつてきた——ここにすべての病根がある。（中略）敗戦の現実は醜く惨めである。しかし、それがいかに醜く惨めであらうと、ぼくたちはこれ以外の場所に自分の立ち上るべき地盤をもたないのだ。民衆がいかに頼りなく見えようとも、またいかに背徳と頽廃とのうちに陥つてゐようとも、それはけつして鞭打すべき対象としてではなく、そのまま自分の姿として、そのうちにぼくたち自身の生活の根を置かねばならないのである。ぼくたちは素手で出発しなければならぬ。

民衆＝人間の「エゴイズム」を認めよう、というわけである。

第一章で見たように、福田には、人間の基盤を非合理な「生命」の力に置く、〈生命主義〉的な発想が存在した。「エゴイズム」も、そうした「生命」の働きとして捉えられている。福田は、こういう。

ひとの耳を楽しませる鳥の声は、その肉体的なエゴイズムから発してゐる。ぼくたちの目を喜ばせる花の美しさは、その根の強烈な生存欲の昇華にすぎない。とすれば、人間の心理のみがこの自然の法則の例外であるはずはない。（前掲「民衆の心」）

「肉体的なエゴイズム」は、生物としての人間の本質である、というわけである。

福田は、同時期の「作家の態度」（『新世代』昭和二一年四月号）でも、これからの日本が考えるべき「新しい人間」は、「エゴイズム」を抱えた一般普通人だと述べている。当時は、戦後日本が目指すべき「新しい人間」像が、知識人の間で話題となりつつあった。「民衆の心」は、福田による「新しい人間」像の提示と見なすことができる。

しかし、小田切は、福田の提言を受け入れることができなかった。小田切は、いう。「民衆の心」は、「新しい人間」に関する積極的な問題提起として評価に値する。しかし、「肉体」的な「エゴイズム」を「なやましく思ひ、これとたたかはずにはゐられない人間だけが本当に新しい人間を求めることができる」のではないか、と。小田切は、脱「エゴイズム」の方向に「新しい人間」を見ているのである。

福田からすれば、小田切の主張は、人間の本質に反するものとなる。肉体の「エゴイズム」は生きている証しであり、肉体と精神のバランスこそが人間の課題となるはず。肉体を否定して、精神のみに生きることなど不可能であろう。精神主義はかならずや肉体から復讐される。こう、福田は考えていた。

しかし福田は、さらなる批判にさらされることになる。

プロレタリア文学をめぐって

当時、文壇でも、戦後文学の方向性を、民主主義文学の中に求めようとする声が高まりを見せていた。その関係で、労働者解放を唱えた戦前のプロレタリア文学が再び注目を集めていた。

そこで、この問題を論じた福田の文章「人間の名において」（『新潮』昭和二二年二月号）が再び批判の的となる。

福田は、いう。プロレタリア文学は、労働者解放の文学というよりは、労働者解放のために身を投じるインテリを賛美する文学ではなかったか。そこでは、弾圧にひるまず闘うインテリの精神の高さが称えられている。それは、「修身克己の難行苦行道」の文学、ピューリタン的な「精神主義」の世界といえるのではないか。

> 人間性を犠牲にしてまで擁護せねばならぬ真実とはいつたいなんであるのか。ぼくもコムミュニスト［共産主義者］に対する官権の追及がいかに惨酷をきはめたものであつたかについて全然知らぬわけではない。しかしぼくは肉体的苦痛を恐怖し、これを逃避せんとするぼく自身の臆病を是認してはばからぬ。ぼくは肉体の生命に対する虐待がなんらかの精神的真実に通じるとは考へてゐない。

これに対して小田切が、再び批判を投げかける（「禁欲主義について」『新潮』昭和二三年七月号）。

だが、人間性とは、つねに「肉体的苦痛を恐怖し、これを逃避せんとする」〔以下、括弧内は、全て福田の文章からの引用〕だけのものでないことはいうをまたぬ。（中略）単に「肉体的苦痛を恐怖し、これを逃避せんとする」ごときものとしての「人間性」から、はみ出していくことがかえって一層人間的である場合がすくなくないのだ。かつての日本の進歩的な運動がその一つにほかならぬ。（中略）「凄惨なまでに彼等自身とその周囲のものとの人間性の犠牲を要求」したのは、「理論的純粋性を保持しようとする偏狭なピューリタニズム」などではなくして、武装した支配権力そのものにほかならなかった。このような支配権力に対して、「肉体的苦痛を恐怖し、これを逃避せんとする」ような「人間性」などを「犠牲」にしたことは、なんと美しい人間的なことだったろう！

繰り返しになるが、対立点は「人間性」の捉え方にある。福田は、精神と肉体の両方を「人間性」の内実と考えている。それに対して小田切は、やはり精神をもって「人間性」の証しと捉えているといえる。前述のように小田切の考える「新しい人間」は、肉体的エゴイズムを克服した、強い精神力を備えた人間なのである。

そして当時の知識人の主流、つまり進歩陣営は、小田切と同じ路線にあった。

十字砲火

したがって、進歩陣営からの福田に対する批判は、十字砲火の様相を呈した。当時、文学方面で民主革命の推進勢力と見なされていたのが、『近代文学』グループである。小田切も、そのメンバーであった。

主要メンバーであった文芸評論家の本多秋五《しゅうご》は、『近代文学』（昭和二二年六月号）の編集後記で、次のように論じた。

「僕は肉体の生命に対する虐待が、なんらかの精神的真実に通ずるとは考へていない。」と彼［福田］はいふ。キリストはなぜ磔刑をえらんだのか？　預言者のカケラ、小さな先駆者は僕等の肉体を虐待してはゐないだろうか？　僕は特攻隊に対しても「くだらぬ」と言い棄てる勇気はない。プロレタリア文学については、僕等は多くの問題を感じてゐる。しかし、福田恆存の意見は、僕につてペルシャ語のお経だ。

このように本多もまた、脱「エゴイズム」の精神を称える。

福田は共産党からも批判を受けた。当時、共産党は、民主革命の中心勢力として、多くの知識人の支持を集めていた。

コミュニスト（共産主義者）は、こう考えていた。「エゴイズム」は、ブルジョア（市民）や小ブルジョア（小市民）に見られるものである。ブルジョア社会を打倒して、民主・共産社会を建設するには、「エゴイズム」を打破しなければならない。脱「エゴイズム」に向けた「人間性の改造」が求められている、と。

したがって、福田のような主張は、絶対に認めることができなかった。当時共産党を代表する文芸評論家だった宮本顕治は、共産党の機関紙『前衛』（昭和二三年八月号）の巻頭論文（「新しい成長のために」）で、「福田恆存のような小ブルジョア批評家」と、名指しで批判。やはり共産党を代表する文芸評論家だった岩上《いわかみ》順一も、『前衛』（昭和二二年）に寄せた文章（「戦後の文学界」）のなかで、福田を、ブルジョア的個人主義の「もっとも露骨な闘士」と呼び、民主革命の敵だとした。

共産党員ではなかったが、評論家の加藤周一も、「小市民的エゴ」からの脱却を説き、福田を「小市民的反動」と呼んで、激しく批判した（「IN EGOISTOS」『近代文学』昭和二二年七月号）。

丸山眞男・大塚久雄

社会科学方面で進歩陣営を代表していたのが、政治学の丸山眞男《まさお》と経済学の大塚久雄である。彼らもまた、福田とは反対に、脱「エゴイズム」の立場を打ち出していた。

丸山は、いう。敗戦の現在、大衆は、社会規範を忘れ、私生活に埋没している。しかし、「社会的なものから隔絶された矮小な小市民生活」からは、「近代国家を主体的に担う精神」は生まれない。近代的・民主的国家の建設にあたっては、社会規範の創造に積極的に参加する大衆が求められる。近代・民主国家における自由とは、感覚解放的な自由ではなく、規範創造的な自由である（「日本におる自由意識の形成と特質」『帝国大学新聞』昭和二二年八月二一日号）。

大塚もまた、こう述べる。近代・民主国家を支える人間は、「みずから自律的に前向きの社会の秩序を維持し、公共の福祉を促進して生き得るような「自由な民衆」である」（「近代的人間類型の創出」、東京大学『大学新聞』昭和二一年四月一一日号）。民衆は、「内なる自然」としてのエゴイズムを克服した倫理的・自律的な人格を形成しなければならない（「座談会・大塚久雄を囲んで・近代精神について」『近代文学』昭和二三年八月号）。

しかし、大塚の理想とする「民衆」は、なかなか現れない。そこで、大塚は、いう、「現実の民衆は、あまり好きではない」（同右）、と。

「エゴイズム」を抱えた「民衆」を自分と重ね合わせ、「民衆」の生活を是認しよう、と呼び掛けた福田とは、まさに対極的であるといえる。

近代的自我をめぐって

私的・感覚的「エゴイズム」を克服し、国家・社会の秩序形成に貢献する理性的公共人。丸山、大塚、そして『近代文学』メンバーの荒正人《あらまさひと》などは、そうした人間を、「近代的自我」（「近代的人格」）と呼び、国民・民衆に対して、「近代的自我」を身につけるよう説いた。したがって、彼らは、のちに「戦後啓蒙」知識人と呼ばれた。

彼らには、戦争に対する反省もあった。戦前の日本人が、戦争に反対できず、時代に流されてしまったのは、倫理的・理性的な人格、つまり「近代的自我」が身についていなかったからだ、と。歴史を繰り返さないためにも、「近代的自我」を確立しなければならない、と（荒・小田切他「文学者の責務」『近代文学』昭和二一年四月号など)。

当然、福田の捉え方は異なっていた。福田は、いう。「ぼくたちは戦争を信ぜず、これを憎みながらついていった。が、それは近代自我が確立されていなかつたからではない。自主性をもたなかつたからでもなければ、帝国主義戦争を裁くイデオロギーをしらなかつたからでもない。要するに暴力に勝てなかつたのだ」(「現代日本文学の諸問題」『新文学講座』第二巻、新潮社、昭和二三年九月所収。昭和二二年三月執筆)。

精神の力だけで、物質的暴力に立ち向かい、これを打倒することは不可能である。暴力に立ち向かうには、物質・制度の支えが必要である。制度的に保証されない限り、「近代的自我」など空念仏となろう。福田は、いう。

この戦争から学ばなければならぬ唯一の問題は、物質によつて支へられなければ、その所在も真実性も保証しえぬ精神のあいまいさといふことでなければならぬ。近代自我の確立ではない。それは所詮は敗北せざるをえぬものであるといふ、いはば自我の本来的な危機と脆弱性――これをどう処理するかが問題なのだ。(前掲)

前章で見たように、福田には、もともと理性的・個性的な「近代自我」なるものに対する疑いが存在した。そんなものは、はたして本当に存在するのか、と。平凡で、俗的で、いいかげんな人間。それこそが、現実の人間である。であるならば、それを認めることから始めよう。これが福田の考え方であった。

戦争によって福田は、こうした人間観に、さらなる確信を得たということであろう。

精神主義的な風潮の中で、肉体・物質・制度の価値を説く。これが、当時の福田のスタンスであった。

疚しさをめぐって

すでに述べたように、進歩陣営のインテリたちには、戦争を阻止できなかったことへの反省が存在した。

民衆だけではない。自分たちもまた、肉体や生命を投げうって、国家権力に立ち向かっていくことができなかった。そうした自分に対する疚《やま》しさや、自責の念が、インテリたちの心を支配していた。

それは同時に、弾圧に屈することなく、国家権力に敢然と立ち向かっていった人々、つまり一部の戦闘的コミュニスト（共産党員）に対する引け目やインフェリオリティ・コンプレックス（劣等感）を生んだ。

こうした感情が入り混じって、インテリたちの間に精神主義が形成されていった。

しかし、それは傲慢というものであろう。人間の精神というものは、それほど強いものではない。肉体・物質・制度の支えが必要だ。福田は、こう考えていた。

さらに福田は、インテリたちの疚しさ、インフェリオリティ・コンプレックスについても、批判的に見ていた。そうした心理が、精神主義をさらに助長してしまうからである。そして、アンチ・デモクラシーの風潮につながってしまうからである。福田は、いう。

国家権力に敢然として抗争する英雄を待望し、禁錮二十年の履歴をもつて金鵄勲章と見なす心事たるや、まさにアンチ・デモクラシーとファシズムとの温床でなくしてなんであろうか。

（「文学と戦争責任」『平衡感覚』昭和二二年一二月号）

精神主義は、民主革命に逆行するものであろう。福田は、次のようにもいう。

英雄や天才の専制下から普通人を解き放つこともまた革命であります。

（「民族の自覚について」『文藝時代』昭和二四年一月号）

しかし、福田の声は届かない。それほど、インテリたちは、英雄的コミュニストに対する引け目、国家権力に屈した自分に対する疚しさにとらわれていた。これが、時の風潮だった。福田のように、風潮にとらわれずに、柔軟に考え、発言する人間は、つねに少数派である。

例えば、前述のように本多秋五は、福田の評論「人間の名において」を受け入れることができなかった。時代に強くとらわれていたからである。その証拠に、のちに時間が経って福田の論考を読んでみると、「あの時代によくこれだけつっこんで書けたものだ」と、逆に「感心」を覚えたという（『物

語戦後文学史』上巻、新潮社、昭和四一年）。

しかし、ともかく、当時、福田の主張は認められることがなかった。それどころか、進歩的インテリたちの精神主義は、さらに昂じていった。そこに、民衆も巻き込まれていった。福田は、共産党の作家・中野重治を批判して、次のように述べている。

> 自分が戦争中にツーサン［ハイチ革命の英雄］のやうに勇ましくなかつたからといつて、そのひけめからくるインフェリオリティ・コムプレックスに自家中毒的症状を発酵させて、他人の背なかにむちをふるひ、「ハイル・ツーサン」の叫びをあげるがごときは、あまりにもみじめではありませんか。
>
> （前掲「民族の自覚について」）

こうしたインテリたちの負い目、劣等感といった負の感情は、戦後日本に大きな影響を及ぼしていくことになる。あとで見るように、福田は、この問題を戦後一貫して論じていくことになる。

戦争責任論をめぐって

ところで、インテリたちの負い目は、戦争中の自分に対する批判、いわゆる自己批判を流行させた。これに対しても、福田は、懐疑的だった。

自己批判によって救われるのは、実は自分だけではないか、というのである。まず、自己批判によって、負い目から解放される。次に、進歩的インテリとしての良心を自他にアピールすることができる。それによって、民主革命のリーダーとなることができる。これは、おかしくはないか。

彼らは自己批判を終えると、他人の戦争責任を追及した。それも、とても激しく。それが、良心的インテリとしての証しにつながったのだ。

文壇でも、そうした動向が見られた（荒正人・小田切秀雄・佐々木基一「発刊のことば」『文学時標』昭和二一年一月号ほか）。それに対して、福田は、いう。

不愉快なのはかれらの論理である。かれらも自分たちの卑劣と無力とをみとめ、それを厳しい自己批判の方向に好転せしめ、さうすることによつて民主主義革命に参与する資格をかちえるものとしてゐる。かれらといはゆる戦犯作家との差異はその自己批判の有無によつて決せられるといふのであらうか。ぼくはさうした論理に、なによりも反発を感じる。A級の戦争犯罪人がいかに厳しい自己批判によつても許されぬといふことをみとめるならば、かれらもまた処刑せらるべきか、あるいはまたいはゆる戦犯作家もその戦犯の文字を返上すべきか、いづれかでなければならない。

自己批判といふことばはまことにいさぎよい。が、もしかれらにして眞に自己の醜悪と堕落とを凝視してゐるものならば、それは軽躁きはまりない批判のことばなどを語るはずはない。羞恥と慚愧の念とにをののく心はひたすら自己を隠蔽しようとする。これをみづから暴くものは羞恥を超える厳粛な精神か、さもなくば羞恥すら感じ得ぬものの用心ぶかい打算か――その打算が罪を指摘されぬまへに自首して出ようといふのであらうか。

（前掲「文学と戦争責任」）

彼らは、高い精神を説く。しかし、高い精神と、このような打算は相容れないはず。民衆のエゴイズムを批判するが、自分たちもエゴイズムにとらわれている。インテリの方が、もってまわっている分、民衆よりも、たちが悪い。思わず福田は、こう揶揄する。

奸智にたけたエゴイズムが愚直なエゴイズムを罵倒し処刑せんとする——ひと呼んで、これを啓蒙といふ。

（『否定の精神』銀座出版社、昭和二四年）

そして、いう。

素朴にエゴイズムを肯定することこそ、ぼくたちにとつてなによりも必要なことではないか。ぼくはもうこれ以上みじめにはなりたくない。

（「白く塗りたる墓」初出誌未詳、昭和二三年七月上旬執筆、前掲『福田恆存全集』第二巻、所収）

文学の領分

ところで、もし文学者に戦争責任というものがあるとすれば、それは、戦争に翻弄され、あえいでいた、虫けらのような人間の姿を、文学者たちが、いとおしみ、捉えることができなかった点に求められるのではないか、と福田はいう。文学者たちは、政治にばかり目を向けていたのではないか。

それは、敗戦後の現在も変わらない。現在もまた、民主革命という政治に結びついた文学ばかりが追究されている。

しかし、人間には、政治によっても救い得ない、心の領域があるはずだ。民主革命によっても救えない心の問題があるはずだ。政治や社会革命には、限界があるのだ。文学は、その限界を補うものであるはずだ。しかし現在、文学を政治に近づけようとするインテリたちが多数派となっている。文学もまた、社会正義の実現に貢献しなければならない、という声が支配的となっている。こうした状況を捉え、福田は、次のようにいう。

「なんぢらのうちたれか、百匹の羊をもたんに、もしその一匹を失はば、九十九匹を野におき、失せたるものを見いだすまではたづねざらんや」（ルカ伝第十五章）（中略）このことばこそ政治と文学との差異をおそらく人類最初に感取した精神のそれである（中略）。かれ〔イエス〕は政治の意図が「九十九人の正しきもの」のうへにあることを知つてゐたにさうゐない。かれはそこに政治の力を信ずるとともにその限界をも見てゐた。なぜならかれの眼は執拗に「ひとりの罪人」のうへに注がれてゐたからにほかならぬ。（中略）もし文学にしてなほこの失せたる一匹を無視するとしたならば、その一匹はいつたいなにによつて救はれようか。（中略）

文学者たるものはおのれ自身のうちにこの一匹の失意と疑惑と苦痛と迷ひとを体感してゐなければならない。

（「一匹と九十九匹と――ひとつの反時代的考察」『思索』昭和二二年春季号）

誰のなかにも、「一匹」の領域と「九十九匹」の領域とがある。したがって、人間の救いをトータルで考えるならば、政治だけではなく、文学もまた、必要だ。

しかし当時は、政治の時代だった。文学者たちは、政治の輝きを前に、後ろめたさを感じていた。それなら、政治家になればいいのに。中途半端な文学者たち。そうした人々に向けて、福田は、こう述べている。

ぼくはひとつの前提から出発する——政治と文学とは本来相反する方向にむかふべきものであり、たがひにその混同を排しなければならない。（同右）

ここで、戦中の福田を思い出す。その「文化主義」（政治と文学の混同）批判を。福田のスタンスは、この点においても一貫している。

ところでインテリたちが政治熱にとらわれていた背景には、こういう考えがあった。自然界が合理性をもっているように、人間の世界も合理性をもっている。したがって、理性の力で、その合理的構造を明らかにすればよい。あとは、政治の力で、それに適合した社会の仕組みを整えれば、人々は幸せになれる。文学は無用となる。こうした動向を捉え、福田は、こう述べている。

現実はあきらかに合理の領域と非合理の領域とを同時に併存せしめている。とすれば、現実を認識するといふことは、この二つの領域の矛盾を矛盾そのままに把握することでしかあるまい。この地点からさきにおいて、ぼくは科学の無力をいはざるをえぬ。（同右）

福田は、ここでも二元論の立場をとっている。科学がどんなに進歩しても、非合理の領域は残るはずだ。政治は、合理的な領域を担えばよい。文学は、非合理な心の領域を扱うのだ。問題は役割分担である。これが福田のスタンスである。

誰のなかにも、「一匹」の領域に関わる「個人的自我」と、「九十九匹」の領域に関わる「集団的自我」がひそんでいる。福田の立場は、その二つの自我の「矛盾をそのまま容認し、相互肯定によつて生かそうとする」点にある。

前章で見たように、人間は、根本的に矛盾したものであり、人間を全体として捉えるには、その矛盾を受け入れなければならないというのが、戦前・戦中期からの福田の人間観であり、それは戦後においても変わることがなかった。

二十世紀研究所

福田と進歩的インテリとの間には、以上のような対立が存在した。しかし福田には、進歩的インテリたちと議論を闘わせながら、ともに新たな時代を築いていこうという思いがあった。福田は、「同時代形成の意志」（『朝日新聞』昭和二二年五月一二日）で、次のように述べている。

ぼくたちのあいだになによりも欠けているのは同時代の意識だ。おなじ国民として同じ現実に処し、共通の問題を考え、共通の苦しみを苦しみぬこうとする自覚がほとんど見られない。（中略）がぼくはちかごろ二十世紀研究所に出入りするようになってひとつの希望をもちはじめた。

ここでは急進派が漸進派とまじめに論議しあい、物理学者が社会学者と談笑している。しかもそこには相互信頼のふんいきが漂つているのだ。その他にも人文科学委員会（文部省）や青年文化会議（東大）あるいは近代文学同人たちのあいだに同様な空気が見られる。

ここにあるように、当時福田は、二十世紀研究所に関わっていた。同研究所は、「社会科学および哲学の研究と普及」を目的に、昭和二一年に設立された財団法人である。出資したのは細入藤太郎で、所長は清水幾太郎だった。

前述のように、清水と福田は、戦前から親しい間柄だった。その関係は、敗戦後も変わらなかった。敗戦の年に、清水は、デューイ（アメリカの思想家）の著作集を翻訳する仕事に取り組むことになったが、その際にも福田に相談している。そして、福田は、中橋一夫（英文学）などを誘って、この仕事に一緒に参加している。前述の「民衆の心」に、「最近ジョン・デューイの「自由主義と社会的行動」を翻訳する機会を得た」という一節があるが、それは、この仕事を意味しているのであろう。

そういうことで、清水は、二十世紀研究所にも福田を誘った。その他に、宮城音弥《おとや》（医学）、渡辺慧《さとし》（物理学）、中野好夫（文学）、丸山眞男（政治学）、川島武宜《たけよし》（法学）、林健太郎（歴史学）、久野《くの》収《おさむ》

（哲学）、高橋義孝（文学）などが研究員として加わった。みな三〇代で、同世代だった。

主な事業内容は、「二十世紀教室」と称した長期・短期講習会の開催とその講義録をまとめた叢書の刊行、研究会の開催であった。最盛期には、一〇名を超える事務局員を抱えたという。

福田もいうように、研究所には、開かれた議論によって、ともに新たな時代を作っていこうという空気があった。清水は、この点について、次のように述べている。

「とらわれない空気」と林健太郎氏が書いている通り、私たちは何事も自由に語り合っていた。それが可能であったのは、所員にはいろいろな立場の人間がいたが、共産党員がいなかったためである。

（『わが人生の断片』文藝春秋、昭和六〇年）

共産党員にとって、コミュニズム（共産主義）は絶対的な真理だった。プロレタリアか党員、シンパでなければ、反動とみなされ、排除の対象となった。福田も、前述の文章に続けて、こう述べている。

もしこの同時代形成の意思を軽べつし、自分達の立場だけを守ろうとする偏狭な傾向がどこかにあるとするならば、その外見の進歩、保守いずれを問わずそれこそ反動の汚名を甘受せねばならない。

（前掲「同時代形成の意志」）

ともかく福田は、当時の先端的な若手インテリたちのゆるやかな連帯の中にいたのである。

二十世紀研究所は、事情により、昭和二三年一一月、講習会や叢書などの事業を停止させる。しかし、研究会は、その後も継続された。

叢書の一冊として刊行された『文学教室』（啓示社、昭和二三年）には、「現代小説の形態」と題した福田の講義も収録されている。

ちなみに、当時研究所で一緒だった久野は、福田が日本橋書店の編集者として、アルベール・マチエーズの『フランス大革命史』の翻訳に関わっていたと述べているが（「『平和問題談話会』について」『世界』昭和六〇年七月臨時増刊号）、これは誤りである。福田は、日本橋書店の編集者ではなかった。しかし、同書店から、シドニー・フック『デューイの人と哲学』の翻訳を刊行するはずであった。久野は、おそらく、これと混同したのであろう。同書は結局刊行されなかったが、前述の清水たちとのプロジェクトを通じて、この時期の福田は、デューイに関心を寄せていたといえよう。

『近代文学』との関わり

福田は、『近代文学』グループとも交流があった。『近代文学』は、荒正人、本多秋五、小田切秀雄、佐々木基一《きいち》、平野謙、埴谷雄高《はにやゆたか》、山室静《やまむろしずか》の七人を同人として、昭和二一年一月に創刊された。

前章で見たように、福田は、平野と、戦時中から面識があった。平野は、福田の芥川論を高く評価していたのである。

こういう経緯もあり、平野は、創刊にあたり、福田を仲間に引き入れようと考えていた。平野の求めに応じて、福田は、芥川論に手を入れた文章を寄稿している（『近代文学』昭和二一年六、七、八、九月号）。本多は後に、「こういう大切な力作を寄せてくれたのはありがたかった。その他に、随筆や座談会出席の依頼にも、彼〔福田〕はこころよく応じてくれた」とふりかえっている（前掲『物語戦後文学史』）。福田は、『近代文学』主催の文学講座にも出講している。

そこで平野は、昭和二二年の第一次同人拡大の際に、福田の加入を提案した。福田も受け入れるつもりだった。しかし、本多の反対により、この話は取り下げとなった。

前述のように本多は、福田の評論「人間の名において」を激しく批判していた。本多には、プロレタリア文学運動に関わっていた過去があり、福田のプロレタリア文学批判には、心情的に受け入れ難いものがあった。交流はしても、仲間にはなれなかった。

平野は残念がり、その後も、ことあるごとに福田を加入させなかったことを悔やんだという（前掲、本多『物語戦後文学史』）。

たしかに、考え方においても、『近代文学』と福田との間には共通点があった。例えば荒は、福田と同じくエゴイズム肯定論を展開していた。それゆえ、荒と福田は、一時期、互いを評価しあっていた（福田「世代の対立」『世代』昭和二二年二月号、荒「三十代の台頭」『朝日評論』昭和二二年一月号）。しかし荒のエゴイズム肯定は条件付きであった。つまり、ヒューマニズムを目指す人間のエゴイズムを認めようという議論であった（「横のつながり——人間関係から見た後進国」『近代文学』昭和二二年一〇月号）。人間のエゴイズムをそのままで肯定しようとする福田の立場とは異なっていた。

それは、〈文学と政治〉という主題にも現れていた。荒は、社会革命と結びついた文学を求めていた。旧来のプロレタリア文学には批判的だったが、新たなかたちで、政治と文学が手を結ぶことを求めていた。

それに対して福田は、政治と文学の切り離しを主張していた。社会革命によっても救えない個人の心の問題を扱うのが文学だという立場であった。これはすでに見た通りである。

このように、『近代文学』と福田との間には、やはり大きな相違点があった。そういう意味では、福田の加入問題は、落ち着くべきところに落ち着いたといえよう。このように、福田は、同世代の先端的な進歩インテリと交流しながらも、同一歩調をとることはできなかった。

とはいえ、福田は、まったく孤立していたわけではない。福田と意見を同じくする人々もいたのである。次に、そうした人々との関わりについて見てみよう。

2　人間・この弱きもの

安吾とともに

前章で見たように、戦争中から、坂口安吾と福田は近い考えをもっていた。それは戦後も変わらなかった。まず安吾は敗戦後、福田と同じようにエゴイズム肯定論を展開した。安吾の「エゴイズム小論」（昭和二二年執筆、初出誌未詳、『坂口安吾全集』第一四巻、ちくま文庫、平成三年所収）から引こう。

すべて偉大なる天才たち、勝利者たちはエゴイストではなかった、ということができる。然し我々凡夫の道、一般世間人の道はあべこべで、社会秩序や共同生活の理念はエゴイストでないことや自己犠牲の如きものを根幹としておらず、他に害を与えぬ範囲に於て自己の欲望の満足、現世の悦楽をみたすことを基本としているものなのである。キリスト教徒はキリストの苦痛を自ら行うことではなく、キリストの犠牲に於て彼等の現生の幸が約束せられているのだ。我々はキリストが最高の人格であることを知っている。とはいえ、我々すべてがキリストの如き人格であらねばならず、我々の日常生活にキリストの如き自己犠牲が要求せられたなら、我々は悲鳴をあげるのみならず、反抗し、革命を起こすにきまっている。最高の人格やモラルは我々の秩序にとっては異常であり、その意味に於て罪悪と異るところはない。我々の秩序はエゴイズムを基本につくられているものであり、我々はエゴイストだ。

前に見たように、本多秋五は、福田のエゴイズム肯定論を批判する際に、キリストのような人格者を見よ、と述べていた。これは、安吾からすれば、無茶な議論ということになる。

福田もまた当時、イエスに言及している。あまりに純粋だったイエスは、凡人には実行不可能な教えを説いた。にもかかわらずルターは、イエスの教えをそのまま実行することを唱えた。それに対してエラスムスは、イエスを理想としつつも、一般世間人のエゴイズムを肯定するというスタンスをとった。簡単にいうと、福田は、こういうふうに述べて、エラスムスの二元論的なスタンスに共感を示している（「近代の宿命」『文学会議』昭和二二年四月号）。

ともかく安吾・福田にとって、一般世間人に脱エゴイズムを説くことは、「罪悪」（前掲安吾「エゴイズム小論」）や「暴力」（前掲福田「白く塗りたる墓」）に思えた。

次に、〈文学と政治〉という主題においても、安吾は、福田と同じ考えを示している。安吾は、こう述べている。

社会制度によって割り切れない人間性を文学はみつめ、いわば制度の穴の中に文学の問題がある。（「愕堂小論」初出誌未詳、昭和二一年、前掲『坂口安吾全集』第一四巻所収）

安吾もまた、福田と同じく、政治と文学の役割分担を説いているのである。

とすれば、当然、人間観も共通してくる。安吾は、いう。「日本人、世界人、世界全体の共同生活体の一員としての自我」と「個人的人間自我」という、二つの矛盾する自我を、いかに調和均衡させるかが、人間の主題である、と（「インテリの感傷」『文藝春秋』昭和二四年三月号）。これもまた、「個人的自我」と「集団的自我」の相互肯定を説く前述の福田の二元論的人間観と同じである。

その他、文学者の戦争責任論などに対しても、安吾は、福田と同じ見方を示している（「文藝時評」『東京新聞』昭和二一年七月三日）。二人は、驚くほど似ている。

このような次第で、二人はお互いに認め合う関係となっていった。

福田と安吾（昭和25年）
（『日本現代文学全集』第103巻より）

安吾は、福田について「傑れた評論家」（「花田清輝論」『新小説』昭和二二年一月号）と呼び、「あの野郎一人だ、批評が生き方だという人は」（小林秀雄との対談「伝統と反逆」『作品』昭和二三年八月号）と称賛。昭和二二年に刊行された『坂口安吾選集』（銀座出版社）の編纂を、福田に一任している。

福田も、「真の文学的冒険をしているという点では、かれが第一」（「知識階級の敗退」『人間』昭和二四年一一月・一二月合併号）という見方をしていた。

六つ年長の安吾は、当時の福田にとって、心を許せる兄貴という存在だった。福田は、伊東に住む安吾を訪ねたりもしている。

安吾・福田の根本には、「人間の弱さ」をいとおしむ眼があったように思う。「エゴイズム」の擁護も、政治から文学を守る姿勢も、そこから来ているように思う。精神的に立派なことを言いながらも、肉体的エゴイズムに足を掬われてしまう人間の弱さ。政治によっても解決できない悪を抱えた人間の弱さ。そうした弱さを掬いとることに、文学の存在理由がある、と（福田「解説」前掲『坂口安吾選集』）。

「人間の弱さ」に思いを馳せたとき、ひとは、他人に対して「やさしさ」をもつことができる。福田は、安吾を追悼する文章のなかで、こう述べている（「坂口さんのこと」『知性』昭和三〇年四月号）。

坂口さんは人間のすなおなやさしさといったものを求めていた人であるし、またそういうものを皆がじかに出しあって、傷つかずに生きていくことを夢みていた人でもあろう。ぼくが坂口さんのことをローマン派だとおもうゆえんである。

坂口さんが伊東にいた頃、二度ばかり遊びにいったことがあるが、そういう時にもすなおなやさしさにふれたいというかれの切ない気持を感じた。（中略）

坂口さんが家を探していた時、ちょっと手伝ってあげたそのお礼に、アメリカ製のカンキリを貰った。今でも愛用しているが、これがとうとうかたみになってしまった。オモチヤみたいな機械類を好んだ坂口さんをぼくは好きだった。

人々に求められる理想があまりに高かった時代。インテリは、理想の高みから、民衆を裁き、誰もが、後ろめたさと自己正当化、自分より劣ったひとに対する蔑視の心に苦しんでいた。

安吾・福田は、そうした動向を嫌い、人間のあたたかい結びつきを求めていたといえよう。

ちなみに、そのような二人が、当時最も注目していた作家は、チェーホフだったように思う。チェーホフの作品に漂う、すべての欺瞞を剝ぎ取ったあとに、かろうじて残った、人間の「心のあたたかさ」に、二人は、深い共感を寄せていた（安吾「文学・政治・スポーツ」『近代文学』昭和二四年一一月号、福田「チェーホフの孤独」『批評』昭和二三年一一月号、前掲『坂口安吾選集』「解説」)。

太宰治　太宰治にも、安吾や福田に通じるものがあった。太宰の文学の根幹には、人間の「弱さ」をいとおしむ眼と人間の「やさしさ」を求める心があった。福田は、後述のように「太宰治を論じた最初の本格的評論」と目されている、その「道化の文学――太宰治について」(『群像』昭和二三年六、七月号)において、次のように論じている。

初期の作品において示された(中略)心のうごきは、太宰治の生涯と全作品とに通じる基調として、ぼくたちはこれを見のがすことができない。貧しきものとは、自信満々、社会に対するおのれの役割を信じきつてゐるプロレタリアアトではなく、心よわきもの、生活苦の重荷を背負へるもの、気がねしいしい、世の片隅につつましく生きてゐるもの、といふ意味だ。とすれば、虚飾を洗ひさつてみたときの、それはあらゆる人間存在の根本につきまとふ悲しさではないか。(中略)「僕は、心の弱さを、隠さない人を信頼する。」(「貧乏学生」)。弱い人間があるのではない、人間は弱いのだ。いたはり、おもひやり、やさしさ、それ以外のなにをよりどころとして、ぼくたちはこの無意味な人生を生きのびえようか。

が、それはヒューマニズムといつたものではない。むしろ、その逆のものである。それに気づいたとき、太宰治は左翼運動から離れた。人間を社会に役立つか役立たぬかといふ基準原理をもつて裁断するのではなく、他人に役立ちえぬもの、あるひは他人に厄介をかけるものをすら、救ひ愛そ

うとする思想にめざめたのである。〔一部、語句を修正して引用〕

当時編集者として太宰と深い親交のあった野原一夫によれば、太宰もまた、福田に身近なものを感じ取っていた。当時の二人に関する野原の回想である（「太宰治と聖書」『新潮』平成九年一二月号）。

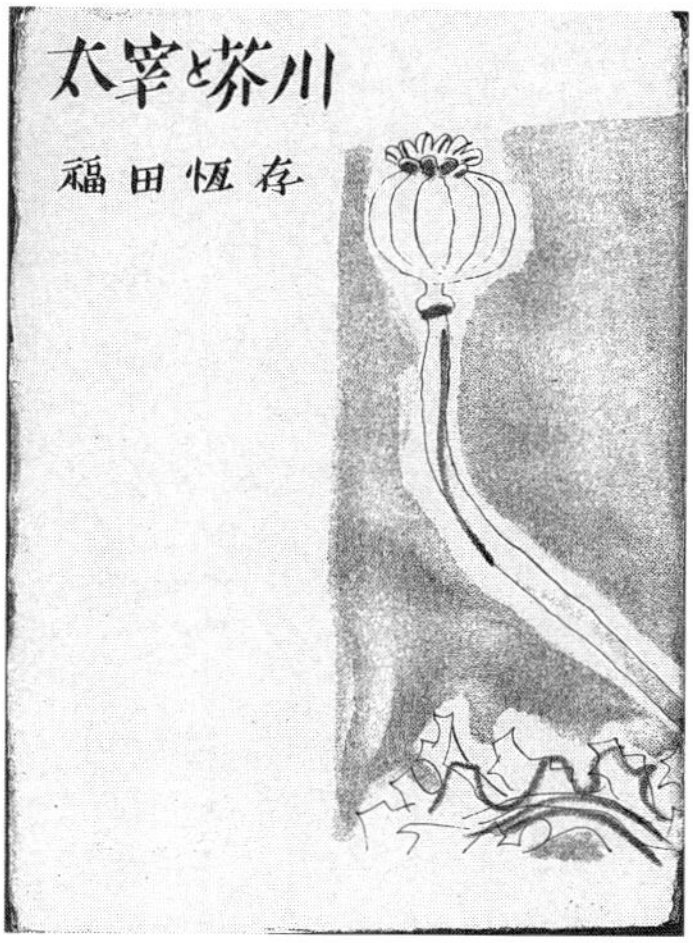

『太宰と芥川』（新潮社，昭和23年）

昭和二十三年の春先のことだったと思うが、ある文芸雑誌が太宰と福田恆存との対談を企画した。新進気鋭の文芸評論家として名を高めていた福田恆存は、その時期、ただならぬ関心を太宰に抱いていた。太宰治を論じた最初の本格的評論と言われている「道化の文学」の執筆に、たしかその頃、とりかかっていたのではなかったか。だから、太宰との対談を、福田自身が強く望んでいた。訪ねてきた雑誌の編集者もそのことを力説し、太宰を口説こうとした。

太宰も福田の書いたものを二、三読んでおり、自分と通じるものを感じていたと思う。気鋭の文芸評論家が高く評価してくれるのが嬉しくないはずはなく、だからすこしは気持が動いたかもしれないが、しかし太宰はなかなか引き受けようとしなかった。

もちろん福田恆存は太宰に論争を挑もうとしたのではあるまい。太宰の肉声に接し、さまざま語り合いたかったのだろう。太宰もそれは十分に承知していたと思うのだが、それでも引き受けようとしなかった。

話の成行きで、うっかり論争にでもなったらと、それが不安だったのだろう。

このような次第で、福田は、太宰と語り合う機会をもつことはできなかった。太宰は、ほどなく、あの世に旅立っている。

福田の晩年の自筆年譜（『福田恆存全集』第七巻、文藝春秋、昭和六三年）には、こうある。

昭和二十三年五月「道化の文学」（太宰治）を「群像」六、七月号に発表。偶々その直後、太宰の死に遭ふ。何かの会の別れ際に一言「君の芥川論、読んだよ」と言つて、こちらの顔も見ずに去つて行つたのを思出す。

この芥川論とは、前述のように、戦前の芥川論に手を入れて、『近代文学』に発表したものであろう。福田は、この年の一〇月、太宰論と芥川論を一書にまとめ、『太宰と芥川』（新潮社）と題して刊行している。

『文芸時代』

ちなみに、こんな話がある。昭和二二年暮のことである。作家の青山光二が、酒場でばったり安吾に会い、話をしていると、

「同人雑誌をやろう」

と彼［安吾］が言いだした。

「太宰はおれが声をかけるから、きみ、これという書き手を何にんかあつめてくれ。編集は福田恆存にやらせればいい」

チャンスだからという、ひどく乗り気な口調だった。『坂口安吾選集』が銀座出版社から刊行されることになり、第一巻が間もなく出るのを私は知っていたから、安吾さんが、銀座出版社をスポンサーにして同人雑誌を——、と思いついたらしいのはすぐに察しがついた。福田恆存は『坂口安吾選集』全巻の編纂責任者だった。

（『純血無頼派の生きた時代——織田作之助・太宰治を中心に』双葉社、平成一三年）

しかし翌日になると、安吾は、この話をすっかり忘れており、この話は、それっきりになったという。

とはいえ、太宰を誘い、福田に編集を任せるという、安吾のアイデアは、翌年の一月に、早くも実現している。なんだか不思議な話である。

『文芸時代』と名付けられた雑誌は、福田、豊田三郎、高木卓《たく》が編集の中心を担った。豊田、高木は、戦前の『作家精神』以来の、福田の仲間である。しかし、その後、編集は同人の持ち回りとなったようだ。

その同人には、安吾・太宰のほか、先の青山光二、それに伊藤整、花田清輝《きよてる》、舟橋聖一、梅崎春生《はるお》、椎名麟三《りんぞう》、武田泰淳《たいじゅん》、田邉茂一《もいち》、船山馨、野口冨士男、桜田常久《つねひさ》、木暮亮、林芙美子などが加わっている。その後も、同人は増え、三五名を数えるまでになった。刊行は翌年の昭和三四年七月まで続いた（七北数人『評伝坂口安吾』集英社、平成一四年）。

しかし、同人の第一回の会合が、先の酒場での話より前の昭和二二年一〇月に開かれていることや、スポンサーが、銀座出版社ではなく、ジューキ・ミシンという別の会社だったことを見ると、安吾は、『文芸時代』とは別の雑誌を作ることを考えていたのかもしれない。

このあたりのことは、むろん確かめようがない。が、安吾が雑誌のメンバーとして、太宰・福田の名を挙げたことは事実であろう。本書の視点からは、納得できるところである。

花田清輝

『文芸時代』の同人の中には、批評家の花田清輝の名もあるが、福田と花田との間には、スタンスにおいて近いものがあった。

数学者・エッセイストの森毅《つよし》も言うように、花田と福田が、当時の批評界の「二大スターだった」（『一刀斎の古本市』日本評論社、平成二年）。森は、当時、十代後半。福田・花田は、若い人たちの間で、とても人気があったようだ。

その理由について、当時二十代前半だった、映画評論家の小川徹は、こう述べている。

福田恆存——ぼくはこの人の名を戦後のある時期において、次いで登場した花田清輝の名とともになつかしくつよく想起する。

ぼくは学徒出陣の世代である。戦後ぼくらの前に登場した「近代文学」の暗い谷間からの解放感、すなわち「政治と文化」「ヒューマニズムとエゴイズム」の統一理想というのはぼくらにはまぶしすぎたし、甘くみえ、ちょっと距離がありすぎた。（中略）これにくらべると福田恆存の政治と文化の分離や、花田清輝の政治と文化もいっしょくたに、という考え方には大いにひかれた。（中略）

要するにこのふたりには理想がないのが魅力であった。（「人間水族館・福田恆存」『現代の眼』昭和三八年三月号）

花田清輝
（写真提供・藤田三男編集事務所）

コミュニストや啓蒙インテリは、自信をもって、政治の理想を説いていた。『近代文学』などの進歩インテリは、政治にひかれながらも、文学にこだわっていた。そういう自分たちを、後ろめたく思っていた。だから、なるべく政治に文学を近づけようとしていた。どちらにしても、民主・共産革命という政治によって、人類の理想が実現されるという信念が、彼らの間には存在した。

それに対して福田は、政治と文学の役割分担を説いた。政治には限界があるから、文学でそれを補っていこうという考えだった。すでに見た通りである。ちなみに福田は、イギリスの作家オルダス・ハクスリの「社会改革とその限界」も翻訳している（『展望』昭和二一年八月号）。政治に過剰な期待を抱かず、インテリたちの政治熱から、文学の領域を守ろうとしていた。

花田も、同じだった。彼の、「政治と文化もいっしょくた」というアバンギャルド（前衛）のスタンスは、福田には、政治から文学を守るための戦略に見えた（福田「現代日本文学の諸問題」昭和二三年三月執筆、『新文学講座』第二巻歴史編、新潮社、昭和二三年九月刊、所収）。

ともかく、福田・花田は、政治に対して、とてもクールだった。政治から自立していた。そうしたスタンスが、知的な若者たちの共感を呼んだ。福田・花田の言う通りだよ、と。

もちろん、その中でも、より福田、より花田、という風にファンが分かれていた。文芸批評家の奥野健男《たけお》は、福田の方だった。奥野も、当時、二十代になったばかりだった。

福田に共感した若者たち
——奥野、佐伯、磯田…

評論家福田恆存は、戦後の一時期、ぼくたちにとつてほとんど唯一の共感し得る兄貴だつた。敗戦の混迷の中にいきなり投げ出されたぼくたちは、あらゆるものが信用できなくなつた中で空腹を抱えながらも夜を徹して青っぽい議論をくり返したものだ。そして解決のつかぬまま、翌朝雑誌をひらくと、まるでぼくたちの議論を盗み聞きしていたように、ぴつたりとぼくたちの悩みや疑問を親身に理解し、鮮かに逆説的な解決を呈示してくれていた。（中略）死んだ灰色の没個性の言葉が氾濫している中で、彼の言葉だけが生きた色彩を持つていた。

（「福田恆存」『日本現代文学全集』第一〇三巻、講談社、昭和四二年）

奥野の代表作に、「「政治と文学」理論の破産」（『文藝』昭和三八年六月号）がある。敗戦から約二十年後に書かれた評論であるが、福田の主張と、とても似ている。若き日に受けた影響の大きさが窺われよう。奥野は、いう。

つねに政治は文学より優位概念であった。文学は政治に従属してきた。政治にいかに役立つか、奉仕するか、忠誠を誓うかによって、文学の価値が決定されて来た。もちろんこの場合の奉仕すべき政治とは、国家の権力を握っている体制側の政治、現実の政治ではない。それを倒すべき反体制政治運動であり、理念としての政治思想である。つまりマルキシズムの思想であり、実践運動であり、日本共産党であった。マルキシズムは、理想社会に導く政治思想であり、人類の幸福を願う者は、それの実現に努力せねばならない至上命令と信じられていた。（中略）

［マルクス主義の神話が崩壊した現在］マルキシズムの政治へのコンプレックスから脱したということ

とは、文学にとっては幸福なことだ。

（前掲「政治と文学」理論の破産」）

政治と文学の分離という福田のスタンスの影響が窺える。ちなみに、『近代文学』の本多は、昭和三〇年代に入ると、次のような心境の変化を見せる（前掲『物語戦後文学史』）。

奥野健男は、現在「小林多喜二と宮本百合子」というプロレタリア文学批判の論文を『文学』（五八・一一—五九・五—）に書いている。その内容は福田恆存の論旨〔前掲「人間の名において」〕に酷似している。プロレタリア文学はボロクソである。私は根本のところでは、奥野論文に賛成できないものを感じているのだが、それにもかかわらず、大変おもしろい、どこまで行けるか、行けるところまで行ってみろ、やれやれ！　とケシかける気持のひそかに湧くのを禁じえない。福田論文をはじめて読んだときには、ともに天をいただかずとまで考えたのに、これは一体どうしたことだろう？

一つには、戦後の時間の経過のなかで、本多のなかにあった、コミュニストや政治に対する負い目が、だんだんと薄れていった、ということが考えられよう。

しかし、本多はそれで良いが、彼らの政治熱に巻き込まれた当時の人々は、気の毒としかいいようがない。むろんそうした人々も、自己責任ということになるだろうが、知識人たちのリードが、実はミス・リードだったと後に判明した場合、知識人たちの責任は、どのように問われるべきであろうか。まさか、またもや自己批判では済まされないだろう。後述のように、福田は、こうした問題を、戦後、継続的に考えていくことになる。

ところで、文芸批評家の佐伯彰一《しょういち》もまた、福田に魅了された体験をもつ。佐伯もまた、敗戦直後、二十代前半だった。彼は、『近代文学』に抱いた反感をこう回想している。

一九三〇年代の人民戦線的なものへの郷愁というか、政治と文学とのあるべき幸福な結婚への善意にみちた期待といった気分が、このグループ〔『近代文学』〕は共通している——と、少なくともぼくはそう思い、そこに楽天性のにおいを嗅ぎつけて、反発をおぼえていたことは言えるだろう。（中略）そこから、共産主義に対する、いたいたしいほどのコンプレックスともなれば、文学作品の評価においても、とかく政治的な環境や条件に重点がおかれて、美学的な構造分析、またジャンルや手法に対する批評的な関心の欠如ともなる——ぼくはそう受けとり、そこにぼくたちの衝くべき攻撃目標を見出していたことは確かである。

（「序にかえて」『批評58〜70文学的決算』番町書房、昭和四五年）

そうしたなかで福田は、文学の自律性を守り、政治熱に立ち向かう勇気を見せてくれた。

さすがに福田さんは、このグループ（『近代文学』）とは、始めから判然と異なっていた。雑誌『近代文学』には、力のこもった長編の「芥川龍之介論」を寄稿なさったことは覚えているが、論旨も論調も、この雑誌のトーンとはまるでかけ離れていて、ひたすら作家芥川の内面構造に集中し、その意識、無意識のメカニズムを、精妙なメスさばきで、腑わけしてゆくというものだった。（中略）そして当時かつての共産党の闘士たちの釈放、出獄といったニュースと相まって、ひときわ人気が高く、一時は偶像扱いだった宮本百合子や中野重治を福田さんは相ついで取り上げて、その文学的な弱点を正面から容赦なく指摘されたものだ。当時二十代初め、いわば血気ざかりの文学青年だった当方なども、息を呑むような思いで、福田さんの颯爽たる剣士ぶり、その太刀捌きに眺め入り、知的勇気に感嘆せずにはいられなかった。（「批評家魂のサムライ」『文藝春秋』平成七年一月号）

同じことは、奥野、佐伯とも交流のあった文芸批評家・磯田光一にも言えそうだ。

磯田は、文学と政治の分離を主張し続けたが、それは福田の影響である、と自ら述べている。そして、「昭和二十年代に最も愛読した批評家は福田恆存と花田清輝だった」と述べている（「『吉本隆明論』のモチーフ」『磯田光一著作集』第二巻、小沢書店、平成二年）。第一章で見たように、磯田は、東大英文科の助手時代に、福田の卒論を閲覧しているが、それも頷かれよう。

ちなみに、奥野は、安吾・太宰、磯田は、三島由紀夫というように、ともに福田に近い作家について、優れた評論を書き残すことになる。戦後徐々に忘れられていった安吾・太宰に再び光を当てたのが、奥野だったと言われている。三島については、福田といろいろな交流があったことがよく知られている。後で、詳しく見よう。佐伯は、後述のように、福田が関わっていた雑誌『批評』を引き継いでいくことになる。

この世代には、他にも、福田から影響を受けた人々がたくさんいる。同世代の主流の人々からは敵視され、敬遠されていた福田であったが、下の世代の先端的な若者たちからは、とても熱い支持を受けていたのである。彼らは、戦後は終わった、といわれた昭和三〇年代に、新世代の論者として社会に登場する。そして、共産主義政治とは一線を画した文学論や人間・社会論を展開していくことになる。

再び、福田と花田

福田と花田に戻ろう。小川や森、磯田の回想にあるように、当時の若い人は、二人の間に通じるものを感じ取っていた。そういう感覚は、当事者である二人の間にもあったようだ。

福田の希望で、昭和二二年四月、「芸術の創造と破壊」（『花』）と題した花田との対談が行われている。また同年の一二月には、花田の企画・編集によって、福田の評論集『平衡感覚』が刊行されている。花田が企画・編集顧問として中心的に関わっていた眞善美社からの刊行だった。

またこの年、福田の依頼によって、花田は、前述の二十世紀研究所で、「『八犬伝』をめぐって」と題した講演を行っている。

前述のように、当時福田は、東京女子大学の講師をつとめていた。そして翌年の一月には、東京女子大学の教え子である河野葉子を、花田の眞善美社に紹介し、編集部の強化を図っていた花田を支援している。

眞善美社は、多くの新進気鋭の書き手の作品を世に送り出したが、その一つに小田仁二郎《じんじろう》の小説『触手』がある。これはおそらく福田が持ち込んだ企画であろう。福田は、巻末に、力のこもった小田論を書き下ろしている。

そのほか、福田・花田には、前述の『文芸時代』の同人としてのつながりもあった。当時は右でもなく左でもない二人であったが、戦後の流れの中で、福田は、右派、花田は左派というかたちに限定されていくことになる。その時期については不明であるが、作家の大西巨人は、花田との間で、次のような会話を交わしている。

> 花田清輝に私が、所謂左翼の著名な二、三の文筆家の名を挙げて、この連中の根性に対して、福田恆存の方が比べ難く上等であると言ったことがある。花田は、一も二もなく「まったくその通りである」と賛同した。
>
> （絓秀美「大西巨人インタビュー」『「超」言葉狩り論争』情況出版、平成七年）

福田も、晩年に花田に言及し、「心の優しい人だった」（「覚書二」）と述べている。二人の間には、人間的な信頼もあったように思う。

大西巨人

ところで、ここで証言している大西巨人もまた、敗戦後に、福田に注目していた人間の一人である。大西は、昭和二二年一二月の文章（「新しい文学的人間像」『思潮』）で、こう述べている。

とにかく誰も彼も本音を吐かないことを、僕は、不満に思っているようだ。その「ポーズ」なり「スタンド・プレイ」なりを僕は好まぬが、もしかすると福田恆存だけが、割合に本音を吐いているのかもしれぬ。彼は、頭が悪くない。もし彼が、もう少し徹底したなら、別の世界に突き抜けるであろう。彼は、利口であり過ぎる。

ちなみに思想史家の鷲田小弥太は、市民の「エゴイズム」の肯定を前提にしたデモクラシーを唱えた点で、福田と大西は共通しており、その意味で、「戦後一貫して孤立を余儀なくされた思考」の持ち主だったと論じている（「デモクラシー——大西巨人と福田恆存」『日本資本主義の生命力』青弓社、平成五年）。

人間・この矛盾したもの

福田と花田との間には、人間観のうえでも共通点が存在した。二人とも、人間を、相反する二つの要素を抱えた矛盾した存在と見ていた。

福田が、こうした人間観をもっていた点については、これまで見てきた通りであるが、ここでもう一度確認しておこう。例えば次のような見解である。

ひとびとは肯定しなければ否定せずにゐられず、否定しなければ肯定せずにゐられぬのであらうか。ぼくはぼく自身の現実を二律背反のうちにとらへるがゆゑに、人間世界を二元論によつて理解するのである。ぼくにとつて、真理は究極において一元に帰一することがない。あらゆる事象の本質に、矛盾対立して永遠に平行のままに存在する二元を見るのである。この対立を消去して一元を見いだそうとするひとびとの性急さが、じつはぼくにはふしぎに見えてしかたないのである。

（前掲、福田「一匹と九十九匹と」）

こうした人間観に立って、肉体と精神、政治と文学などの二元論が展開されているわけである。すでに述べたように、これは、戦前から一貫する福田の立場である。

さて、花田である。花田には、「楕円幻想」と題された評論がある。初出は昭和一八年であるが、昭和二一年に刊行された『復興期の精神』に収められ、広く読まれた。少し長くなるが、引用しよう。

いうまでもなく楕円は、焦点の位置次第で、無限に円に近づくこともできれば、直線に近づくこともできようが、その形がいかに変化しようとも、依然として、楕円が楕円であるかぎり、それは、醒めながら眠り、眠りながら醒め、泣きながら笑い、笑いながら泣き、信じながら疑い、疑いながら信ずることを意味する。これが曖昧であり、なにか有り得べからざるもののように思われ、しかも、みにくい印象を君に与えるとすれば、それは君が、いまなお、円の亡霊に憑かれているためであろう。焦点こそ二つあるが、楕円は、円とおなじく、一つの中心と、明確な輪郭をもつ堂々たる図形であり、円は、むしろ、楕円のなかのきわめて特殊なばあい、——すなわち、その短径と長径とがひとしいばあいにすぎず、楕円のほうが、円よりも、はるかに一般的な存在であるともいえる。（中略）

ひとは敬虔であることもできる。ひとは猥雑であることもできる。しかし、敬虔であると同時に、猥雑でもあることのできるのを示したのは、まさしくヴィヨンをもって嚆矢とする。（中略）敬虔と猥雑とが、——この最も結びつきがたい二つのものが、同等の権利をもち、同時存在の状態において、一つの額縁のなかに収められ、うつくしい効果をだし得ようなどとは、いまだかつて何びとも、想像だにしたことがなかったのだ。表現が、きびしい調和を意味するかぎり、こういう二律背反の状態は、すこぶる表現に適しない状態であり。強いて表現しようとすれば、この双頭のヘルメスの一方の頭を、断乎として、切り捨てる必要があると考えられていた。ヴィヨンはこれらの円の使徒の眼前で、大胆不敵に、まず最初の楕円を描いてみせたのである。（中略）

我々は、なお、楕円を描くことができるのだ。それは驢馬にはできない芸当であり、人間にだけ、——誠実な人間にだけ、可能な仕事だ。しかも、描きあげられた楕円は、ほとんど、つねに、誠実の欠如という印象を与える。諷刺だとか、韜晦だとか、グロテスクだとか、——人びとは勝手なことをいう。誠実とは、円にだけあって、楕円にはないもののような気がしているのだ。

ここに、福田の人間観との類似を見てとることができよう。福田のいう「二元」は「円」に、「二元」は「楕円」にそれぞれ対応している。ちなみに福田には、「ぼくは屈曲した楕円の宇宙を実感している」（前掲「論理の暴力について」）という言葉もある。ちなみに、太宰も、花田のこの「楕円幻想」という文章を気に入っていたようである（「年譜」『花田清輝全集』別巻二、講談社、昭和五五年）。

いずれにせよ、「一元」＝「円」を志向していた当時の進歩的インテリの主流派は、「二元」＝「楕円」を唱える福田や花田たちに対して、「誠実の欠如」という印象をもっていた。「諷刺だとか、韜晦だとか、グロテスクだとか」いうふうに（前掲「楕円幻想」）。しかし、若い人々は、「二元」＝「楕円」の方がよほど誠実かつ正直であることを見抜いていたといえる。

岡本太郎への疑問

ところで、芸術家の岡本太郎もまた、当時、福田・花田と似た考え方を唱えていた。まず岡本は、人間は、相反する二つの要素の間で引き裂かれながら生きていると言う。福田・花田とほとんど変わらない人間観である。さらに岡本は、その両極のぶつかり合いを原動力にして、新たなものを生み出していくという考え方を提起する。これも、福田・花田になにほどか通じるものである。

とくに花田は、「対極主義」と名づけられた、こうした岡本の思想に共感し、また岡本も花田に強い関心を抱いていたことから、昭和二三年に、ともに「夜の会」という前衛芸術の集まりを立ち上げることになる。

福田も、花田ほどではないにしても、岡本に、なにかしら感じるところがあったのではないだろうか。昭和二四年に、『美術手帖』（一〇月号）の「アトリエ訪問」で、岡本を訪ねている。

とはいえ、福田も、花田も、それぞれ岡本に疑問をぶつけている。

福田の「アトリエ訪問　岡本太郎」は次のように始まる。

アヴァン・ギャルドのチャンピョン岡本太郎氏を上野毛に訪問す。余の嘗ての教子にして現在は同氏の秘書役であるT・H嬢、御苦労にも品川駅に余を出迎へてくれる。

このT・Hとは、平野敏子、つまりのちに岡本の生涯のパートナーとなった岡本敏子である。彼女は、ここにあるように、福田の東京女子大学での教え子で、福田の紹介で出版社に勤務していたが、そこを辞め、岡本の秘書となっていた。

さて、福田の疑問は、岡本の二極分裂的な人間観が、彼の実際の活動に反映されていないという点にあった。彼は、つねにアヴァンギャルド（前衛）芸術の立場に立っている。そして、それと矛盾・対立するものを認めない。これでは、一元論の立場ではないか、と福田はいうのである。そういわれてみれば、岡本のスタンスは、進歩的インテリに似ている。一元に向けて突っ走る感じがある。

そして、福田は、いう。いっそのこと前衛芸術の対極にある日常性を自分の中に引き入れてみてはどうか、と。そして同時に、芸術家としての自分を批判し追い出してみてはどうか、と。

生活そのもののために生活を愛してもらへないだらうか。芸術などどうでもかまはない、ひとおもひにそれをあなたの対極に追ひやつてしまつてはどうか。（前掲「アトリエ訪問　岡本太郎」）

これと似たことを、花田も述べている（「対極について――岡本太郎論」『みづゑ』昭和二四年五月）。

わたしと岡本とのあいだには、つねに意見の対立がある。たとえば、近ごろ、しきりにかれは、制服の芸術家たちを批難する。しかし、われわれの第一に脱ぎ捨てなければならないものは、むしろ、「芸術家」の制服ではなかろうか。

福田も、花田も、芸術と対立する要素も認める、真に「二元」的＝「楕円」的＝「対極」的な複眼的スタンスを岡本に要求しているのであろう。

林達夫

さて、安吾・太宰・福田・花田に、石川淳と平野謙を加えて、準同人組織による雑誌の刊行を考えていた人物がいる。批評家の林達夫である。

前述のように林は、戦前から岩波書店の『思想』の編集者として活躍していたが、当時は、中央公論社の出版部長となっていた。

福田の第一評論集『作家の態度』は、林の企画によって刊行されている。昭和二一年一〇月に校了していたが、中央公論社側の事情により、翌二二年九月に刊行となった。

敗戦後福田が言論活動を始めてから半年ほどで、林は、福田の力を認めたことになる。林は、こう回想している。

これ〔福田の第一評論集『作家の態度』〕は中央公論社で、ぼくが全く自力でスカウトし、手がけたぼく自身の処女出版でもあり、当時この力量ある無名の新人を世に送り出すことにぼくは大きな誇りと期待とをもっていた。（「本のもう一つの世界」『展望』昭和四一年一〇月号）

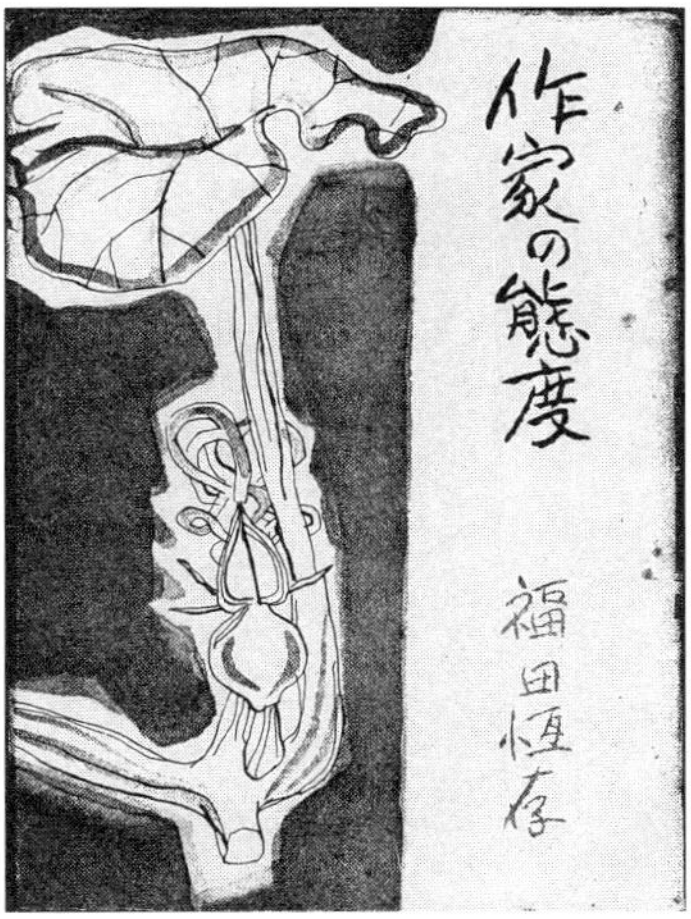

『作家の態度』
（中央公論社，昭和22年）

大絶賛といってよい。前述のように福田にとって、林は「尊敬する思想家であり批評家であつた」から、さぞかしうれしかったことであろう。

しかも、福田は、直接の担当であった同年輩の編集者と喧嘩をして、本など出してくれなくてもかまわないと啖呵を切り、出版の話は御破算になりかけていた。なんでも、出版の遅れについて質した福田に対して、その編集者が、駆け出しのお前さんなんかが、中央公論から本を出してもらえるだけでも有難いと思えとぞんざいな態度に出たことがきっかけらしい。

しかしほどなく、林が訪ねてきて、自社の不始末を謝罪したうえで、考え直してもらえないか、という話になった。福田は、自分の生意気な言動にもかかわらず寛大な林の態度に赤面し、万事を任せることにしたという。

前章で見たように福田と林との間には、考え方のうえにおいて、似たところがあった。福田は、「沈黙と微笑」(『林達夫著作集』第四巻附録「研究ノート4」、平凡社、昭和四六年)で、林について次のように論じている。

氏〔林〕の学問は哲学、歴史、文学、美術、いづれの分野においても一流である。それなら、なぜ氏は「専門的」な哲学者、歴史学者にならうとしないのか。これは単なる未熟者の憶測に過ぎないが、一つには氏の精神の内部に自らが「専門的」なアカデミシャンたる事を許さぬ何かがあるからではなからうか。それは氏の強靭なる批評精神である。既成の学問の不毛性を氏の内部の批評家が許さないのだ。氏はよく言はれる様に啓蒙的なエンシクロペディスト〔百科全書派〕ではない。エンシクロペディストに真の批評精神は無い。彼等は自分の知識に寄りかかつてをり、現実や大衆と自分との距離に安住してゐる。が、林氏の内部の批評家は自分の知識にも学問にも反逆する。かういふアイロニストにとつて現代は最も不幸な時代である。いや、いつの世にも住みにくい。だが、不思議な事に林氏にはアイロニストにとかく付きまといがちな暗いシニシズムが全く無い。

それは氏の内部に批評家と均衡を保ちながら、平常心を失はぬ生活者が生きてゐるからだ。（中略）氏は生活の達人なのである。学者や批評家として抽象の世界に遊ぶことにおいて一流の氏は、同時に生活者として棲み心地の良い家や庭や草花の様な具体的な物と付合ふ事においてもまた一流の人である。

福田は、林の中に、二元論的な生き方の達人を見ているといえよう。林の場合、その二元に何が入ろうとも、その両方が常に際立っているため、そのぶつかり合いは、相互の信頼に基づいた緊張感のある調和を生みだしている。

福田にとって、林は、憧れの対象であったはずだ。しかし林もまた、福田のなかに、自分に通じるものを感じ取っていたはずだ。それゆえの出版企画だったといえよう。

冷静に政治を見る眼

二元論のスタンスに立つと、一元にだけとらわれることがないから、かえって、両方がよく見える。したがって福田、林は、クールな眼で、政治を眺めることができた。

敗戦後、進歩的インテリのあいだでは、「平和革命」論が支配的だった。これはまず、連合国軍を占領軍ではなく解放軍と捉える。そして、解放軍を後ろだてにして、平和なかたちで民主革命を完成させようと説く。この「平和革命」論は、共産党の野坂参三によって唱えられ、多くのインテリたちの共感を集めた。武力による革命ではなく、平和な革命を考えているということで、インテリたちは、共産党に親近感をもち、入党するものも相次いだ。また、この「愛される共産党」（野坂）路線は、民衆の心を摑むことにも成功し、共産党は昭和二四年の衆院選で、議席を改選前の四から三五へと大きく伸ばし躍進を遂げた。

しかし、福田は、「平和革命」論をまったく信じていなかった。連合国軍は明らかに占領軍であり、解放軍ではない。それは、いわゆる「二・一スト」が占領軍の命令によって中止されたことでも分かる。ただ占領軍＝アメリカの都合があるだけで、彼らが日本の民主革命を完成させるために最後まで動いてくれるなどという甘い幻想を抱いてはいけない。また「愛される共産党」路線が、共産党の党勢拡大のための戦略にすぎないことにも気づくべきだ。福田は、いう。

平和革命を口にする人の大部分は無考へなオプティミスト〔楽観主義者〕か、さもなければ警戒すべき政治家か、そのいづれかであるとぼくは考へます。

これは、『近代文学』昭和二二年四月号に掲載された座談会「平和革命とインテリゲンチャ」での発言である。この座談会には、『近代文学』グループのほか、花田なども出席していたが、「平和革命」論に明確に疑問を呈したのは福田のみであった。おそらく、この発言もまた、福田が、進歩的インテリたちから冷やかな眼で見られるようになったきっかけをなしたのではないかと思われる。

しかし結果は、福田の言う通りであった。共産党が躍進を遂げた翌年の昭和二五年に、マッカーサーによるレッド・パージ（日本共産党員の公職追放）が始まり、ソ連コミンフォルムから、「日本共産党がアメリカ帝国主義の従属下にありながら、その事実を糊塗し平和革命の可能性を唱へてゐるのは、日本の民衆を欺くものである」とする声明が出された。それによって日本共産党は、平和革命路線を捨て、武力革命路線に舵を切ることになる。
だまされたとばかりに、進歩インテリやマスコミは、一斉に共産党を批判し始めた。こうした状況を捉え、福田は、次のように述べている（「二つの世界のアイロニー」『人間』昭和二五年三月号）。

コミンフォルムの批判が野坂理論にたいするものであつてみれば、それはなにもいまになつて急に騒ぎたてる問題ではなく、終戦以来の日本共産党の戦術に対する非難であつて、今日コミンフォルムの尻馬にのつてこれを攻撃する新聞は、当時、すなはち数年前においては、ある程度までその戦術に同調してゐたのである。共産党ばかりではない。一般の進歩的な知識階級人が民主戦線といふあいまいなことばの傘下に、占領下における民主主義革命の遂行を信じてゐたはずではなかつたか。したがつて今度のコミンフォルムの批判はなにも日本共産党のみにむけられたものではなく、占領下における社会主義革命への漸進を考へたあらゆる進歩的知識階級にむけられたものと見なさなければならない。が、平生適切な政治的発言をもつて現代日本の指導者を自任してゐる啓蒙家たちは、自分たちにむかつて放たれたこの非難の矢面に立ち、責任をとらうともしなければ、また反批判をこころみようともせず、まるでひとごとのやうにすべてを共産党に転嫁し、傍観者のやうに共産党の動きを見まもるだけである。

ほとんど同じことを、林も述べている（「新しき幕明き」『群像』昭和二五年八月号）。

戦後五年にしてようやく我々の政治の化けの皮もはげかかって来たようであるが、例によってそれが正体をあらわしてからやっと幻滅を感じそれに食ってかかり始めた人々のあることは滑稽である。人のよい知識人が、五年前、「だまされていた」と大声で告白し、こんどこそは「だまされない」と健気な覚悟のほどを公衆の面前に示しているのを見かけたが、そういう口の下から又ぞろどうしても「だまされている」としか思えない軽挙妄動をぬけぬけとやっていたのだから、啞然として物を言う気にもなれない。（中略）

私は化けの皮をかぶっていない政治というものには、未だかつてお目にかかったことがない。その限りだけでは「ウォール・ストリートの政治」だって、クレムリンの政治だってさして変わりはない。（中略）

「戦後政治」の化けの皮をイの一番にはがすことを当然その任務の一つと心得ていると思われた陣営の人々が、（中略）占領軍の性格づけにおいて、到底我々が正気の沙汰とも思われぬ「たわ事」を吐いていたことは、当時私の少なからぬ驚きであった。（中略）

その五年間最も驚くべきことの一つは、日本の問題がOccupied Japan［占領された日本］問題であるという一番明瞭な、一番肝腎な点を伏せた政治や文化に関する言動が圧倒的に風靡していたことである。このOccupied抜きのJapan論議ほど間の抜けた、ふざけたものはない。（中略）「マッカーサーの日本」——この簡単な政治地図に目を据えて政治を談ずるもの、少なくともその地図を胸中に秘めて政治を諷示するものがほとんど数えるほどしかなかったところに、この政治論議の度し難い低調さと不真面目さとがあった。（中略）戦争後のあの精神的雰囲気の、あのうそのような軽さこそ、人民の指導的立場にある知識階級の政治的失格を雄弁に物語るものである。

こうして、政治熱が、いかに政治を見る眼を曇らせてしまうかということを、福田や林は説くのである。しかし、進歩的インテリたちは、この逆説を理解しようとはしなかった。そして、どこか滑稽な政治劇が、進歩的インテリたちによって、その後も演じられていくことになる。

林は、この翌年（昭和二六年）に、「共産主義的人間」（『文藝春秋』昭和二六年四月号）と題した評論を発表する。これは、共産主義政治の中には、政治的対立者を抹殺してかかるスターリニズムのような危険な傾向があることを指摘した文章である。有名なフルシチョフによるスターリン批判はこの五年後（一九五六年）のことであるから、きわめて先駆的だったということができる。この仕事は、花田との二人三脚で進められたようで、雑誌に発表された翌月には、花田の企画で、月曜書房から単行本として刊行された。

しかし、進歩的インテリたちは、林の問題提起を受けとめようとはしなかった。そして、五年後にフルシチョフによるスターリン批判が起こると、進歩インテリたちはまたもや、慌てふためいた。林にしてみれば、「勝手にしやがれ」（林達夫・久野収『思想のドラマトゥルギー』平凡社、昭和四九年）という気分だった。

しかし、林の問題提起に反応した者もいる。一人は、フランス文学者の小場瀬《おばせ》卓三。もう一人は、福田恆存だった。林は、後年こう述べている。

福田恆存から簡単な手紙が来て、僕に勇気があることを褒めてくれた。

（前掲『思想のドラマトゥルギー』）

『同時代』

この辺りで、前章で見た岡本謙次郎（美術評論家）、小島信夫（英文学者・作家）などについても触れておこう。すでに述べたように、彼らは、戦前から、福田を兄貴分として慕っていた。

敗戦を迎え、彼らも二十代半ばとなり、そろそろ世の中に出て、活躍できる年齢になっていた。それぞれに力もあり、福田は彼らの支えになろうとした。

岡本の最初の著作となった『運慶論』は、福田の企画で、昭和二三年に刊行されている。版元は、花田たちの眞善美社だった。「あとがき」には、「色々の点から書く機会を与へてくれた福田恆存、花田清輝の両氏や眞善美社の諸氏にお礼を申したい」と記されている。同書は今日でも高い評価を得ている。

また岡本たちは、宇佐見英治《うさみ》（詩人・フランス文学者）、原亨吉《こうきち》（フランス文学者）、矢内原《やないはら》伊作（哲学者・評論家）とともに、昭和二三年に、同人誌『同時代』を創刊する。版元は、金沢の出版社、東西文庫だった。

小島は、同誌に、初期の傑作「汽車の中」を発表することになる。小島のその後の活躍は、言うまでもないだろう。彼らは、それぞれ才能を発揮していった。岡本、小島、宇佐見は、その後、明治大学教授として、職場も同じくした。

中村雄二郎　ところで福田は、彼らにある人物を紹介している。のちに哲学者として活躍することになる中村雄二郎である。当時中村は、二十代前半、東大哲学科の学生だった。中村の回想である（「小島さんのつよさ」『小島信夫全集』第六巻、月報、講談社、昭和四六年）。

福田［恆存］さんの紹介で、初期の『同時代』の人たちなんにんかと知るようになった。宇佐見［栄治］さん、矢内原［伊作］さん、岡本［謙次郎］さんなどとの面識もそれ以来のものだが、たしかそれは、小島さんの「汽車の中」が『同時代』に載った直後の昭和二十三年ごろのことだったと思う。

中村は、フランス哲学専攻ということで、宇佐見や矢内原とは共通点があった。それに中村は、知的関心の広い人なので、専門を問わず、多様な知性と付き合うことが楽しかったのであろう。

福田との出会いについては、よく分からない。しかし中村が、福田を慕っていたことは確かといえよう。中村は、福田と同じく、東京の下町出身で、前述のように二中を出ているので、福田の後輩にあたる。また福田同様、少年時代から芝居が好きだったようである（鈴木忠志・中村雄二郎『劇的言語』エッソ・スタンダード石油株式会社、昭和五一年）。

福田は、すでに述べたように、近代的人間観に疑問を持ち、生命主義的な人間観に親しみを感じていた。次章で見るが、戦後の福田は、そこから、演劇論的な人間観を生み出していくことになる。中村もまた、『魔女ランダ考』（岩波書店、昭和五八年）などの著作において、近代的な知に代わるものとして、演劇的な知を提起し、注目を浴びることになる。そこには、福田からの刺激や影響もあったかもしれない。また福田は、劇作家として、多くの演劇論を書いているが、中村は、そうしたものにも言及し、高い評価を与えている（前掲『劇的言語』など）。

その他、中村が福田論を執筆していること（「福田恆存論の試み」『日本』昭和四〇年二月号など）、福田が大きな影響を受けたロレンスの『アポカリプス論』に中村が注目していること（『悪の哲学ノート』岩波書店、平成六年）などを考えると、中村は、いろいろと福田から影響を受けているように思われる。

昭和三一年に、福田主宰の勉強会「アルプス会」が発足した際には、岡本や小島とともに参加している。

『批評』と鉢木会

福田の交友は、他の方面にも広がっていた。

一つは、雑誌『批評』の人々である。『批評』は、昭和一四年に創刊され、河上徹太郎（文芸批評家）を顧問格に、中村光夫（フランス文学者・文芸批評家）、吉田健一（英文学者・作家）、山本健吉（国文学者・文芸批評家）などが中心的に関わっていた。

同誌は、戦争中に一時休刊となるが、昭和二一年八月に、創元社を版元に復刊。シェイクスピア、ボードレール、チェーホフなどの特集を組んで、文芸評論の専門誌として存在感を示した。

福田は、同誌に、マクベス論や嘉村論（いずれも戦前の論稿に手を入れたもの）を発表していたが、昭和二二年一二月、中村と吉田に誘われ、同人に加わっている。

また、これを機に、中村・吉田・福田の三人は、親睦会を作り、月に一回、清談濁談を楽しむことになる。この集まりは、謡曲の『鉢木《はちのき》』にちなんで、「鉢木会」と名づけられ、月の当番になったものは、メンバーを自宅に招き、佐野源右衛門常世《げんえもんつねよ》ばりに、食事をもてなすことになっていた。のちには、吉川逸治《いつじ》、神西《じんざい》清、大岡昇平、三島由紀夫も加わり、同会は、みなの晩年まで続いた。

彼らは、政治熱に染まらずに、それぞれ自分の文学的テーマを淡々と展開していた点で共通していた。また「配給された自由」（『東京新聞』昭和二二年一〇月二六、二七日）の河上徹太郎といい、「占領下の文学」（『文学』昭和二七年六月号）の中村光夫といい、「占領下の日本（Occupied Japan）」という冷めた眼をもっていた点でも共通していたといえる。

ほどなく『批評』には、中村や大岡の兄貴分であった小林秀雄も加わることとなったので、福田は、

鉢木会の集まり（昭和32年）
左から吉川逸治，福田，大岡昇平，中村光夫，吉田健一，三島由紀夫
（『別冊　一億人の昭和史・昭和文学作家史』より）

若き日に決定的な影響を受けた小林とも親しく交わるようになっていった。

『あるびよん』

さて、林達夫、吉田健一とともに、福田が、編集委員を務めていた雑誌に、『あるびよん』がある。同誌は、「英文化総合誌」として、昭和二四年六月に、創刊された。英国の文化や歴史に学ぶ人々の集いである「あるびよんくらぶ」（あるびよんとは、英国の古名 ALBION を意味する）が設立されており、同誌は、その機関誌ともいえた。「あるびよんくらぶ」の発案者は、事業家で登山家の松方三郎。版元は、新月社で、前述の宇佐見英治が編集長をつとめる出版社だった。福田は、創刊号に、ディヴィッド・ガーネット論（「メカニズムへの意志」）を発表している。

同誌は、版元をいくつか変えながら、昭和三五年まで刊行された。

プライベートでは

本章を閉じるにあたって、福田の生活について触れておこう。

まず触れるべきは、父・幸四郎の他界であろう。幸四郎は、福田が『日本語』の編集者として中国を視察中の昭和一七年に、脳血栓で一度倒れている。その後、回復し、書道教授を続けていたが、敗戦を迎え、ちょうど福田の初めての本『作家の態度』の企画が進んでいた頃に、二度目の発作が起こった。

福田は、こう振り返っている。

父を看取りながら、その本〔『作家の態度』〕の検印をしてゐる私に、「なにをしてゐる」と痰が喉にからんだやうな声で父が言つた。舌も縺れてゐてよく聴きとれない、とにかく私にはさう聞えた。検印の説明をしたところで、今の父には解りはしない。しかし、好い加減な答へはできず、これが私にとつて初めての本であることを言ひ、本を出すには検印といふものが要ることを話した。父は目をつぶつたまま二度ばかり頷いた。だが、それで解つてくれたのかどうか、確めやうもなかつた。かうして父は一週間ばかりして死んだ。本の奥付を見ると、昭和二十二年九月十五日発行となつてゐる。父が死んだのはそれに先立つほぼ一箇月半前の七月二十六日であつた。（「覚書二」）

父を亡くした翌二三年に、次男・逸《はやる》が誕生している。同時に一家は、山下別荘の間借り生活を終え、大磯町内の医師杉田六朗氏の持家を向う七年の期限付きで一軒まるごと借りた。

こうして、家族の悲しみと喜びが続くなか、一家は、罹災後初めて一戸建ての家に落ち着くこととなる。

第四章　劇壇へ――戦後の福田㈠

1　人間・この劇的なるもの

平凡で、弱い人間に必要なもの

昭和二〇年代の半ばから、福田は、〈生命主義〉に基づいた人間・社会観をさらに発展・深化させていくことになる。人間は平凡で、弱い。その人間の生を支え、それに力を与えてくれるものを、〈生命主義〉の観点から追究していったのである。それは、理性や精神など、人間の〈強さ〉の側面ばかりに目を奪われていた同時代の主流派知識人、つまり進歩的知識人とは相異なる方向性であった。ここに戦後日本思想史における福田の位置を認めることができよう。

さて、こうした文脈から福田は、(1)演戯、(2)恋愛、(3)自然、(4)共同体の言語・文化・伝統、(5)保守思想といった契機について主題化していくことになる。これらのテーマは、いずれも進歩的知識人たちが軽視するか、批判・否定していたものばかりである。しかしそれらのテーマが、進歩的知識人が退潮したのちに登場した新世代の知識人たちによって主題化されたことを思うと、福田の先駆性についても認めることができよう。

以下、(1)・(2)については本章で、(3)・(4)・(5)については次章でというふうに分けて見ていくことにしよう。

演戯へ

福田は、昭和二〇年代半ばから、演戯に関心を向けるようになる。人間は、演戯の力によって、人生を主体的に創造していくことができる、と福田は考えていたのである。そして、その演戯の力の原動力となっているのが、生き生きと生きたいという生命力だと福田は考えていた。一般平凡人の人生も、演戯によって、創造的なものとなる。

第一章で見たように、福田はもともと演劇青年だった。この時期福田は、好きな演劇に、新たな文脈から再び光を与えることになる。彼の活動は、単に演劇的な人間論を説くのみならず、戯曲の創作や舞台の演出にも広がりを見せ、ついには自ら劇団を率いるまでになる。

こうして福田は、戦後新劇界の中心人物の一人として活躍することになる。本章では、戦後新劇史における福田の位置についても浮き彫りにしていきたい。またシェイクスピアを中心とした彼の翻訳活動にも触れたい。

演戯による人生の創造

福田は、その『芸術とは何か』（要書房、昭和二五年）において、次のように論じている。――人間の素顔は、のっぺらぼうで、とらえどころがない。それは、確かな実在

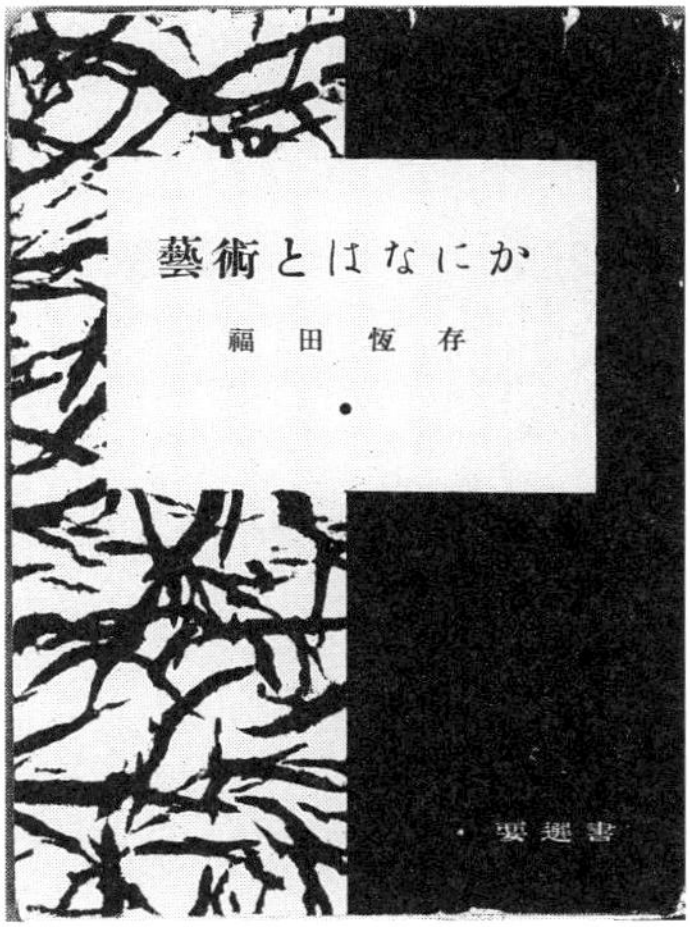

『藝術とはなにか』（要書房，昭和25年）

ではなく、無だといってもよい。ありのままの自分は、ある意味、空っぽなのだ。そこで人々は、ありのままの自分に飽き足らず、こうありたいと思う自分を創造しようとする。つまり、こうありたいと思う自分を演戯しようとする。こうして、素顔の自分の他に、仮面の自分、第二の自分が生まれる。誰でも、こうした演戯＝創造を行っている。

人間に、生き生きと生きたいという生命力があるかぎり、人々は、演戯による人生の創造にいそしむであろう。古代以来、人間は、そうして生きてきた。

しかし、近・現代人には、演戯力＝生命力の衰退が見られる。原因は、近・現代人の生き方に大きな影響を与えている実証科学である。近代実証科学は、現実世界にあるものしか認めない立場だ。それは、事実のみが人間の全てであるとする立場だ。したがって、ありのままの現実を超えて、フィクションを創造しようとする生き方は否定される。

こうして、人間を常に現実の限界内に閉じ込めようとする実証科学の精神が、人間の生命力＝演戯力の生き生きとした働きを阻害している。

しかし、現代人は、豊かな生を取り戻すために、再び演戯の力に眼を向けるべきではないか

――。

福田は、演戯による生き生きとした人生の創造のモデルを、シェイクスピアの登場人物たちに見出していた。福田は、こう述べている。

ハムレットの最大の魅力は、かれが自分の人生を激しく演戯しているということにある。既にハムレットという一個の人物が存在していて、それが自己の内心を語るのではない。まず最初にハムレットは無である。彼の自己は、自己の内心は、全く無である。(中略)自己に忠実という概念は、ハムレットにもシェイクスピアにもない。(中略)ハムレットは演戯し、演戯しながらそれを楽しんでいる。

(「解題」『シェイクスピア全集・ハムレット』新潮社、昭和三四年)

シェイクスピアの人物たちはいかに生き生きと、大きな振幅をもって、この人生を、舞台のうへを動き廻つてゐることか。その悲しみも、不安も、疑ひも、(中略)私たちの現代の生活のそれとくらべ、荒けづりではあるが、いかに彫りが深く、動きが大きく、豊かで力強いことか。それにくらべると、私たちが、いかにけちくさく、つまらぬことにくよくよしてゐるか。(中略)私たちはかれの作品から、その登場人物から、強く生きる力を与へられるのです。

かれらは、「かうすれば幸福になれるだらう」とか、「かうすれば平穏な生活がおくれるだらう」とか、そんなみみつちいことを考へてをりません。たとへ過ちを犯し、不幸にならうとも、自己の思いのままに生きぬけば悔い無しと思つてゐる。いや、あとで悔いるかもしれないとしても、そのときは進んで自己の欲望にすべてを賭ける。刹那主義でも快楽主義でもありません。刹那主義は皮膚感覚的欲望ですが、かれらの欲望は、かれらの生きかたの根本から発するものです。私たちは、自分のさういふ根本的な生命の欲望を見うしなひがちであります。（中略）無謀や勝手な行為はいけない。が、過度の警戒心も危険です。それによつて、私たちは生命の根源を殺してしまふでせう。シェイクスピアの豊かな泉から、その生命の泉を汲んでいただきたいと思ひます。

（「シェイクスピアの魅力」『ユース・コンパニオン』昭和三二年四月号）

こうして福田は、シェイクスピア全集の翻訳に取り組むことになるが、この点は後で見よう。ともかく福田は、以上の観点から、演戯の価値を再発見したといえる。

カタルシスとしての演劇

しかし、誰も彼もが、ハムレットのように生きられるわけではない。実生活では、演戯をしても、かならず邪魔が入る。演戯をし通すことは難しい。

そこで人々は、劇場に足を向ける。そして、舞台の上の人物に自己を投影し、劇的な人生を追体験する。それによって人々は、リフレッシュし、新たな生の意欲を再生する。演劇は、こうした「カタルシス」（精神の浄化作用）を本来の機能としている。福田は、これを演劇の「生命的価値」と呼んでいる。

しかし現代演劇は、この機能を喪失してしまっている。原因は、やはり実証科学の精神にある。舞台に現実・事実の写実を求めるリアリズムが演劇界を支配してしまっているのである。舞台から演劇精神が失われるという喜悲劇が生じている。

そこで福田は、演劇の原点回帰を唱える（前掲『芸術とは何か』、「芸術作品の条件」『芸術新潮』昭和二五年四月号など）。そして、自らも劇作家・演出家として、原点回帰に向けた運動に取り組んでいく。

アリストテレス、ワイルド、バタイユ…

ところで、福田は、こうした議論を展開するにあたって、西欧の幾人かの思想家を参照している。まずオスカー・ワイルド（一九世紀末イギリスの文学者）である。ワイルドは、その評論「嘘の衰退」で、現代人を毒している事実崇拝を批判し、虚構の美的創造を説いている。福田は、第一章で触れたように、学生時代にワイルドを愛読しているし、戦後には、『サロメ』をはじめとするワイルドの代表作をいくつも翻訳している。福田が、「嘘の衰退」からも影響を受けたことは十分に想像できる。

次に、ニーチェである。これも第一章で述べたように、もともと福田は、ニーチェの生の哲学から影響を受けている。ニーチェもまた、演戯による創造を説いたことで知られる（『悦ばしき知識』など）。

それから、アリストテレス（古代ギリシャの哲学者）である。周知のように、「カタルシス」論は、アリストテレスがその著『詩学』で展開した説なのである。福田は、先の『芸術とは何か』でアリストテレスを引用し、「ぼくはカタルシスということこそ、あらゆる芸術の本質と機能と効用とを一言のもとにいいあらわした千古不磨の名言だとおもいます」と述べている。

また福田は、『芸術とは何か』において、カタルシス論と結びつけるかたちで、芸術は、精神のエネルギーの消費による快楽を与えてくれると述べている。福田は、いう。人間は「消費し、放射し、焼尽するために——ただその喜びのために——欲情し、所有し、貯蔵する」、と。これは、ジョルジュ・バタイユ（二〇世紀フランスの思想家）がその著『呪われた部分』で展開した「蕩尽」論に通じる視点である。バタイユもまた、生の哲学の系譜につながる思想家として知られている。

「キティ颱風」
左から岸田今日子，北城真記子，南美江
（福田恆存『劇場への招待』より）

劇作家としての活動

さて、こうして福田は、演劇活動にも踏み出していく。

最初の作品は、「最後の切り札」（『次元』昭和二三年九月号）である。これは、演劇そのものを演劇化した作品で、メタ・シアターということができる。

次は、小説作品で、「ホレイショー日記」（『作品』昭和二四年三月号）。これもまた、演出家・役者を登場人物とした作品である。

それから、戯曲「キティ颱風」（『人間』昭和二五年一月号）。これは、喜劇である。福田は、その上演パンフレットで、「笑ってください、そして日ごろ鬱積しているしこりを解いてお帰りくださされば、作者の望みこれに過ぐるものはありません」と述べている。

このあとも福田は、「堅塁奪取」(『劇作』昭和二五年二月号)、「龍を撫でた男」(『演劇』昭和二七年一月号、読売文学賞受賞)、「現代の英雄」(『群像』昭和二七年七月号)などの戯曲を発表していく。

素顔と仮面

これらの作品と、前述の小説「ホレイショー日記」に共通しているのは、「素顔」と「仮面」の相克というテーマである。その意味では、先の「最後の切り札」を含め、福田の戯曲は総じて、メタ・シアター的性格をもっているということができよう。

さて、「素顔」と「仮面」の相克について、福田は、「龍を撫でた男」の上演パンフレットで、こう述べている。

私が興味をもつ人物は、人生を二重に生きている人間です。もつとも人間である以上、ひとはだれでも二重、三重に生きています。社会からこうだと思われている自分と、本来の自分と、この二つの自己がだれのうちにもあるでしよう。しかし私がとくに「二重に生きている人間」というとき、もう少しちがつた意味をもつています。というのは、みずからこうありたいと思う自分と、本来の自分と、この自己の二重性を生きる人間を意味します。ただ心のなかでこうありたいと思つているだけならそれまでのことですが、その欲望があまり激しいと、かれはじつさいにさういう自分を演じはじめるでしよう。

「龍を撫でた男」の家則はさういう男であります。かれは他人にたいして寛大であり、やさしくありたいと願う。他人の心を理解し、その心中を察してやりたいと思う。他人を愛し、他人の悩みをひきうけてやろうとする。いや、さう志すばかりか、じじつさういう心境に達しているとおもいこむ。（中略）

が、これはこつけいでもあり、おもいあがりでもあります。自分のなりたいと思うものになりえたというのはかれの錯覚であります。かれはいつのまにか理想の自分と現実の自分とを混同してしまつているのですが、理想の自己を演じているあいだ沈黙を命じられていた現実の自分が、やがて謀反します。

ところで、こういう人物のために迷惑するのは、本人ばかりではありません。周囲の人間も、その影響をうけておなじように自己を演じはじめるからです。が、さういふ無理はいつか破綻するでしよう。家則によつて理解されている自分、家則によつていたわられ、その圏内にとじこめられている自分、そういう自己にたいして、本来の自己が謀反します。

したがつて、私の芝居は、人格の分裂によつて生じる喜悲劇であります。私はけつして誇張しているつもりはありません。私の眼には人生がこんなふうにみえるのです。みなさんが、この自分以外の自分を演じている登場人物たちから、なにかの真実を感じてくだされば幸です。

（「自画自賛」『文学座パンフレット』昭和二七年一一月）

演戯による創造は、人生を豊かで生き生きとしたものにすると同時に、このような人格の分裂という喜悲劇を生んでしまう。

では、どうすればよいのか。福田は、主著『人間・この劇的なるもの』（昭和三一年）において、この問題に取り組むことになる。後で見よう。

現代喜劇のパイオニア

福田の戯曲のもう一つの特質は、喜劇という点にある。もちろん福田には、前述のように笑いによるカタルシスの追究という問題意識が存在した。

しかしそれと同時に、福田は、その評論「残された道・喜劇」（『東京新聞』昭和二三年八月一七日）において、現代では悲劇は喜劇の形で現れると説いている。つまり福田は、喜劇によって現代の悲劇を描こうとしたのである。

こうした福田のスタンスは、戦後新劇史の中で高く評価されている。大笹《おおざさ》吉雄（演劇評論家）は、その『日本現代演劇史・昭和戦後篇Ｉ』（白水社、平成一〇年）において次のように述べている。


当時は福田の論点はさほどの関心を呼ばなかったが、現代戯曲が喜劇に向かうという指摘は、今から見ると重要な意味を持った。以後も「悲劇の時代」が続くが、一九七〇年代以降になると、現代演劇界は、「喜劇の時代」に突入する。その意味では福田の論はきわめて先駆的だった。


福田を現代喜劇のパイオニアの一人として位置づけることができるということである。

ちなみに、扇田《せんだ》昭彦（演劇評論家）は、その著『世界は喜劇に傾斜する』（沖積舎、昭和六〇年）において、福田の『人間・この劇的なるもの』を、人間を「演戯者」と捉えた優れた著作と評価し、その中のある一節に現代を代表する喜劇作家・つかこうへいの演劇論の先駆を見出している。

福田と花田

ところで、こうした演戯、演劇の方面でも、福田は、花田と問題意識を共有していたといえる。花田は、その評論「仮面の表情」(『群像』昭和二四年三月号)において、次のように述べている。

ニーチェ風にいうならば、人間の顔は、一切仮面であり、わたしたちは着物をきたり、ぬいだりするように、次々に、仮面をつけたり、はずしたりして、生きつづけており、したがって、もしもわたしが、あなたのほんとうの顔をとらえようと考えるなら、嫌でもわたしは、あなたの仮面を手がかりにするほかはない。

ここには、福田と同じ人間観が見られよう。また花田は、福田と同じく、「素顔」と「仮面」の相克の問題にも関心を向けている。引用しよう。

キアレルリにはじまり、ピランデルロを頂点にもつ、グロテスコ派の作品は、大てい、つねに流動し、飛躍してゆく生――「顔」と、それを固定し、拘束してゆく生――「仮面」との闘争を主題としており、結局「仮面」が落ち、「顔」がむき出しになるというのが、いつもの手だが――しかし、かれらにとっては、「仮面」も「顔」も、ともにひとしく生の現実にほかならず、特にかれらは「顔」を尊重し、「仮面」を侮蔑しているわけではなく、したがって、しばしば、逆に「顔」に「仮面」をかぶせることによって、「仮面」の勝利を謳歌することもあり、また、時としては「顔」と「仮面」とを対立されたまま、無勝負におわらせることもないではない。生の現実にたいして、アリストテレスの二分法を応用し、「顔」と「仮面」とに分けるなら、前者は浪曼的現実を、後者は古典的現実を象徴する。浪曼主義者にとっては、流動し、飛躍してゆく生――ベルグソンのいわゆるエラン・ヴィタールが、生の名に値する唯一の生の現実とみえるであろうし、古典主義者にとっては、固定し、拘束してゆく生――バビットのいわゆるフラン・ヴィタールが、なにより心をひく唯一の生の現実であるであろう。御承知のように、両者の争闘は歴史的なものであって、お互いに相手の現実を幻想だとして攻撃する。しかるに、グロテスコ派の立場にたってみるならば、むろん、それらの二つの生は、いずれも現実と呼んでさしつかえないが――しかしまた、お望みとあれば、いずれも幻想とみなしえても結構である、ということになる。

（「ゆうもれすく」『悲劇喜劇』昭和二四年四月号）

イタリア・グロテスコ派については、福田も興味を抱いていた。グロテスコ派の一人で、二〇世紀演劇を代表する劇作家にピランデルロがいるが、前述の福田の「最後の切り札」は、ピランデルロの代表作である「作者を探す六人の登場人物」を意識して書かれている（「自作解説」、前掲『福田恆存著作集』第一巻）。

花田もそれを踏まえ、福田の「最後の切り札」を、日本のピランデルロの登場と呼び、絶賛した（「覚書二」）。

前章でも触れたように、福田・花田という批評界の「二大スター」に惹かれていた当時の知的青年の一人に、小川徹（評論家）がいる。彼は後年、「「演技」をいう福田恆存、「仮面」と「演技」を多用する花田清輝の批評に共鳴を覚えていた」（『花田清輝の生涯』思想の科学社、昭和五三年）と回顧している。

花田もまた、のちに劇作家として活躍することになる。そして福田が自らの劇団「雲」を立ち上げた際には、花田も戯曲の提供予定者として協力している（『雲』第三号、昭和三九年）。

福田と林

同じことは林達夫についても言える。福田と林は、演戯という点でも問題意識を同じくしていたのである。林は、ある著作の構想を述べた中で、次のように福田に触れている。

一時は、歯の浮くような題だが、「人間、この喜劇的なるもの」という、考えてみるとまことに阿呆らしい題で、書こうと思って…しかしそれだと片輪な人間学になってしまう。かといって、「人間・この悲劇的なるもの」、「人間・このグロテスクなもの」エトセトラ、エトセトラ…と続けていけばきりがなく、福田恆存ではないが、いっそのこと「人間・この劇的なるもの」一本に問題を絞ってしまう方がさっぱりする。

（前掲『思想のドラマトゥルギー』）

岸田國士
（『岸田國士全集』第７巻より）

岸田國士

さて次に、新劇人としての福田の活動について詳しく見ていこう。まずは、新劇界へのデビューについてだが、この点を後押ししたのは、劇作家の岸田國士《くにお》だった。岸田は、当時、久保田万太郎、岩田豊雄（獅子文六）と並んで文学座の三幹事の一人として知られ、新劇界の中心で活躍していた。

福田との縁は、福田の高校時代にさかのぼる。第一章で見たように、福田は、高校時代に、築地座の戯曲募集に応じ、佳作に選ばれているが、その際の選者の一人が岸田であった。また、『形成』の編集者として福田は、岸田に二、三度会っている。福田は岸田を尊敬していたのである。

さて福田は、このような縁を頼りに、前述の「キティ颱風」の原稿を、岸田に見てもらい、岸田から絶賛された。こうして、昭和二五年三月、「キティ颱風」は、岸田の推薦で、文学座により上演されることになった。

「キティ颱風」は、まさに台風さながらの旋風を新劇界に巻き起こし、福田は一気に新劇界の最前線に踊り出ることとなった。

北見治一《はるかず》（俳優）の『回想の文学座』（中公新書、昭和六二年）には、

> 『キティ颱風』と『道遠からん』〔岸田國士作、岸田・福田共同演出〕は、前々年の『雲の涯《はたて》』（田中千禾夫作）や、前年の『挿話』〔加藤道夫作、長岡輝子演出〕とともに、他の劇団にさきがけ、ようやく戦後を照らし出すすぐれた創作劇の台頭だった。

と記されている。

この引用文でも触れられているが、福田は、同じ昭和二五年の一一月には、岸田の作品「道遠からん」を、岸田と共同で演出し、演出家としてもデビューを果たしている。

文学座アトリエ
（写真提供・文学座）

文学座の若き旗手たち

このように新劇人・福田の活動は、文学座から始まったわけだが、第一章でも述べたように、そもそも文学座は、福田が高校時代に入れ込んでいた築地座の系譜を引く劇団だった。築地座の理念は、新劇界を覆う政治主義を排し、芸術主義に立つ点にあったが、文学座はこの方針を継承

していた。

戦後も新劇界の政治主義は変わらず、当時、純粋に芸術主義に立つ劇団は、文学座だけという状況だったので、福田にとっては最も相応しい劇団であったといえる。

さて、当時、文学座では、「アトリエ」（小劇場）が完成し、ここを拠点に新たな世代が台頭しようとしていた。福田も、そうした若き旗手の一人として活躍するようになる。アトリエ公演の第一弾は、ジャン・ジロドゥ作、芥川比呂志・矢代静一共同演出の「クック船長航海異聞」だった。これに続く第二弾が、福田作、矢代演出の「堅塁奪取」と、三島作、芥川演出の「邯鄲《かんたん》」の二作だった。この第二回公演について、前述の北見『回想の文学座』は次のように記している。

この年はやくも芥川、矢代、福田、三島というアンチ・リアリズムの気鋭の旗手たちが、このアトリエでいっせいにクツワをならべ、文学座の新時代の幕あけを告げたといえる。

この四人や、加藤道夫（演出家）、長岡輝子（演出家・女優）によって、文学座ひいては新劇界に新たなページが開かれつつあったといえる。この引用文にもあるように、「アンチ・リアリズム」が彼らに共通の問題意識だった。ちなみに、矢代は、福田批評のファンであり、自ら志願しての演出だった。

当時のことを、森毅が回想しているので、引いておこう。

ちょうど大学にぼくがいるとき、東京の信濃町に文学座の稽古場［アトリエ］ができました。優雅な稽古場でした。登録しておくと稽古場に行けたのです［最盛期には二〇〇〇人を超える会員登録があった］。

観客は四十人ぐらいでした。三島由紀夫の芝居と福田恆存の芝居の二本立てをおぼえています。そこでは三島の芝居が終わると、観客の中にいた福田恆存が今演じられた芝居について批評をし、福田恆存の芝居が終わると、今度は三島が福田の芝居を批評する。（中略）まさに、旧き良き時代でした。

（『ゆきあたりばったり文学談義』日本文芸社、平成五年）

こうして福田は、昭和二七年に正式に文学座に入り、文芸演出部に籍を置くことになる。

しかし、その翌年には、福田の良き理解者でもあった加藤道夫が、思想上の理由で自殺を遂げる。加藤は、福田の「堅塁奪取」について、「岸田國士氏に匹敵する境地に達していると思う。今後の劇殊に現代喜劇における氏の活躍を期待する所以である」（「福田恆存の戯曲」『東京新聞』昭和二五年四月一日）と評価してくれていた。加藤は、その演劇観においても福田と近かったし、二人は、ジェームズ・サーバー『現代イソップ』（万有社、昭和二五年）の共訳などにも取り組む仲だった。

しかし、福田と加藤の縁は、間接的にその後も続いた。福田は、加藤を師と仰ぐ演出家の浅利慶太と仕事をともにするようになったからである。この点は後で見よう。

妹・妙子

ところで、福田の「堅塁奪取」には、妹の妙子も出演している。妙子は、役者志望で、文学座が後進育成のために昭和二四年に開設した演劇研究所に、第一期生として入学していた。妙子は、以後、福田と同じく、新劇人としての人生を歩むことになる。同じ一期生には、岸田國士の娘、岸田今日子もいた。今日子は、はじめ舞台美術を専攻していたが、福田の「キティ颱風」に出演したのがきっかけで、以後、女優として活躍することになる。

雲の会

さて岸田國士は、福田をデビューさせた後、おなじようにフレッシュな人材を文学界から迎えたいと考えるようになった。そこで岸田は、福田に相談し、「キティ颱風」上演後の昭和二五年八月に、新劇人と文学者の交流組織を立ち上げることになる。岸田と福田は、この組織を核にして、交流の輪を美術や音楽、映画などにも広げていこうと考えていた。

こうして次の人々が集まった。

芥川比呂志、阿部知二、伊賀山昌三、石川淳、市原豊太、井伏鱒二、臼井吉見《よしみ》、内村直也、梅田晴夫、大岡昇平、加藤周一、加藤道夫、河上徹太郎、川口一郎、河盛好蔵、岸田國士、木下恵介、木下順二、倉橋健、小林秀雄、小山祐士、今日出海《こんひでみ》、坂口安吾、阪中正夫、佐藤敬、佐藤美子、清水昆、神西清、菅原卓、杉村春子、杉山誠、鈴木力衛、千田是也《これや》、高見沢潤子、高見順、武田泰淳、田中澄江、田中千禾夫《ちかお》、田村秋子、戸板康二《といたやすじ》、永井龍男、長岡輝子、中島健蔵、中田耕治、中野好夫、中村真一郎、中村光夫、野上彰、原千代海《ちよみ》、久板栄二郎、福田恆存、堀江史朗、前田純敬、三

島由紀夫、宮崎嶺雄、三好達治、矢代静一、山本健吉、山本修二、吉田健一

組織の名称は、中村光夫の発案で、アリストパネスの戯曲「雲」にちなんで、「雲の会」となった。雲の会では、単に親睦を深めるだけではなく、雑誌『演劇』の創刊や『演劇講座』の刊行、それに舞台公演なども行った。活動は、昭和二九年の岸田の死まで続いた。

雲の会の功績について、メンバーの一人だった戸板康二（演劇評論家）は、次のように述べている。

雲の会があったために、文壇の人たちが、戯曲を書く機縁が生まれたのはたしかである。福田、三島はすでに書いていたが、その後椎名麟三、石川淳、中村光夫、大岡昇平、石原慎太郎、武田泰淳といった作家の作品が舞台にのる。これは岸田さんの播いた種子に咲いた花というべきであろう。

岸田さんがいなくなってからも、いろいろな分野の人間が、たまに寄り合って芝居の話をしようという気持があり、椎野英之［前述の『演劇』編集長］が幹事で、赤坂の阿比留とか、有楽町のレバンテとかで時折会を持った。「横の会」と称した。

神西清さんが、そうした席で、じつにおもしろいことをいったし、福田氏、三島氏の問答も機智に富んでいた。ある時の会が「小説新潮」のグラビュアにのったが、作家のほかに、黛敏郎、浅利慶太、長岡輝子、芥川比呂志、谷川俊太郎、越路吹雪といったメンバーも参加していた。

浅利君が石原君と重役になって、日生劇場をはじめた時に、横の会のつきあいが、役に立つこと

横の会（昭和32年）
左から石原慎太郎，戸板康二，福田，中村真一郎，長岡輝子，黛敏郎，三島由紀夫，山本健吉，芥川比呂志，武田泰淳，浅利慶太，谷川俊太郎
（写真提供・藤田三男編集事務所）

もあつたであろう。

（『回想の戦中戦後』青蛙房、昭和五四年）

岸田の死は、福田にとって大きな喪失体験だった。福田は当時、ロックフェラー財団の給費でアメリカ・イギリスに留学中だった。福田は、岸田の死に接した時のことを、後にこう記している。

あの時の、いはば虚脱感とでもいふのであろうか、胸の中に穴の明いたやうな何とも心許ない気持を忘れない。事務所「ロックフェラー財団の」を出てどこをどう歩いたのだらう、急に目の前にタクシーが止つたのでドアを開けて足を踏みこんだところ、中には妙齢の美人が恐ろしい顔をしてこちらを睨んでゐた、赤信号で止つたタクシーに、それと気付かず乗らうとしてしまつたのだ。

（「覚書五」）

渥美國泰（俳優）の『岸田國士論考――近代知識人の宿命の生涯』（近代文藝社、平成七年）には、「福田は岸田がもっとも期待した後輩作家であり、しかも次期の日本の新劇運動をこの福田に託すつもりでいたと思われる」とある。

福田は後に、「雲の会」の理念を引き継いで、現代演劇協会・劇団「雲」を立ち上げる。

福田・芥川のシェイクスピア

さて、前述のように福田は、昭和二八年から九年にかけて、アメリカ・イギリスに留学することになる。第二章で触れた太平洋協会アメリカ研究室時代の上司、坂西志保の推薦によるものだった。福田のあとに、友人の大岡昇平、中村光夫も続いている。

福田にとって留学の最大の収穫は、本場のシェイクスピア劇に触れたことだった。当時、幸運にも、ロンドンの名門オールド・ヴィック座が、シェイクスピアの全作品を五年間かけて上演するという計画を進めていた。

福田は、その上演に触れて、シェイクスピア劇の魅力を再発見することになる。とくにマイケル・ベントールル演出の「ハムレット」は、躍動感にあふれ、舞台に生命の躍動を求める福田の心を激しく打った。みずからの演劇理念が目の前に具現化されている思いであった。

こうした体験をもとに、福田は帰国後、みずからシェイクスピア劇に取り組むことになる。まず福田は、シェイクスピア作品をみずから翻訳し、ベントール的な躍動感あふれる演出を研究した。

こうして昭和三〇年に、まず「ハムレット」を文学座により演出・上演する。ハムレットを演じたのは、芥川比呂志だった。このキャスティングは福田によるもので、他に代え難い絶対的なものだっ

「ハムレット」稽古中の福田と芥川（昭和30年）
（『福田恆存評論集』別巻より）

た。

結果、福田・芥川の「ハムレット」は、大成功を収めることとなる。劇場には、キャンセル待ちの行列が出来るほどだった。

当時日本では、シェイクスピア劇は、もはや時代遅れのものとされ、見向きもされていなかったが、福田・芥川の「ハムレット」の登場により、シェイクスピア熱が一気に高まった。前述の大笹吉雄は、その『戦後演劇を撃つ』（中央公論新社、平成一三年）で、「この舞台的な成功が戦後のシェイクスピアブームの起点となった」と述べている。

以後福田は、シェイクスピア劇をライフ・ワークとするようになる。『シェイクスピア全集』（新潮社）の翻訳刊行も、生涯にわたる仕事となった。福田は、この訳業により、第二回岸田演劇賞（現在の岸田戯曲賞）、第四回日本翻訳文化賞、第一九回読売文学賞など数々の賞を受けている。福田は、シェイクスピア論でも、秀逸な論考をたくさん残している。

『人間・この劇的なるもの』

さて、福田は、同じ頃、主著『人間・この劇的なるもの』（新潮社、昭和三一年）を書いている。

この本で福田は、演劇の基本構造について、次のように述べている。

ギリシャ劇においても、シェイクスピア劇においても、またイプセン、ストリンドベリ、チェーホフの戯曲においても、のみならず、スタンダール、トルストイ、ドストエフスキーなどの劇的な小説においても、この［演劇の］美学の原則は忠実に守られている。そこでは、個人の恣意や情念が、その極限まで刺激され追求されたあとで、かならず全体の名により罰せられ滅ぼされていく。私たちの、意識の表面は、そこに個人の自由を読みとって、日常生活では得られぬ満足を感じるかもしれぬ。が、無意識の暗面では、その個人の自由が罰せられたことに、限りない慰撫を感じているのである。なぜなら、そこに私たちははっきりと全体の存在を確かめえたからである。

つまり人間には、二つの相反する欲望があるということなのである。一つは、「個人」として、他者や全体に左右されることなく、自由に生きたいという欲望。もう一つは、「全体」の部分として、「全体」に仕えることによって生きたいという欲望である。

そして、演劇は、人間の根本に存在する、このような矛盾・対立する二つの欲望を同時に満たすものである、と福田は言うわけである。福田はここに、演劇の「カタルシス」、つまりその「生命的価値」の本質を見ているわけである。

ハムレットのように、力強く、生き生きと生き、人生を創造している人間も、最後には、「全体」

の前に敗北してしまう。勝利するのは、「全体」なのである。

もちろん、ここでの「全体」とは、全体主義的な政治体制を意味するのではない。そうではなく、神のような、超越的で未知なる存在を意味している。人間・個人を超えた大いなる存在である。

このように述べて福田は、前述の問いに一つの解答を与える。つまり、演戯による創造は、人生を豊かにすると同時に、素顔と仮面との間の相克、つまり人格の分裂という喜悲劇を招いてしまう、という問題である。

福田の解答は、こうである。素顔の自分は、平凡で、劇的ではない。したがって人々は、仮面をかぶり劇的な人生を意識的に創造しようとする。しかし、ここにすでに間違いが含まれている。実は、素顔の自分も、十分に劇的なのである。どんな人間・個人も、「全体」によって、ある役割・役柄を与えられている。「全体」の描くストーリーの中の登場人物なのである。したがって人間・個人は、自分で自分の人生を劇化＝必然化する必要はない。一見偶然に思えるこの断片的な人生も、「全体」の「部分」としてある必然を担っているのである。ただ、人間・個人は、「部分」であるがゆえに、「全体」の描くストーリーを対象的に認識することができないだけなのだ。

それゆえ福田は、こう言う。

個人としての自分よりは、全体を信じるしかなく、そうすることによってしか、自分を信じることはできぬであろう。

（前掲『人間・この劇的なるもの』）

こうして、自分は「全体」の筋書きの中で一定の位置を占めているという実感、つまり「宿命感」が、逆説的に人々に「自由感」を与えてくれる。それは安心感ということでもあろう。こうして人々は、自分の人生の意味にとらわれることなく、自由闊達に、のびのびと生きることができる。福田は、その見本を、やはりハムレットに求めている。こう述べている。

こうしてハムレットはめまぐるしく、ときには軽率に行動しながら、意識の世界では、一歩も動かず、じっと自己の宿命が完成されるのを待っている。かれは完全に無垢であるがゆえに、そして完全に意識的であるがゆえに、計量を事とする用心ぶかい個性の手が、自己の宿命を造りあげるものでないことを知っている。ひとの眼には自己分裂的とさえ見える偶然にまかせた自由闊達な運動が、「「全体」の与えた」宿命の必然に通じるものであることを知っている。こうして動かずに待つ意識を中心に、力一杯うごきまわること、それが演戯なのである。

（同右）

つまり、人間・個人を超えた「全体」を感じながら、「個人」として力一杯生きることが、真に劇的なる人生をもたらしてくれるというわけである。

そして、それに気づいているからこそ、人々は、人生の象徴的表現としての演劇に、「個人」の自由と「全体」の支配力という対立する二つの要素を求めてきたのである。このように福田は言うわけである。

福田人間学

さて、こうした議論を中心に、演戯者としての人間について多角的に迫った福田の『人間・この劇的なるもの』は、福田の主著と見なされ、現在も、広く読まれている。ちなみに坂本多加雄（思想史家）は、同書を「日本人による普遍的な人間学の試み」と評している。坂本は、「福田の著作は他のものも含め二十一世紀の日本では古典である」とも述べている（『諸君！』平成一三年七月号）。

その坂本も指摘しているように、福田の『人間・この劇的なるもの』は、近・現代日本を代表する倫理学者和辻哲郎の主著『倫理学』と類似した視点を持っているし、佐藤光（社会経済学者）がその『マイケル・ポランニー「暗黙知」と自由の哲学』（講談社選書メチエ、平成二二年）で論じているように、二〇世紀を代表する思想家であるマイケル・ポランニーや宗教学者のエリアーデと接点を有している。

こうした点に限らず、『人間・この劇的なるもの』や前述の『芸術とは何か』など福田の多くの著作は、今後の私たちの人間学的探究において参照に値する深度と射程を有しているといえよう。

多面的な活躍

さて福田は、シェイクスピア劇や演劇的人間論の探究と並行として、創作劇の方でも新たな試みに取り組んでいる。

詩劇「明暗」（『文學界』昭和三一年新年号、文学座にて同年三月に上演）や、フーガ形式の会話劇「一族再会」（『文學界』昭和三二年七月号、文学座アトリエにて翌年九月に上演）などである。また福田作・演出の史劇「明智光秀」（『文藝』昭和三二年三月号）は、文学座と松本幸四郎（八代目、のちの白鸚）一門との合同上演ということで話題を呼んだ。

これについて大笹は前述の『戦後演劇を撃つ』において、「新劇と他の［演劇の］ジャンルとの交流に先鞭をつけ」たと述べている。

福田は、このあとも、史劇「有間皇子」（『文學界』昭和三六年一〇月号、同月芸術座により上演）やシェイクスピア「オセロー」（昭和三五年六月、文学座により上演）などで、松本幸四郎と手を組み、中村勘三郎（一七代目）や、市川染五郎（六代目、現在の九代目松本幸四郎）、尾上松緑《しょうろく》（二代目）などともシェイクスピアを上演している。

こうした実践とともに、演劇評論の方面でも、『劇場への招待』（新潮社、昭和三二年）、『私の演劇白書』（同、昭和三三年）などを刊行している。

文学座から離れる

ところが福田は、前述の「明暗」の上演（昭和三一年三月）を最後に、文学座を退座する。理由は、文学座の運営方法に馴染めなくなったことにある。当時の文学座は、明確な意思決定・責任体制を持たず、なんとなく物事が決まる傾向にあった。それが、責任を明確にした合理的な運営を好む福田の肌には合わなかったのだ。とはいえ、これで全く関係が切れたわけではなく、福田はフリーとして文学座と関わっていくことになる。

しかし、そうした関係も、六〇年の安保闘争の余波の中で断ち切られることとなった。

前述のように、もともと新劇界は、政治主義的な傾向にあったわけだが、安保闘争の影響によって、そうした性格がさらに強まり、文学座まで左傾化し始めたのである。安保闘争の直後に、新劇界の訪中公演があり、文学座も森本薫の「女の一生」を上演したのだが、その際に、革命歌を挿入するなど左翼的な改作を行った。

これに対し福田は、座長格の杉村春子に手紙を書き、「芸術と政治の問題」（『芸術新潮』昭和三五年一〇月号）を発表し、本来の芸術主義の道に戻るよう説いた。が、文学座はこれを黙殺した。しかし文学座の安易な政治化に反感を抱いていたのは、福田だけではなかった。座内の中堅・若手の多くも福田と同じ思いを抱いていた。彼らの間では、福田を中心に、新たな劇団を立ち上げようという思いが日増しに高まっていった。

雲・現代演劇協会の設立

こうして昭和三八年一月、劇団「雲」が誕生することになる。福田のもとに、芥川比呂志、仲谷《なかや》昇、小池朝雄、岸田今日子、神山《こうやま》繁、稲垣昭三など二十余名の役者、荒川哲生、関堂一などの演出家が、文学座から脱退し、集結した。「雲」という劇団名に見られるように、福田には、岸田國士の「雲の会」の理念を継承しようという気持ちがあった。

五月には、「雲」の運営を中心とした活動の拠点として、財団法人現代演劇協会を設立することとなる。福田が理事長に就き、常任理事には、芥川、向坂《さきさか》隆一郎、理事には、小林秀雄、大岡昇平、中村光夫、吉田健一、武田泰淳が就任した。

福田は、「現代演劇協会創立声明書」（『新劇』昭和三八年三月号）を発表し、おおよそ次の三つの方針を明らかにした。

第一に、日本の新劇はその当初より、演劇運動というよりも、文明開化運動の様相を呈し、それが時代の推移とともに政治運動に先鋭化した。この流れに終止符を打ち、演劇をそれ自体として追究する風土を打ち立てたい。

第二に、同じく新劇は、西欧の近代演劇ばかりに眼を奪われてきた。協会では、西欧演劇の古典的源流にまで遡り、その本質を探りたい。

第三に、協会では、新劇界の閉鎖性を改めるべく、他のジャンルとも積極的に交流を行っていきたい。

このような問題意識をもって新劇確立のための基礎を打ち立てたいというのが福田の思いだった。こうして協会では、演劇の研究・調査や講座の開設、資料の収集・保存、演劇人の海外留学や海外の演劇人との交流などを推し進めた。翌三九年には、都内に、演劇図書館、ホール、稽古場、事務所などが入った協会の建物も完成する。

運営資金については、福田の浦高時代の同級生で、当時警視総監の職にあった原文兵衛の協力があった。原は、後に国会議員に転じ、参議院議長も務めた人物で、財界にも顔が利いた。原は、福田の取り組みを意気に感じ、自ら資金集めに奔走してくれた。福田は、「この協会は、原君がいなければできなかった」と述べている（原文兵衛『以文會友』鹿島出版会、昭和五七年）。その他に、アジア財団からの援助も力となった。

夢の実現に乗り出した福田の心を支えてくれたのは、「君がまだ若い時なら別だが、今はその歳に信頼する」という小林秀雄からの励ましだった（「覚書五」）。福田は、五二歳となっていた。

さて雲の旗揚げ公演は、昭和三八年四月に行われた。演目は、シェイクスピアの「夏の夜の夢」（福田訳・演出）。当日は、福田にシェイクスピア熱を点火したイギリスの演出家、マイケル・ベントールも顔を見せ、雲の門出に花を添えた。その後もベントールは、雲で演出するなど、協会との関わりを深めていくことになる。その他、アメリカのハロルド・クラーマンや、フランスのジャン・メルキュールなども雲の舞台で演出を行っている。

前述の扇田昭彦はその『舞台は語る』（集英社、平成一四年）において、雲の取り組みが、外国の演出家と日本の劇団との交流の「先駆だった」と述べている。協会では、演出家だけではなく、フランシス・ファーガソン（主著『演劇の理念』で知られる演劇学者で、福田の『人間・この劇的なるもの』にも影響を与えている）など、外国の演劇学者との交流も行っている。

雲では、シェイクスピアの他に、ピランデルロ、オニール、T・S・エリオット、バーナード・ショウ、中村光夫、ドストエフスキー、遠藤周作、大岡昇平、安部公房、ピーター・シェイファー、山崎正和、田中千禾夫、ジョー・オートン、小島信夫、大庭みな子、モリエール、カフカ、フェルナン・クロムランク、泉鏡花、エスキュリアル、太宰治などの作品を初演・上演している。

福田と浅利慶太

他方で福田は、昭和三六年に日本生命が設立した日生劇場とも関わりをもっている。これは、企業による劇場建設の先駆けをなすもので、また我国初のプロデューサー・システムを敷いた劇場として大きな注目を集めた。

劇場の取締役には、劇団四季の主宰者で演出家の浅利慶太と、作家の石原慎太郎が就任した。福田は、浅利に請われ、千田是也（演出家・俳優）、武智《たけち》鉄二（演出家）とともに、そのプロデューサーに就任している。

福田は、もともと浅利慶太を高く評価していた。まだ雲を立ち上げる前だったが、「戦後、演劇運動の担ひ手としての名誉は、独り劇団四季にのみ帰せられる」（「日本の演劇運動」『劇団四季パンフレット』昭和三六年三月）とまで述べている。

前述のように浅利は加藤道夫を師と仰いでいたが、同時に福田を「戦後最高の評論家」として尊敬し、自らの演劇理念を展開した評論「演劇の回復のために」（『三田文学』昭和三〇年一二月号）を発表した際に、福田から激励の手紙をもらったことが大きな自信となったと述べている（浅利『時の光の中で——劇団四季主宰者の戦後史』文藝春秋、平成一六年）。

劇団四季は、当時から現在に至るまで、福田訳によるシェイクスピア劇をレパートリーにしているし、福田は

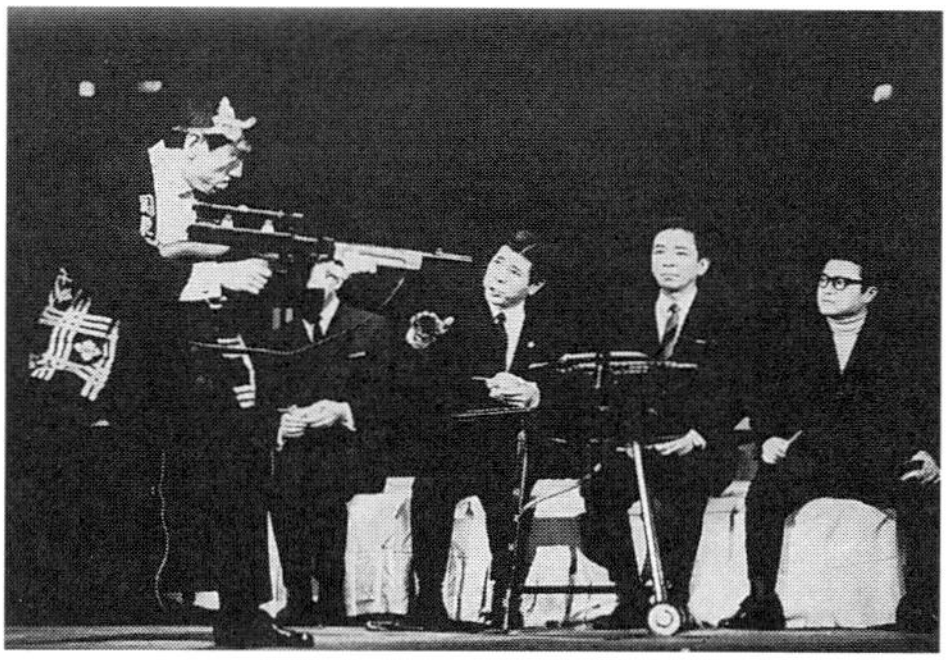

「解つてたまるか！」
左から日下武史，瀬下和久，宮部昭夫，水島弘
（福田恆存『解つてたまるか！・億萬長者夫人』より）

四季のために」、「解つてたまるか！」（『自由』昭和四三年七月号）や「総統いまだ死せず」（『別冊文藝春秋』昭和四五年六月号、第三回日本文学大賞受賞）といった戯曲を書き下ろしている。

欅

さて、昭和四〇年には、雲の姉妹劇団として、欅が創設される。前述の「現代演劇協会創立声明書」には、「私共は演劇が芸術であると同時に娯楽であることを忘れるものではありません」とあるが、これ以降、雲は芸術に重点を置き、欅は娯楽作品を主とするようになる。

昭和四二年三月に行われた旗揚げ公演では、福田作・演出の「億萬長者夫人」（『展望』昭和四二年三月号）が上演された。

欅でも、シェイクスピア作品（「空騒ぎ」や「ヴェニスの商人」など）をレパートリーとしたが、その他に、山崎正和、エミリー・ブロンテ、ジョン・ドルーテン、ノエル・カワード、ブランドン・トーマス、松原正《ただし》、マルセル・アシャール、筒井康隆などの作品を初演・上演した。

また雲と合同で、テレビ劇などにも出演した。

昭和四九年に行われた現代演劇協会創立一〇周年記念公演では、シェイクスピアの「あらし」を雲により、「ヴェニスの商人」を欅により上演している。

筒井康隆の福田論

ところで、欅の上演目録の中に、作家の筒井康隆の名前が見られるが、筒井は、もともと演劇青年で、大学時代から福田作品に関心をもっていたようだ。そのエッセイ「演技者志願」には、「大学時代にぼくは福田さんの『龍を撫でた男』を上演し、出演したことがあるし、今度、劇団「欅」が上演する（中略）ぼくの戯曲『スタア』を演出して下さることにもなっている」（「演技者志願」『やつあたり文化論』新潮社、昭和五四年）とある。実現はしなかったが、筒井は現代演劇協会入りを考えたこともあったようだ。

また筒井は、福田喜劇について面白い指摘もしている。福田喜劇は、「観客を笑わせる部分も多いが観客の癇にさわる部分も多く、結果的には怒らせてしまう」側面をもっており、その意味ではエドワード・オールビーの「動物園物語」と同様、「攻撃的な喜劇」に分類されるものだというのである（「攻撃的な喜劇」、前掲『やつあたり文化論』）。

この見方を発展させるならば、福田作品は、舞台との一体化によって観客にカタルシスを与えるアリストテレス的な演劇というよりも、舞台と観客との間に距離を設定し、それによって観客を突き放し、主体的・自立的な思考を促そうとするベルトルト・ブレヒト（現代ドイツの劇作家）的な「異化効果」の演劇に通じる構造をもっているといえよう。

大和にて――保田とともに

ところで昭和四七年に、奈良県桜井市で、「土舞台」顕彰会が発足した。「土舞台」とは、我国初の国立劇場の遺跡である。これは、桜井市が、国史に造詣が深い、同市出身の文学者・保田與重郎の指導を仰ぐかたちで進めた事業である。

その発足記念式典には、演劇界・芸能界・文学界のみならず、政・財界からも多数の出席を見たが、福田も、仲谷昇や岸田今日子らとともに参列している。

前述のように福田は、学生時代に、保田と交流があり、大きな影響を受けた。その後親交は途絶えていたが、ここで旧交を温めることとなった。

福田は、この動きと連動して進められた当地の「記紀万葉歌碑」建立事業にも参加している。これもまた保田を中心に多くの文化人が揮毫を行い華々しく行われたが、福田は大津皇子とその姉・大来皇女《おおくのひめみこ》の歌を揮毫し、その碑が吉備春日神社境内に建立されている。

三百人劇場　さて、福田たちは、欅を創設した翌年の昭和四九年には、三百人劇場を都内に完成させている。文字通り、三〇〇人収容の劇場で、現代演劇協会の事務所、雲・欅の稽古場、演劇図書館なども置かれた。

三百人劇場では、雲・欅の公演のほか、「三百人・こどものための劇場」と銘打った特別上演なども行われた。レパートリーとなったのは、谷川俊太郎、ニコラス・S・グレイ、ジェームズ・サーバーなどの童話作品である。

また演劇だけではなく、「土曜講座」など、広く文化活動の場としても活用された。「土曜講座」とは、文化人による連続講座で、小林秀雄、田中美知太郎をはじめとする文化人に加え、福田も登壇している。

雲の分裂　このように発展を続けた現代演劇協会であったが、劇団というものの宿命であろう、昭和五〇年、ついに分裂騒動が巻き起こってしまう。

その間の経緯について、雲の役者だった久米明は、こう説明している。

雲は文学座から出てきた同志意識に支えられていた。同じ釜の飯を食べた仲間同士の無遠慮さも

三百人劇場竣工時の福田（昭和49年）
（写真提供・文藝春秋）

あり、競争心もあった。お互い自己主張の強い面々である。理事長〔福田〕にさえ喰ってかかる鼻ッぱしの強さもあった。一方理事長の方も自分の流儀を決して曲げない頑固さをもっている。妥協を許さない。喰ってかかってみたところで、面と向かうと太刀打ち出来ない面々は、自分の意見が無視されたといって、鬱屈してくる。そんな圧迫感あるいは慢性的欲求不満を解消するため、十年目を迎えたとき、雲の芸術監督は芥川比呂志にまかせ、理事長は欅のみ担当することになった。

創立以来理事長は多忙を極めた。著作もあり、翻訳もあり、文壇、論檀、マスコミとのかかわりもあり、しかも演出を引き受け、協会の実務もこなし、財政上必要とあらば寄付の依頼にも歩くといった、まさに八面六臂の働きぶり、あの細い身体のどこにこれほどのエネルギーが潜んでいるのだろうと目を疑うことも屢々だった。芥川体制が確立して雲の内部が収まれば、負担は軽くなる筈であった。

だが、この役割分担は意に反して溝を深める結果を招いてしまった。雲の内部状況はこじれてきた。折角三百人劇場という拠点ができ、自分たちの城が出来たのに、自分たちのやりたいことが封じられているとの理由で、雲の大半は協会を去ることになった。一たん走り出した分派行動は個々の俳優の意思ではどうにもならない勢いになった。理事長はあくまで話合いを求めたが、福田さんと相対で話すと言い負かされるといって実現しなかった。包容主義をとらない理事長の潔癖性がそうさせた面も否定できない。孤独なボスの悲劇であった。

（「理事長・恆存先生」『文學界』平成七年二月号）

こうして芥川比呂志、岸田今日子、仲谷昇など雲の役者の大半が協会を去り、「演劇集団・円」を結成することになる。

昴

他方、福田は、小池朝雄や久米明などとともに、雲と欅を合併統一し、新たに劇団「昴」を創設。現代演劇協会も、昴を中心に再出発を図ることとなった。福田六五歳の年であった。

昭和五一年の旗揚げ公演では、アルベール・カミュの「カリギュラ」が上演された。以後、シェイクスピアの他に、ジョン・ミルトン・シング、アガサ・クリスティー、コルネイユ、フランソワーズ・サガン、イプセン、ノエル・カワード、ゴーリキー、ニール・サイモン、中村光夫、筒井康隆、山崎正和、遠藤周作、アーサー・ミラー、ダニエル・キイス、ヘレーン・ハンフ、ディケンズなどの作品が初演・上演されている。

昴では、海外の劇団との交流も積極的に行った。韓国の「自由」、米国の「ミルウォーキー・レパートリー・シアター」をはじめ、米国の「サークル・レパートリー・カンパニー」、「マーク・ティパー・フォーラム」、「デンバー・センター・シアター・カンパニー」などが来日公演を行っている。昭和五四年には、昴のソウル公演も行われている。

こうして昭和五八年には、現代演劇協会の創立二〇周年という節目の年を迎え、記念公演として、シェイクスピア「ヴェニスの商人」とソポクレス「オイディプス王」が上演された。

福田はその後も、シェイクスピア作品の演出を中心に舞台の最前線で活躍を続けるが、喜寿（七七歳）を迎え、自らの『全集』刊行も完結した昭和六三年、現代演劇協会の理事長職を退く。

しかしながら、「四半世紀前「雲」を作つた時の夢をそのまま持ち続けてゐる」（「覚書五」昭和六二年）と記しているように、演劇に対する福田の情熱は衰えることがなかった。人間を演戯者と捉えていた福田にとって、演劇は人生の縮図そのものだったのであろう。

現代演劇協会・昴は、福田の次男・逸（英文学者・演出家）を中心に、今も、現在進行形の活動を続けている。

2　現代人は愛しうるか

福田の恋愛論

次に、福田の恋愛論を見よう。前述のように福田は、青年時代から、「現代人は愛しうるか」という問題に大きな関心を抱いていた。それは、戦後も変わらなかった。福田には、男女の結びつきが、あらゆる人間関係の原点と思えた。男女の恋愛・結婚は、全ての人間結合の最小にして根本の単位であると。それゆえ、人間の幸福・社会の平和について考えるのであれば、まずここから出発しなければならない。

しかし当時の風潮は、こうした福田のスタンスとは対極にあった。オピニオン・リーダーである進歩的知識人たちは、恋愛論にまともに向き合おうとはしなかった。福田はそれに対して、次のように述べている。少し長いが引用しよう。

今日では、恋愛などというものは個人的な、あるいは身辺的な茶飯事で、現代のような激しい動乱期にはそんなことに頭をつかっているひまがない、われわれはもっと大きな視野をもたなければならない、という考え方が一般的であります。つまり、ひとびとは恋愛など女子供に委せておけばいいと考えているのです。一人前の社会人たる大人は、世界の平和や社会の福祉に想いをいたさねばならぬというわけであります。だから、恋愛論特集は婦人雑誌の十八番になっているのです。これは現代の世界的傾向でもありましょうが、ひとつは今度の戦争中にも顕著に現れたわが「ますらおぶり」の、表れではありますまいか。（中略）

そんなわけで恋愛のことなど女子供に委せておけという颯爽たる男らしさ、あるいはもっともらしい大人ぶりのうちに、ぼくの嗅覚はなにかうさんくさいものを嗅ぎつけるのであります。そういうひとたちは社会問題のひとつとして女性の解放や女権の拡張を主張します。が、かれらは男と女との正しい結合のありかたというものを、ほんとうに突きつめて考えているでしょうか。（中略）

恋愛は女子供だけに委せてはおけない、生のもっとも根源的な場所なのです。ここに発想をもたぬいかなる思想もぼくは信じません。それは思想の名にすら値しない。今日、マルクシズムはわれわれのあいだにほとんど常識化しました。が、ぼくはこれを思想とは呼ばない。なぜなら階級闘争の原理は、直接間接いずれにしろ、男女の結合における正しいありかたにつながっていないからであります。（中略）

人間は生きることのうちに幸福を求めています。が、われわれは男であるか、さもなければ女であります。この区別はいかなる事実にも先だった厳然たる事実です。支配階級であり被支配階級であるまえに、インテリであり大衆であるまえに、学者であり百姓であるまえに、われわれはまず男であり女であるのです。（中略）つまり、われわれが真に幸福である道は、男として幸福になり、女として幸福になるという道を通じてしかないということだ。すくなくとも、男として、あるいは女として不幸でありながら、ある階級として、ある職業として、ある国民として、またその他のいかなる条件においても、幸福でありうるわけはぜったいにないのであります。そういうかんたんな事実が、現代の社会ではすこしも気づかれていないではありませんか。恋愛論特集を婦人雑誌だけに委せておくゆえんであります。

（「私の恋愛観」『婦人公論』昭和二五年七月号）

では、福田はどのような恋愛論を展開したのであろうか。本節では、この点を見ておこう。

精神と肉体の二元論

福田は、恋愛論においても、二元論を展開する。福田は、いう。

——西欧キリスト教文明とその影響を受けた日本などの国においては、精神的な愛が尊ばれ、肉体的な性欲・情欲が蔑まれている。精神的な愛とは、神の愛・イエスの愛に象徴されるように、自己犠牲的・愛他的なものである。それに対して、肉体的性欲は自己主張的・利己的なものである。

しかし、肉体的性欲を排除して精神的愛のみを貫くことは、イエスのような特別な天才・強者には可能であっても、一般普通人・平凡人には、不可能である。

恋愛においては、精神的な愛と肉体的性欲とが分かちがたく結びついており、人々は、恋愛の中に両方の満足を求めているからだ。

そもそも肉体的性欲は、人間の動物的本能であり、大自然の生命力を源泉としている。性欲は、自然な欲望なのである。

それにもかかわらず、精神的な愛を説く人々は、これを無理に否定しようとする。そこに、猥褻の観念が生じる。つまり、裏で性欲を満たそうということになる。
同時に、精神的愛も欺瞞的なものとなる。――
福田は、このように論じて、精神の愛と肉体の性欲をともに肯定することを説く。

チャタレイ裁判最終弁論の日（昭和26年）
左から伊藤整，福田，小山久二郎，正木ひろし，中島健蔵（撮影・大竹新助，『伊藤整全集』第12巻より）

チャタレイ裁判

ところで、その猥褻という問題をめぐって、昭和二五年に一つの裁判が闘われた。チャタレイ裁判である。これは、D・H・ロレンスの小説『チャタレイ夫人の恋人』が猥褻文書にあたるとして、東京地検が、その訳者である作家の伊藤整と版元の小山書店店主・小山久二郎《おやまひさじろう》を告訴したものである。

福田は、前述の通り、D・H・ロレンスを敬愛しており、この前年には、ロレンスの小説『恋する女たち』の訳書を同じ小山書店から刊行していた。こういう経緯もあり、福田は、この裁判の特別弁護人を務めた。

しかし福田にとって、これほど、滑稽な裁判はなかった。というのも、ロレンスは、性の肯定とそれによる猥褻の否定を唱えた文学者だったからである。福田の前述の恋愛論も、そうしたロレンスの影響を受けている。

福田は、最終弁論書（「結婚の永続性」と題して、『文學界』昭和二七年二月号に発表）や、ロレンス『アポカリプス論』の訳書（『現代人は愛しうるか』と題して、昭和二六年に白水社から刊行）などを通して、ロレンス文学に対する誤解を解こうと努めた。

裁判そのものは、昭和二七年に結審し、『チャタレイ夫人の恋人』は猥褻文書ではないが、書店の広告によって猥褻文書のごときものになったとして、訳者の伊藤は無罪、書店主の小山は有罪・罰金となった。

その後、小山は控訴し、東京高裁では、伊藤、小山ともに有罪・罰金、最高裁では、上告棄却、第二審通りとなった。

慎み

さて福田の恋愛論に戻ろう。

――人間には、精神的な愛を求める心がある。同時に、肉体的性欲に対する欲望もある。こう説いたうえで福田は、さらに人間には、精神的にも肉体的にも、恋人・伴侶と、瞬間を超えて永遠に結びつきたいという気持ちがあるという。

しかし、その気持ちは、なかなか続かない。〈答え〉に邪魔されるからだ。

例えば精神的愛とは相互理解だ、と答えてしまうと、面白くなくなる。同時に、性欲を生理現象として説明してしまうと、つまらなくなる。

また恋人・伴侶についても、こういう人間だと分かってしまうと、魅力がなくなる。常に発見があることで、新鮮さが保たれる。そのためには、答えを求めないことだ。そして、問い続けることだ。

福田は、問い続けるに値する相手が見つかれば、とても幸せだと言っている。

そもそも、愛も、人間も、非合理なものだ。だから、合理的な答えは出ない。出たとしても、それはウソの答えだ。

そして、答えが出ると、飽きてしまう。

さらに、答えを手にした人間は、往々にして、現実や他者を答えの中に閉じ込めてしまう。これは、愛ではなく、暴力だ。

それゆえ福田は、答えを出さないという「慎み」を説く。愛にも、性にも、恋人・伴侶にも。「慎み」によって、愛を保つことができる。――

福田は、こういう考えを、やはりロレンスを参照しながら展開している。福田は、みずからの恋愛論をまとめた『私の恋愛教室』(新潮社、昭和三四年)を、ロレンス文学への「入門書」と述べている。

福田は、実現はしなかったが、チャタレイ裁判の後に、『ロレンス全集』(春秋社)を刊行する計画を進め、『チャタレイ夫人の恋人』を自分で翻訳しようとしていたようだ(中村保男『絶対の探求――福田恆存の軌跡』麗澤大学出版会、平成一五年)。また前述のように、ロレンス『現代人は愛しうるか』の刊行にこだわり続けた。

福田は、ロレンスと対話しながら、生涯にわたり「現代人は愛しうるか」という問いに取り組んだといえる。

アルプス会、蔦の会、三角帽子…

本章を終えるにあたって、戦後の福田の交友関係について補足しておこう。

まず「アルプス会」。これは、戦争前後から福田とつながりのあった年少の仲間を中心に、昭和三一年に結成された懇談会である。

Art, Literature, Philosophy, Science の頭文字を取って、「アルプス会」と命名された。メンバーには、岡本謙次郎（美術評論家）、小島信夫（小説家）、中橋一夫（英文学者）、中村雄二郎（哲学者）、山崎正一（哲学者）、山内恭彦《やまのうちたかひこ》（物理学者）などがいた。

この翌年には、「蔦の会」が結成されている。これは、戦後に福田を慕って集まった若い人たちの勉強会である。参加したのは、中村保男（翻訳家・評論家）、谷田貝《やたがい》常夫（評論家）、土屋道雄（評論家）、松原正（英文学者・評論家）、西尾幹二（独文学者・評論家）、横山恵一（編集者・歴史家）、飯田真（精神医学者）、宇波彰（哲学者）、鈴木由次（国語教師）、佐藤信夫（言語学者）などである。

昭和三三年には、『批評』が創刊されている。中心となったのは、佐伯彰一と村松剛《たけし》である。佐伯は、第二章で述べたように、福田を敬慕していた。同誌には、福田をはじめ、アルプス会や蔦の会のメンバーが多く顔を出している。

福田の演劇論との関わりでいえば、蔦の会の中村保男が、ケネス・バーク（主著『動機の文法』で劇学を展開した文学批評家）を翻訳したり、ライオネル・エイベル（演劇評論家）の「メタ・シアター論」

について論じている点が注目される。

また、同誌の中心メンバーであった村松や遠藤周作は、服部達《たつ》とともに「三角帽子」を名乗り、「メタフィジック批評」を提唱していたが、彼らもまた、福田に関心を抱いていた（「メタフィジック批評の旗の下に」『文學界』昭和三〇年四月～九月号、座談会「新しい文学史のために――メタフィジックを求めて」『文學界』昭和三一年五月号）。

遠藤周作は、福田の劇団、雲・昴に深く関わっていたし、遠藤の最後の大作となった小説『深い河』（平成五年）には、福田の小説『ホレイショー日記』からの引用もある。

小島信夫と遠藤周作は、いわゆる第三の新人と呼ばれた作家グループに属していた。第三の新人の中では、阿川弘之も福田を慕っていた。

第五章　論壇へ——戦後の福田㈡

1　文化とは何か

福田の自然・文化論

次に、福田の「自然」論、「伝統」・「文化」論について見よう。この点においても、福田は進歩的インテリと相反する立場に立っている。

福田は、「自然」や「伝統」・「文化」は、一般普通人の生を支える重要な要素であると説く。それに対して進歩的インテリは、人間における「自然」の克服と、日本の「伝統」・「文化」の否定を説く。当時は、進歩的インテリの主張が支持された。しかし前章の冒頭で述べたように、現在ではむしろ、福田のような考え方が基調となっている。

まず、福田の「自然」論から見よう。

これまで述べてきたように福田は、人間には、矛盾する二つの欲望があると見ていた。一つは、個人として生きたいという欲望。もう一つは、全体の部分として生きたいという欲望。

で、福田は、人間と自然との関わりについても、この矛盾を見てとる。つまり人間・個人は、「自然」をコントロールし、「自然」から自由に生きたいと思うと同時に、「自然」と一体化したいと願うものなのである。

しかし戦後日本では、近代化・文明化の名のもとに、「自然」からの離脱という方向ばかりが推し進められ、「自然」との調和という方向は時代遅れと見なされた。

進歩的インテリは、こうした動向の推進者であった。例えば、前述の大塚久雄は、「人間精神の昂りといふものは、自然の克服という形をとつて現われる」（瓜生忠夫・荒正人・小田切秀雄・佐々木基一・埴谷雄高「座談会・大塚久雄を囲んで・近代精神について」『近代文学』昭和二二年八月号）と述べている。

こうした考え方に対して福田は、次のように異を唱えている。

アスファルトやコンクリートで固められた都会生活者にとって、古代の農耕民族とともに生きていた自然や季節は、なんの意味ももたないと思いこんでいる。（中略）が、私たちがどれほど知的になり、開化の世界に棲んでいようとも、自然を征服し、その支配下から脱却しえたなどと思いこんではならぬ。私たちが、社会的な不協和を感じるとき、そしてその調和を回復したいと欲するとき、同時に私たちは、おなじ不満と欲求とのなかで、無意識のうちに自然との結びつきを欲しているのではないか。

（前掲『人間・この劇的なるもの』）

さて福田は、こうした問題意識から、季節のお祭りに注目する。普段は人工的な都会で季節感のない生活をしている人も、季節のお祭りや行事に参加することで、自然との結びつきを回復することができる。

とくに春祭りは、死（冬）と再生（春）という自然のリズムの基本構造を象徴的に体感できる場である。それによって人々は、春とともに甦り、生を新たにすることができる。

このように、演劇のみならず、年季交替の祭礼にも、生命を新たにするカタルシス効果がある。ちなみに演劇の起源を、そうした年季交替の祭礼に求める説があるが、福田はそれを支持している（前掲『人間・この劇的なるもの』など）。

祭日

福田はまた、同じ文脈で、「祭日」の意義を強調している。福田によれば、「祭日」は、日本のみならず、どこの国でも、一般的に農耕生活の行事を起源とする。農耕生活は、自然のリズムと密接不可分の関係にあるから、その行事は、当然のことながら、自然の季節的展開に即している。それゆえ人々は、「祭日」の行事に参加することを通して、自然と融合することができる。

しかし戦後日本では、農耕生活や農事信仰は非合理・非科学的なものと見なされ、「祭日」も、単なる「休日」と化してしまった。

日本人は、祭日の「生命的価値」を見失ってしまったのである。福田は、こうした状況に危機感を抱き、「祝祭日」の復権運動に取り組んでいる（「祝祭日に関し衆参両院議員に訴ふ」『潮』昭和四一年九月号など）。

様式

福田によれば、戦後日本において、季節の行事が顧みられなくなった背景には、「様式」一般に対する認識不足もある。

福田は、「様式」の意義について、こう述べている。

人間は経験するだけの動物ではない。人間は経験を意識し、自覚し、再現しようとする動物であります。この再現ということは、かならずしも時をへだてておなじことを二度やろうということを意味しません。いいかえれば、それは二重に生きようとすることであります。現実を経験することと同時にそれを経験しながら意識することと、二重の生活が人間にはあるのです。一般の動物はただ生きるだけです。が、人間は生き、かつその生を味わいつくそうとする。そのために様式が要るのであり、またその結果として様式が生まれるのであります。男と女とが同棲するというのは、単なる事実であり、人生の経験そのものであるにすぎない。が人間はそれを結婚式という儀式によって、より深く味わおうとします。あらゆる「風俗」「しきたり」とはそういうものであるといえましょう。

べつのことばでいえば、様式とは人生の流れをせきとめるための枠であります。（中略）結婚式とか正月とかいうものは、時の流れをせきとめ、これから新しい経験がはじまるのだということを、自他に印象づけ、さうすることによつて未来を過去と区別し、べつの箱に入れて整理しようということにほかなりません——これからの生をよりよく味わうために。（「文学」『芸術の教養』昭和二八年）

集団　福田はまた、様式の集団性を強調する。個人には、人生の流れをせきとめ枠づける力はない。一般平凡人に、独力で様式を作り上げる力はない。

それゆえ人々は、共同で様式を作り上げてきた。弱き個々人も、共同的形式の力を借りることで、生の充実感を味わうことができるのである。

福田はこうした意味に加え、季節の行事には、次のような意味での共同性も含まれていると指摘する。

昔から祭日は骨休めやリクリエーションじゃなかつた。一つの社会集団が、日常生活とは次元を異にした、生きがひの充実せる一日をすごすためのものだつたはずだ。（中略）日常生活といふやつは、いつも邪魔がはひつて、一日中を首尾一貫した生命の意志に即して生きるといふわけにはいきません。なにしろAの生活とBの生活とは別なんですから、利害がくひちがつて、同じ方式で一括するわけにはいかない。しかし正月のやうな祭日には全国民がひとつの関心事に没頭し、一つの型式にのつとつて、生活を共にする。それは消極的な休みではなく、個人個人ばらばらになつている社会生活を、一つの秩序、一つの有機体にまとめあげて、人間同士が、そして人間と自然とが同じ生を呼吸しているといふ自覚を得るためのものではないか。

（「文化の日とはなにか」『時事新報』昭和二七年一一月号）

人間には、個人として自由に生きたいという欲望と同時に、集団の中で生きたいという欲望がある。季節の祭りは、自然との一体感だけではなく、こうした集団の一体感も味わえる場なのである。

弱き個人の生を支える共同体文化

さて共同体には、年中行事や人生儀礼のみならず、日常生活の全般にわたって、「しきたり」・「風俗」・「礼儀」・「かたぎ」・「くせ」といった様式が存在する。福田は、このような共同体の中で歴史的に形成された生活の様式、つまり「生き方」を、T・S・エリオット（『文化とは何か』一九四八年）に倣って、「文化」と呼ぶ。

われわれは、帰属する共同体の「文化」・「生き方」を身につけることで、まとまりある安定した生活を送ることができる。この点に関して福田は、次のように述べている。

文化とは生き方であります。適応異常や狂気から人を守る術であり、智慧であります。それは科学ではどうにもならぬことであり、また一朝一夕で出来あがるものでもありません。時間がかかります。なぜなら試行錯誤的な方法しかなく、生き方は生きてみてはじめて知りうるものだからです。が、文化があり、伝統のあるところでは、社会が、家庭が、それを教へてくれる。さういふものであつて、個人の力でどうなるものでもない。(中略) 個々人が自分で生き方を知るやうに強制されてゐる社会では、個人はその負担に堪へかね、何事もなしえないでせう。

(『伝統に対する心構』新潮社、昭和三五年)

同時に福田は、「文化」は、一般普通人のみならず、天才の生をも枠づけるものであるという。福田は、いう。

天才は別だと言ふ人がゐるかもしれません。なるほど、時に天才はその強い個性のゆゑに、文化や教養を破壊するやうな反俗的生活を送る。が、さういふ天才の出現を可能にしたものは、彼が白い歯を見せた文化や教養なのだといふことを否定するわけにはゆきますまい。

(同右)

天才も、反俗・反逆という形で、逆説的に共同体の「文化」とつながっているのである。

多元的文化論の提唱

このように「文化」は、共同体（国家・地域・家庭など）ごとに形成される。したがって、共同体によって、「文化」の違い・特色が生まれる。

食事の際に、箸を使う国もあれば、フォークとナイフを使う国もある。それは、「好み」の問題であり、「価値」の優劣の問題ではない。個々人が多様なように、「文化」もまた、国により、地域により、多様なのである。

福田は、こうした多元的な文化観を唱える。もちろん福田は、文化の普遍性についても重視している。それゆえ、文化の特殊性の中に閉じこもろうとする議論には反対した。

他方で、文化の多元性を認めず、それを一元的に捉えようとする人々にも、一貫して異を唱えたといえる。

進歩的文化論との対立

ところで、文化の多元性を認めず、文化の一元論を説く人々、それが、戦後日本の進歩的インテリだった。彼らは、こう唱えていた。人類は、過去から未来に向かって進歩している。進歩の基準は、科学性・合理性である。この点において現在最も進歩しているのは、欧米である。したがって日本も、非合理な文化から脱却し、欧米の科学的・合理的な文化に追いつかなければならない。

こうして社会のなかに、日本文化を否定し、西欧文化を一元的に肯定する傾向が生じた。欧米には、非科学的な民俗文化などもはや存在しない、日本も、これに見習わなければならないということで、昭和三〇年代には鎮守のお祭りの山車を焼き打ちする事件なども起こった（『技術革新の展開・昭和三一年〜三四年』〈昭和二万日の全記録　第一一巻〉講談社、平成二年）。

こうした動向に対して、福田は当然ながら、異を唱えた。まず、人類史の目的が科学的・合理的進歩にあるというのは根拠のない議論である。また、欧米に留学したが、欧米人もまた非合理な民俗文化を愛している。むしろ欧米には、古い文化を大切にする保守的感覚が息づいている（『文化とは何か』創元社、昭和三〇年など)。

しかし、そんな福田を、進歩的インテリたちは冷笑した。例えば、こんな具合に。

宮城〔音弥〕＝福田さんというのは本来、非常に日本の昔からのモヤモヤしたものをもっている人ですよ。七五三がいいとか(中略)。川島さん、日本人によいものがあるとすれば、それはどんなものでしょうか。

川島〔武宜〕＝理想的にはいえないですね。ただ、ぼくはむさぼるように蘭学や外国のものを取り入れたこと、これが日本が植民地にならずに進歩した原因だと思いますね。だから、七五三がいいとかいったって、そればかりやっていたら進歩はない。(中略)

宮城＝そうすると、日本が日本的になるためには外国のものを輸入しなければならぬというわけですね。

家永〔三郎〕＝輸入すると同時に同化するということが非常に大切ですね。

(座談会「日本人とは何か」『知性』昭和三〇年五月号)

民衆に学ぶ——福田と宮本常一

日本文化は、インテリよりも民衆たちの間によく保たれている。それゆえ、日本文化否定は民衆批判につながった。

それに対して福田は、こう述べている。

民衆はまだしも文化をもつてゐる。かれらは、自分たちの歩きぐせや気質を守つてゐます。それを捨てて、新時代についてこられぬかれらを、知識階級は軽蔑する。が、私はさういふ知識階級を軽蔑したい。

（前掲『文化とは何か』）

福田と同じスタンスは、昭和を代表する民俗学者である宮本常一《つねいち》にも見られた。宮本は、こう述べている。

村人にとって不幸だったことは、村人のもっているものは保守的で因習的で封建的でみなぶちこわさなければならないと為政官、指導者、学者、文化人などとよばれる人たちから非難に近い批判のつづいたことである。それが村里生活に対する自信を失わせたことは大きい。

（「生活から何が失われたか――古きよきものの意味」『展望』昭和四三年六月号）

わたしは長いあいだ歩き続けてきた。そして多くの人にあい、多くのものを見てきた。（中略）その長い道程の中で考えつづけた一つは、いったい進歩というのは何であろうか、発展というのは何であろうかということであった。すべてが進歩しているのであろうか。停滞し、退歩し、同時に失われてゆきつつあるものも多いのではないかと思う。失われるものがすべて不要であり、時代おくれのものであったのだろうか。

（『民俗学の旅』文藝春秋、昭和五三年）

宮本もまた、日本文化の多様性を説き、多元的文化観を展開した論者として知られる。福田と宮本は、戦後日本の進歩的文化観に対する異議申し立てを行ったという点で共通性を有している。

福田とポストモダン、ローカリズム

さて個人の場合と同様、集団においても、自分の「好み」や「気質」を大切にすることで、はじめて個として自立することができる。しかし進歩的インテリは、自文化を否定する。これでは日本の自立はおぼつかない。福田は、この点について、次のように述べている。

自分が他人と較べて、劣つてゐようと優れてゐようと、自分は自分です。（中略）それぞれの国にそれぞれの長所があり、それぞれの短所があり、そのいづれも国々固有の必然性にもとづいてゐるのであります。他国の短所にたいして挙国一致、めくじらたてて突つかかる必要もないし、また自分の国の短所についても、さう深刻にしよげかへることもないでせう。

個人のばあひと同様、一国の民族性についても短所はつねに長所に通じてをります。長所のいきすぎが短所になつて現れるだけのことです。さうおもつたら自分の短所にどつかと腰を据ゑたらいいのです。それが自信といふものではありますまいか。自分の得意な点に、そして得意な時代によりかかつて得た自信などは、真の自信とはいひがたい。そんなものはすぐ崩れるときがきます。ひとがなんといはうと、おれはおれだといふ自信、現代の日本にほしいものはそれです。

（「自信をもたう」『毎日新聞』昭和三〇年一月一日）

また、次のように警鐘を鳴らしている。

自国の文化の連続性を否定して顧みぬ国は、世界の文化的伝統、その文化共同体に参加する道を全く見失つてしまふのである。そこから破壊的な国籍喪失のコスモポリタニズムと狂信的なナショナリズムとが双子の様に生れて来る。（「世界の孤児・日本」（『Energy』昭和四二年一〇月号）

福田はこうして、日本固有の文化を守る運動に取り組んでいった。

例えば、元号を廃止して西暦に一本化する動きを、西欧中心主義的な「画一主義」と批判し、元号と西暦の両建てを主張している（「元号をめぐって」『読売新聞』昭和五一年一二月六日）。また近代・戦後日本の学校教育を日本固有の文化の破壊を進めるものとして批判している（「教育改革に関し首相に訴ふ」（『潮』昭和四一年六月号）。

こうした福田の主張は前述のように、孤立したものだった。しかしポストモダン（近代批判）の思想家など、進歩インテリに批判的な次世代の論者たちは、福田と似た議論を展開した。

ポストモダンを代表する論者であり、前述のように福田の若き友人でもあった哲学者の中村雄二郎は、次のように論じている。

等質化、画一化の背景になっている産業文明の発達・普及による機械化、合理化の進行は、伝統

的な生活習慣への愛着のため、ヨーロッパ（とくにフランス）では、日本にくらべてはるかに屈折し、まだるっこい。（中略）
産業文明の発達において日本が強みを発揮しえたのは、伝統的な生活習慣の少なからぬ部分をさほど抵抗なしに捨てえた、あるいは忘れえたことにあるといえるだろう。しかし、伝統的な生活習慣を安易に捨てることは生活そのものを捨てることであり、破壊することである。直線的な能率の世界に身を委ねることは多面的な意味の世界あるいは場を捨てることである。そしてその点で、日本の現状はほとんど限界に来ている。
（「進歩の代償」『毎日新聞』昭和五一年一一月三〇日）

福田の立場は、グローバリズム・帝国主義に対抗するかたちで近年台頭しているローカリズムやナショナリズムの主張にも重ねることができよう。

文化としての国語

さて福田は、おなじ文脈で、戦後日本の国語改革にも異を唱えている。戦後日本の国語改革は、漢字かな混じり文を不合理・非効率と見なし、ローマ字、かな文字いずれかの一本化を唱えたり、「現代かなづかい」・「当用漢字」を設けて、表記の簡略化を進めた。こうした動きに対して、福田は歴史的に形成された国語表記を原則的に継承する立場を表明した。

言葉は文化のための道具ではなく、文化そのものであり、私たちの主体そのものなのです。（中略）言葉を文化の道具と考へて、文化そのものとは考へないことのうちに、国語国字改良論者の言語観の最も根本的な間違ひがある。

（『私の国語教室』新潮社、昭和三五年）

しかし進歩的な国語国字改良論者たちには、日本固有の文化を守ろうという意識そのものがなかったのである。

福田は、こうも述べている。

「独力で生きてゐる一大組織」［小林秀雄］としての言葉は、私達がこの世に生れて来る以前から存在し、神代、古代から絶え間なしに働き続けて来た時空に亙る一個の巨大な生き物なのである。それなら、言葉を学ぶと言ふよりは、言葉に学ぶと言つた方がいい。言葉によつて人を教へ諭すのではない、言葉そのものが人を教化するのである。事実、私達はさうしてゐるではないか。言葉は、それを使ふのは自分だからといつて、自分の思ひのままにどうにでも使へるやうな私物ではなく、逆に言葉の方が私達に向つて、その生理に随つて使へと命じて来る、言換れば、言葉に使はれるやうに心を用ゐよと命じて来る。

（「小林秀雄『本居宣長』」『小説新潮スペシャル』創刊号、昭和五六年一月）

「自然」と同様、「文化」・「国語」にも「生理」がある。それを壊してしまうと、「生き方」・「考え方」そのものが壊れてしまう。人間・個人は、「自然」・「文化」・「国語」といった有機体に支えられているというのが福田の思想なのである。

　こうして福田は、戦後の国語改革に対抗すべく、国語教師の岩下保や近藤祐康とともに、昭和三四年、国語問題協議会を設立することになる。

国語問題協議会

理事長に、小汀《おばま》利得《としえ》、常任理事に、新井寛、犬養道子、臼井吉見、大岡昇平、大野晋《すすむ》、木内信胤、田邊萬、豊田雅孝、福田、山本健吉、理事・評議員に以下の人々が就任した。

井上靖　北原武夫　澤野久雄　篠田一士《はじめ》　子母澤《しもざわ》寛　亀井勝一郎　海音寺潮五郎　江藤淳　進藤純孝　杉森久英　高橋義孝　中村光夫　野田宇太郎　久保田万太郎　村松剛　服部嘉香《よしか》　舟橋聖一　細川隆元　村上元三《げんぞう》　小島政二郎　田中美知太郎　石川淳　大井廣介《ひろすけ》　尾崎一雄　小林秀雄　小宮豊隆　田中千禾夫　長谷川如是閑　木村毅《き》　五味康祐　佐伯彰一　佐藤春夫　田中澄江　谷崎潤一郎　御手洗《みたらい》辰雄　今東光《こんとうこう》　中山義秀　廣津和郎　三浦朱門　長谷川伸　田村泰次郎　三島由紀夫　林房雄　村岡花子　室生犀星　結城信一　山之口貘　日夏耿之介《こうのすけ》　平林たい子　森茉莉《まり》　里見弴　吉田健一　森田たま　金子光晴　河上徹太郎　安岡章太郎

同会は、機関紙『国語国字』や、『国語問題白書』をはじめとする図書刊行物、講演会などを通じて、伝統的な国語表記への復帰を訴えた。彼らは、安易な国語改革によって、逆に国語に矛盾・不合理が生じること、それによって国民の思考力・表現力が低下するおそれのあることを強調した。

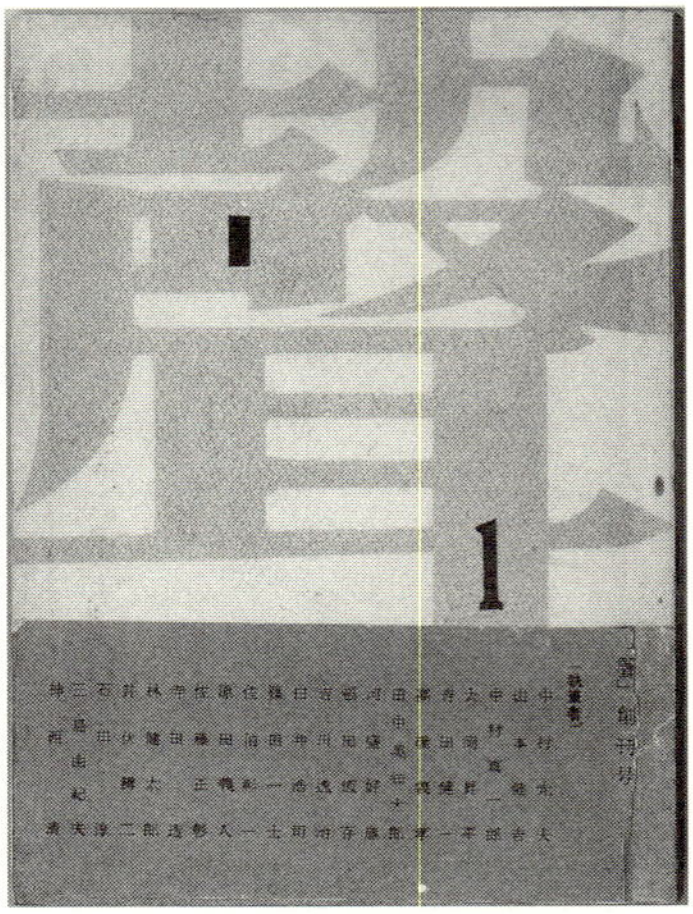

『聲』創刊号（昭和33年）

しかし当然ながら、彼らの主張が理解されることはなかった。

彼らは、それでも、歴史と未来への責任意識から、力強い運動を展開した。同会は、現在も活動を継続している。

奥さんと差向いで

ところで、国語問題に対する福田の取り組みには、尋常ならざるものがあったようだ。

福田は、その国語問題に対する考えを全面的に展開した書である『私の国語教室』を、最初『聲』に連載した。『聲』は、福田を中心に、前述の鉢木会のメンバーが、昭和三三年に創刊した季刊・文芸誌である。鉢木会のメンバーは、いずれも伝統的な国語表記の支持者だった。

メンバーの一人である大岡昇平は、当時の福田について、こう述べている。

> とにかく「私の国語教室」の努力には、まつたく頭が下つた。昭和三十一年だか二年だかに、福田が倉石武四郎との論争をきつかけに、某誌に国語問題を書かせろと言つたら、三十枚に圧縮しろという注文がついた。福田は一月苦労したが、どうしても三十枚にならず、神経衰弱になつてしま

つた。

彼が丸善から「聲」を出す段取りをつけたのは、国語問題をやるためだつたと思われる。彼は七十枚五回書いて宿望を達した。この間の彼の努力ははたから見ていて、気の毒のようなものであつた。国文科出の奥さんとさし向いで坐れる机を造らせ、仮名遣いについて毎夜論争しながら、国語教室を校正した。（断つておくが決して奥さんと差向いで仕事をするのが気の毒だという意味ではない）「聲」へ書きはじめの頃、彼はほかで、聴衆のいない演壇で喋つているようなたよりなさを憶えた、と述懐している。そして「聲」の連載を終り、（季刊だから一年である）「音韻論」を書き加えて、単行本にするまでの三ヶ月間、彼はまた神経衰弱気味だつた。

僕が「お前は神経衰弱だぞ」というと、彼はめずらしく憤然として、

「そんなことはない。この頃は睡眠薬なしでも眠れる」

なんて言つたが、奥さんがそばから、

「少し怒りつぽくなつてるのよ」

と言つたからこれはたしかな話である。

中村光夫の説によると、神経衰弱にならない奴はバカだ、ということだが、仕事をやるなら神経衰弱になるくらい熱中しなければだめだという意味なら、福田の場合にも該当する。

世上多くの国語屋、国語問題屋がいるが、神経衰弱になるまで国語と取り組んで、「私の国語教室」のような本を書いた奴がいるか。さよう、僕は「国語教室」とシェイクスピアの翻訳以来、少

し福田を尊敬しているのである。

（「隣人・福田恆存」『新潮』昭和三六年九月号）

こうした福田の姿は、国学者のそれに重ね合わせることができよう。

国学者・福田恆存

国語表記は、契沖に始まり、荷田春満《かだのあずままろ》、賀茂真淵、揖取魚彦《かとりなひこ》、村田春海、本居宣長へと続く江戸の国学者たちの血のにじむような努力によって整備されてきた。そしてその成果は、明治以降も、森鷗外をはじめとする志ある文人・学者たちによって守られ、受け継がれた。福田の奮闘は、こうした流れを引くものであるといえよう。福田自身、こう述べている。

幾多の先学の血の滲むやうな苦心努力によつて守られて来た正統表記が、戦後倉皇の間、人々の関心が衣食のことにかかづらひ、他を顧みる余裕のない隙に乗じて、慌しく覆されてしまつた、まことに取返しのつかぬ痛恨事である。

（「覚書三」）

なお、福田には、国語問題の他にも、国学者と重なる点が見られる。例えば、人間の弱さ・救いがたさに眼を向け愛おしむ福田の姿は、本居宣長の「もののあわれ」論（『紫文要領』など）に相通じている。文芸批評家の福田和也によれば、「俗な欲求の肯定」を志向する宣長の「やまとごころ」論も福田の思想に重なるものと言える（福田ほか「共同討議〈戦前〉の思考」『批評空間』第Ⅱ期第一号、平成六年四月）。

さらに、死生のことは「全体」（神）のみぞ知ることであり、人間・個人にはついに窺い知ることができないとする福田の人間論も、本居宣長のそれ（『鈴屋答問録』など）に近いといえる。実際に福田は、宣長の死生観に対する共感を記している（「反核運動の欺瞞――私の死生観」『諸君』昭和五七年八月号）。

そもそも国学は、古学ともいい、日本の古（いにしえ）に人生の範を求める学問・思想であるが、これと同じ発想は、福田にも認められる。福田は、いう。

生き方といふものはつねに歴史と習慣のうちにしかない。それを否定してしまへば、ただ混乱あるのみです。現代そのものからは、生き方は出て来ません。なぜなら、未来はもとより、現代もまた存在していないからです。現実に存在しているのはつねに過去だけです。私たちの生き方や行為の基準は必ず過去からやつてくる。現在は基準にはならない。現在を基準にするといふのは、基準をもたないといふのと同じ意味です。（前掲『伝統に対する心構』）

そのうえで福田は、古典を学ぶにあたっては、「古の人の心に成りて、今の心を忘れて見るべし」（『万葉代匠記』）と説いた契沖と相似た説を展開する。

古典に接して、そこに現代に通じる道がないなどと文句を言ふことほど、無意味なことはありません。またその反対に、古典を再評価し、現代的意義を発見して喜ぶのも、同様に無意味なことです。それは全く勝手な話で、私たちの心がけなければならないことは、現代のなかに、私たち自身のなかに、古典に通じる道をさがすことです。古典に強ひてはならない。自分を強ひて古典にならふことが肝要です。ならふことはなれることです。古典は無心に慣れ、習ふに限ります。

（前掲『伝統に対する心構え』）

実際に福田は、ある文章の中で契沖を礼賛している（「論争のすすめ」『中央公論』昭和三六年三月号）。こうした点に加え、福田が兄事した小林秀雄が、大著『本居宣長』を書いて、文学者としての生涯を締めくくっていること、そして同書を福田が賛美していることも注目される。また前述のように、その凡人論や文化保守主義において、福田と共通性を持つ民俗学者の柳田國男が、一時期みずからの学問を「新国学」と称した点も併せて注目される。

福田の思想は、こうした近代以降の国学継承史という観点からも眺めることができよう。

このように福田は、共同体の「文化」を重んじる。しかし同時に、福田は、「個人」の自由・主体性も重んじる。ここでも福田は、二元論的人間観に立つ。

教養とは何か

そして福田は、ここで、「教養」を持ち出す。福田は、この点について、次のように述べている。

エリオットは「文化とは生きかたである」といつております。（中略）ところで、その「生きかた」とはなにを意味するか。それは、家庭のなかにおいて、友人関係において、また、村や町や国家などの共同体において、おたがいに「うまを合せていく方法」でありましよう。といつて、この方法は、なにも個人個人がめいめいに考えるものではなく、個人が生まれるまえからおこなわれていたものなのであります。

が、誰もかれもが、その一般的な「生きかた」を受けついで、それ以上に出ないとすれば、その共同体は淀んだ水のように腐つてしまうでしよう。第一、それでは教養というものの発生する余地はありません。一つの共同体には、おたがいが「うまを合わせていく方法」があると同時に、各個人は、この代々受けつがれてきた方法と、自分自身との間に、また別に「うまを合わせていく方法」をつくりださなければならないはずです。いうまでもなく、そのめいめいの方法が、個人の教養を形づくるのであります。つまり、一つの共同体には、それに固有の一つの「生きかた」があり、また一人の個人には、それを受けつぎながら、しかもそれと対立する「生きかた」がある。逆にいえば、共同体の「生きかた」を拒否しながら、それと合一する「生きかた」があるのです。

（『幸福への手帖』新潮社、昭和三一年）

次に、戦後の福田の政治評論について見よう。

2　保守的であること

福田は、これまで見てきた演劇論や、文化論と並行して、政治評論も書いている。その中心テーマは、「言論の自由」の確立にあった。

開かれた言論を求めて

戦後日本では、進歩派の言論だけが言論とされ、保守派の言論は封殺される傾向が長く続いた。そうした中、福田は、立場の如何にかかわらず、自由に発言できる、開かれた言論空間を求めて奮闘することになる。その最初は、進歩派の平和論に対する批判だった。

周知のように一九五〇年代以降、東西の冷戦構造が激化していく。その中で、進歩派たちは、ソ連など東側・共産主義国を平和勢力と規定し、アメリカなど西側・資本主義国を戦争勢力と見なしたうえで、日本は、東側と協力しながら非武装中立を目指さなければならないと説いていた。こうした見方を批判することは、論壇では、タブーに近かった。

福田は、このタブーを打ち破るべく、論文「平和論の進め方についての疑問」を発表することになる。掲載誌は、『中央公論』昭和二九年一二月号。この号から、社長の嶋中鵬二《ほうじ》が、編集長を兼務していた。嶋中は、同誌を、開かれた言論の場にしようと考えていた。そして福田論文を巻頭に据えた。

嶋中には、しかし、論壇の空気に対する気兼ねもあった。それは、同号の「編集後記」に現れている。引用しよう。

福田恆存氏の「疑問」はやや愚問だといわれるむきもあるかと思いますが、頭の良すぎる文化人同士はわかりあっていても大多数の一般人にはわからないことの多い昨今、このような根本的な問題が広い場所で大きな声で論じあわれる必要が大いにあると感じて敢えて巻頭に掲げました。ただこういう論旨が現状肯定派に歪曲され悪用されることは警戒しなければならぬと思います。

（「編集後記」『中央公論』昭和二九年一二月号）

『中央公論』（昭和29年12月号）
「平和論の進め方についての疑問」が掲載された

嶋中は、題目についても、注意を払った。福田の原稿は、「平和論に対する疑問」というストレートなタイトルだった。嶋中は、これを、「平和論の進め方についての疑問」という婉曲的なタイトルに変えた。

しかし、現実は、厳しかった。同号が刊行されると、福田論文は轟々たる非難に包まれた。嶋中のもとには、

「ああいうものを載せると、雑誌が売れなくなる」という声が届いた（粕谷一希『中央公論社と私』文藝春秋、平成一一年）。

こうした反応を目にした福田は、続く「再び平和論者に送る」（『中央公論』昭和三〇年二月号）で、こう述べた。

私の発言が問題にされた大きな理由は、私とおなじやうに考へてゐるひとがずゐぶん多かつたのにもかゝはらず、さうとはいひだしにくい空気が現代の日本にあつたからではないか。これは衛生上はなはだよろしくない。もし日本といふ国に反動の傷があるならばそれは隠すよりも医者に見せるに若くはありません。（中略）

私は現状のまゝアメリカに協力してよいなどといひはしません。部分的な修正や反対はべつとして、原則論として協力するたてまへでいく手は絶無なのかと問うてゐるのです。その程度のことさへいひだしにくい空気は、公平に考へて、あまりにも不健康ではないでせうか。「中央公論」の編集後記の歯切れわるさは、さうした濁つた空気を意識したからだとおもひます。（中略）反動であらうと、なんであらうと、自由に明るくものがいへる開放的な気分をつくることが、今日もつとも急務であります。「言論の自由」といふのは、進歩的言論の自由のみを意味しはしないのです。

そして福田は、いう。

戦後の似非進歩主義的言論や性急な制度の改革は、表面上いかに華々しくおこなはれてきたにしても、それについていけない連中の心理を、むりやりに地下道の闇にもぐらせてしまった。「言論の自由」を抑圧するものはつねに官権とのみはかぎりません。結果論的にいへば、プラカード式気勢がピストルなき言論統制をしくこともありうるのです。（同右）

その上で次のように述べる。

すべてが陰にこもる、いつかはもつとひどい傷口を造つて頭をもたげ、かうして日本は右から左へ、左から右へと、ひどいジグザグ・コースを辿つてばかりゐて、なかなか埒があかないのだ。（同右）

数年後、福田の懸念は、残念ながら、現実のものとなる。皮肉にも、『中央公論』が、「ひどい傷口」を負うこととなった。

福田の嶋中事件

嶋中事件である。昭和三五年、日本は、日米安全保障条約、いわゆる安保条約に対する反対運動で騒然となっていた。そうした年に、『中央公論』（一二月号）に、一篇の短編小説が掲載された。深沢七郎の「風流夢譚」である。

これは、日本で革命が起き、天皇家が処刑に遭うという夢に関する話だった。処刑のシーンが、ユーモラスに描かれていた。

右翼は、怒りに燃えた。

翌年二月、その怒りが、悲劇に発展した。右翼の少年が、嶋中邸に押しかけ、家政婦の女性を刺殺し、夫人に重傷を負わせたのである。

嶋中は、無事だった。福田の論文の校正を見るために、印刷所に立ち寄っていて、帰宅が遅れたのである。その論文のタイトルは、「論争のすすめ」。福田・嶋中は、開かれた言論を求めて、闘っていたのだ。嶋中は、福田より一〇歳ほど下だった。

嶋中鵬二
(写真提供・嶋中行雄)

福田は、「常識に還れ」(『新潮』昭和三五年九月号)を書いて、安保闘争を率いた進歩的知識人たちを批判していた。しかし彼らからは反論がなく、ただ黙殺された。

それゆえの「論争のすすめ」であった。この論文は、『中央公論』三月号に掲載され、間もなく発売されるところだった。

福田は、当時連載していた新聞のエッセイで、この殺傷事件について、「絶対に許されない」と断ったうえで、次のように問題の本質に迫っている。

私は今日まで戦後の軽薄な「風潮」に対して、つねに「右翼反動」的批判者として終始してきた。なぜなら、ある考え方が絶対者的「風潮」として支配するとき、それに反する考へ方、あるいはそれで割切れない人間性は、発言を禁じられて地下に潜るからである。しかも、潜つて死に絶えてしまふのではなく、必ず「復讐」の形で地上に二たび姿を現すからである。私はさういふ人間観を、若いときに『チャタレイ夫人の恋人』の作者〔D・H・ロレンス〕から教えられた。

（「愚者の楽園」『読売新聞』昭和三六年二月六日）

そして、「戦後の浮薄な進歩主義的「風潮」」もまた、「戦争中地下に潜らされてゐた考へ方や人間性の「復讐」とは考へられないか」という見方を提起した。

福田は、戦後憲法についても、「戦争中、軍部によつて苦しめられた文官達の復讐心の表明」によるものと捉えていた（「当用憲法論」『潮』昭和四〇年七月号）。戦争を挟んで、左・右が「「復讐」の仕合ひ」に、我を失っている。その連鎖が、悲劇を生んだ。

この連鎖を断ち切るためには、左派だけではなく、右派にも「言論の自由」を与えなければならない。「君の言ふことは認めない、が、それを君が言ふ権利は死を賭しても守る」というヴォルテール（近代フランスの思想家）の精神に立たなければならない（「言論の自由について」掲載誌未詳、昭和三六年二月）。そうしなければ、「右から左へ、左から右へと、ひどいジグザグ・コース」は、いつまでも続くであろう。

こうした福田の指摘は、きわめて先駆的だったといえる。

福田に遅れること十数年後、清水幾太郎も、この問題に触れることになる。進歩派には、天皇制と資本主義への批判を禁じた戦時中の治安維持法に対する「復讐」の念がある、と(「戦後を疑う」『中央公論』昭和五三年六月号)。

清水は、前述のように、戦前から福田とは親しい間柄にあった。しかし戦後、清水は、福田とは対極的に進歩派となり、その中心で活躍することとなる。

しかし進歩派が退潮し始めると、保守派に転向し、こうした発言をするようになった。

それに対し福田は、清水より余程前から、進歩派の「復讐心」と格闘していたのである。進歩派から、「保守・反動」と罵倒されながら。

もう一つの「悔恨共同体」論

ちなみに福田は、進歩派には、「復讐心」に加え、次のように、「後ろめたさ」という感情もあるという。第三章で見たように、福田は敗戦直後からこの点を問題にしていたが、平和論とからめて、次のように論じている。

戦後日本の知識人はたとへ共産主義者とまで行かなくとも、といふよりは戦時中共産主義者としてはつきり反戦的な思想や行動を示し、そのために投獄されなかつた知識人ほど、当時の権力者が推進した戦争への道を断つ事に無力であつた事に後ろめたさを感じてゐて、その己れの非を何等かの形で表明し、償ひをせねばならぬといふ衝動に駆られたのであります。

（「平和の理念」『自由』昭和三九年一二月号）

第一に、それは、「知識人の戦争責任論」となって現れた。「それ等は論理的にも現実的にも甚だ曖昧なもので、誰が誰を責めているのか、具体的にどう責任を取れば良いのか、少しもはつきりしませんでした。といふのも、それは単に論じれば気が済み、それによつて戦後に適応する為の一種の呪文の様な性格のものだつたからです」。

第二に、それは、「戦争の危機」の鼓吹という形をとる。

第三に、「戦前の過ちを二度と繰り返すまいといふ事に、彼等は知識人としての面子」をかけることになる。「彼等の内面には戦時中の共産主義者の行動に対する退け目、劣等感があります。それはソ連や中共が、そして日本共産党が彼等の期待を裏切ろうとも、本質的には少しも変化しません。それどころか、期待を裏切られ、敗北し、後退し、追ひ詰められればられるほど、それは良く言へば純粋な、悪く言へば空疎な理想主義」に洗い立てられていくのである。

福田は、平和論には、こうした三つの要素を含み込んだ、進歩派の「復権運動」という意味合いがあるという。

ちなみに、この五年後、丸山眞男が、進歩派の「悔恨」感情を主題化した、有名な「悔恨共同体」論を執筆する（「近代日本の知識人」、発表は、昭和五二年、『後衛の位置から』未來社、昭和五七年所収）。しかし、丸山はそこで、「悔恨」を共有する進歩派の連帯を称賛するばかりで、福田が指摘するような問題にはまったく触れていない（共産党に対する劣等感には触れているが）。

福田と若き国際政治学者たち

しかし、昭和三〇年代半ばになると、福田のように、進歩派の平和論や政治論を正面から批判する論者が、若い国際政治学者の中から登場する。

その一人に、高坂正堯《まさたか》がいる。彼は、その「現実主義者の平和論」（『中央公論』昭和三八年新年号）において、イデオロギーではなく、現実主義の眼から国際政治を論じて、大きな注目を集めた。当時『中央公論』編集者として、この論文を担当した粕谷一希は、「論旨は日本の理想主義的平和主義を批判したもので、その意味では福田恆存氏の平和論批判と変わらない」（前掲『中央公論社と私』）と述べている。

しかし、進歩派からは、相変わらず反論がなかった。高坂は論文で、進歩派の政治学者・坂本義和を批判していた。しかし坂本は、これを黙殺。編集部が、反論文の掲載や高坂との対談を打診しても、応じようとはしなかった（前掲『中央公論社と私』）。

その後、永井陽之助も、「日本外交における拘束と選択」（『中央公論』昭和四一年三月号）で、既成の枠組みにとらわれない斬新な政治・外交論を展開し、大きな話題を集めた。

福田は、永井論文について、次のように述べた。

> 私はこの論文が切掛になつて、右は自民党左派から民社党、公明党を含め、左は社会党右派に至るまで共通に話合へるコンセンサス（合意）の気運が生れる事を切望する。

（「拘束と選択」『読売新聞』昭和四一年二月三日）

福田は、こうした新世代の国際政治学者たちともに、高木書房『日本の将来シリーズ』（昭和四八〜五二年）などの叢書を刊行し、活動をともにしていくようになる。

しかし進歩派は、保守派との対話・議論の道を閉ざし続けた。永井は当時、こう述べている。

自分が意識・無意識に属しているあるグループの仲間のなかで流通している価値基準があり、そういうものが非常な権威を持って無意識的な心理的抑圧を与える。これに抵抗するのは容易なわざではないと、僕は痛切に感じている。そこで通用している観念、そこで当然とされている観念に抵抗して、そのタブーを破ってなにか発言することは途方もない勇気を要するようになってきた。現代はそういう時代だ。

（江藤淳・永井・高橋和巳・いいだもも「討論・現代知識人の役割・福田恆存氏の論文をめぐって」『毎日新聞』昭和四三年三月一三〜二一日）

橋川文三の福田理解

もっとも、進歩派の周辺でも、福田のような人物を評価する向きは存在した。例えば、丸山の弟子筋で、思想史家の橋川文三《ぶんそう》は、当時こう述べている。

わが国の進歩的知識人にとって、福田ほど超え甲斐のある障害物、したがって有益な存在はない。

（「町奴の心意気」『図書新聞』昭和三三年三月七日号）

しかし、そうした声は、ほとんど影響力を持てなかった。

戦後五十年を迎えた年に、左派の雑誌『インパクション91』が、「左翼五〇年」を特集している。その中の「左翼運動の戦後史」と題した鼎談で、吉川勇一・太田昌国・天野恵一の諸氏は、こう述べている。

天野：（前略）この時代［現代］だったら福田恆存とも討論できたのではないかと思うんですが、なんでそんなに討論できなかったのか、不思議な感じがします。（中略）
吉川：［福田は］まともだと思いますよ。
天野：それなりに筋は通っていて、一貫しています。
太田：考えが違っていても筋が通っていれば相手の立場を認める。こういう人というのは大事にしたい。それが討論にならない時代があったんですね。

日本文化会議と『諸君！』

さて、こうした状況を打開すべく、福田も中心となって、昭和四三年六月、財団法人日本文化会議が設立される。理事長に、田中美知太郎、専務理事に、鈴木重信、常任理事に、会田《あいだ》雄次、佐伯彰一、林健太郎、福田恆存、藤井隆、理事に、伊藤整、猪木正道、気賀

健三、小林秀雄、今日出海、竹山道雄、中村光夫、林武、平林たい子、三島由紀夫、企画委員に阿川弘之、遠藤周作、加藤寛、高坂正堯、坂本二郎、中根千枝、西義之、村松剛、幹事に、中村菊男、若泉敬が就いた。

理事長の田中は、こう、方針を述べている。

田中美知太郎（昭和39年）
（『田中美知太郎全集』第10巻より）

わたしが今日の日本の知性に期待することは集団ヒステリーから日本の多くの人たちを守ること、つねに冷静な判断を保持すること、そしてどのような思想をも孤立させないで、いつも相互理解ということはむずかしいにしても、相互交流（コミュニケーション）の道がひらかれているようにすることなどである。

（「現代への責任」（『読売新聞』昭和四三年六月一四日夕刊）

同会では、社会・政治問題に止まらず、哲学や美学、生物学や医学など多様なテーマを取り上げて、研究会やセミナー、シンポジウムを開催し、その成果を図書にして社会に発信していった。

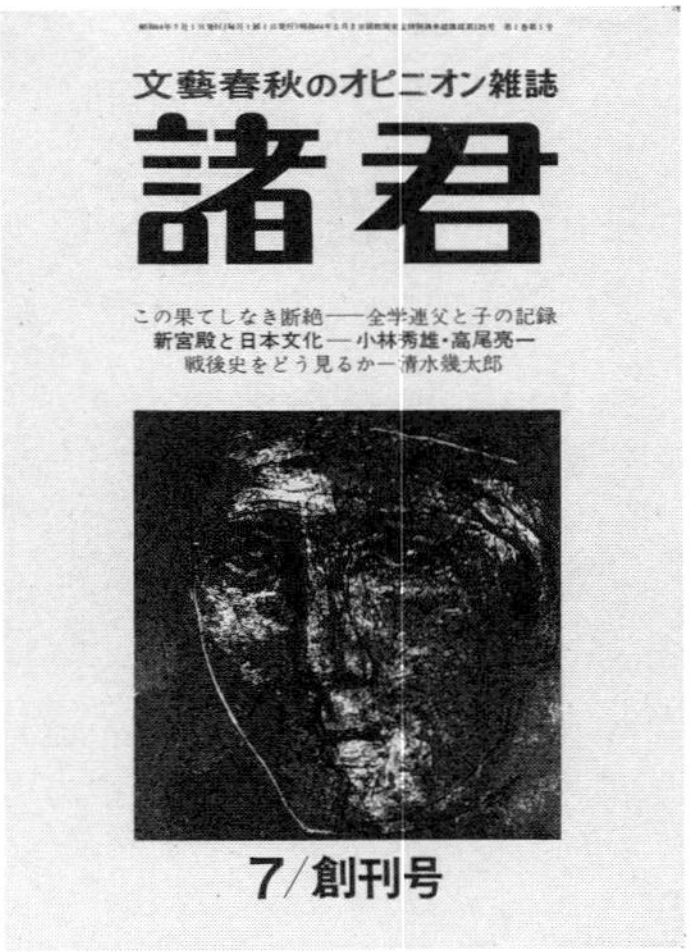

『諸君』創刊号（昭和44年7月号）

また翌四四年には、同会と連動する形で、雑誌『諸君』（のちに『諸君！』）が、文藝春秋社から創刊された。社長の池島信平は、「創刊の辞」で、次のように述べている。

世の中、どこか間違っている——事ごとに感じるいまの世相で、その間違っているところを、自由に読者と一緒に考え、納得していこうというのが、新雑誌「諸君」発刊の目的です。

巻頭には、福田の評論「利己心のすすめ」が掲載された。福田はそこで、政治イデオロギーの影におびえることなく、自分のやりたいことをやって生きていこうと呼び掛けている。

保守とは何か

福田が開かれた言論にこだわった背景には、「復讐」の回路を切断するというだけではなく、次のような思想も存在した。

人類の目的・歴史の方向は、あらかじめ決定されているわけではない。それは、創造していくものである。それゆえ、自由な議論による英知の結集が必要となる、というのである。

福田は、いう。

私たちが欲しているのは何かであり、その何かは解らないが、いや、解らないからこそ、自由がいるのであつて、その自由のために言論の自由が要るのである。

（「言論の自由のために」『読売新聞』昭和三七年一月三日）

そして福田は、ここに、「保守派」の原点を求める。福田は、こう述べている。

保守派が進歩や改革を嫌ふのは、あるいはほんの一部分の変更をさへ億劫に思ふのは、その影響や結果に自信がもてないからだ。それに関するかぎり見す見す便利だと思つても、その一部を改めたため、他の部分に、あるいは全体の総計としてどういふ不便を招くか見とほしがつかないからだ。人類の目的や歴史の方向に見とほしのもてぬことが、ある種の人々を保守派にするのではなかつたか。

（「私の保守主義観」『読書人』昭和三四年六月一九日号）

それゆえ保守派は、過去の教訓に学ぼうとする。謙虚であろうとする。ゆっくり歩もうとする。自問自答を忘れまいとする。

とはいえ、福田は、人類には目的がある、ともいう。しかし、それが何なのかは、人間には分からない。それは、福田の演劇論でいう「全体」の領分なのだ。「部分」にすぎない人間・個人には、人類史「全体」の目的は、分からない。たしかに「全体」の目的のようなものがあって、それが、人間・個人の背中を押している。つまり生の原動力となっている。

しかし、それは、人間の思考・言語ではついに把握することができない。にもかかわらず、それを説明しようとする人々がいる。進歩派がそうだが、例えばキリスト教も、その過ちを犯している、と福田はいう。

人類の目的

原始キリスト教に対しては、違和感は持ちません。いまのキリスト教は、私には非常に疑問ですね。と言いますのは、あまりにも神学、ことにトマス・アクィナスの神学――まあ、これはもとはアリストテレスの思想から持ってきたんでしょうが、アリストテレスの場合には、自然という言葉をつかっており、自然は目的を持っていて、その目的がなんであるかをアリストテレスは規定していないですよ。その自然の、あるいはその背後にあるものの目的、意志をトマスが明確に規定してしまったと言えないでしょうか。つまり、(中略) 人間は、たとえトマス・アクィナスであろうと、やはり何物かに表現されている、うしろから何かが動かしている、その何かの存在を信じることが宗教でしょう。が、トマスは、その自分たちを動かしているものがなんであるかを知るために、うしろをふり返って、私たちを動かしているのはこういうものだと規定してしまったんです。そこに私は非常な疑問を持っているんです。（中略）
そんなことしたら、ほんとうに神秘的な神の魅力はそのとたんから失われてしまうでしょう。一度うしろをふり返って、その全貌を見きわめてしまったら、せっかくうしろにあった不可知なものが自分の前に来てしまって、神意がわかりきったものになってしまう。つまり普通のものと同じになっちゃうし、自分の支配下に属してしまいます。神意は自分の支配できないもの、自分には何かわからないものだというのは、私は、原始キリスト教にはあったと思うんです。
（『井上洋治対談集・ざっくばらん神父と13人』主婦の友社、昭和五四年）

福田は、この「何物か」を「絶対」と呼んで、そこに相対世界に生きる人間の倫理の基準を求める議論も展開している（「日本および日本人」『文藝』昭和三〇年一、四、六、七、一〇月号）。

自然と人間

福田はさらに、そうした人類史「全体」の「目的」を、「大自然」の「目的」の中に回収していく。福田は、ここでもアリストテレス（『自然学』『気象学』）を引きながら、という。
「自然」は、「技術家」である。この「技術家」は、おのれの「目的」のために、様々なものを作りだしている。「人間」も、そうした「自然」の制作物の一つである。
「人間」もまた、「技術家」として、様々なものを作りだしている。それによって「自然」の制作活動を補助しているのだ。

こう考えるならば、「人間を含む大自然」は、「その「初め」からその「終り」まで、永遠に技術的な或物」と捉えることができる。

こうして福田は、「人間」と「自然」を一体のものと見なす（「文学以前」『新潮』昭和四〇年二月号）。

ちなみに、同じことは哲学者の三木清も論じている。三木は、その『構想力の論理』で、やはりアリストテレスを参照しながら、こう述べている。

「自然」は、その「技術」によって、様々な「形」を作り出している。人間もまた、社会や文化の「形」を作り続けている。そうして「自然」を補完している。とするならば、「人間史と自然史とは、近代の人間主義的な考え方において抽象的に区別されたのとは反対に、統一的に把握されねばならぬ」。

もちろん福田は、「大自然」の「目的」についても、未知なるものと捉えている。

「国家」を忘れた日本人

ところで、こうした思索をもとに福田は、人間の現実や社会の制度を、すべて「技術」によって制作された「フィクション」（作り物）と捉える議論を展開している。福田は、いう。

フィクションは芸術の特権ではない。人生や現実も、自然や歴史も、すべてがフィクションである。（中略）普通、吾々が現実とか実体とか呼んで安んじて疑はずにゐるもの、それはもはやフィクションとは気付かれぬほど使ひ古しの解釈によつて纏めあげられた事実、或はその集積の事にほかならない。それは事実そのものではない。

（「公開日誌　フィクションといふ事」『文學界』昭和四五年三、一〇、一一月号）

「フィクション」（作り物）であるがゆえに、人々は、それが崩壊せぬよう振る舞い、そう振る舞うことが「フィクション」を維持させるが、その維持が機械的になっていくにつれて、それが「フィクション」であることに気づかなくなる。つまり、それが確固たる現実であるように思いこんでしまう（「独断的な、あまりに独断的な」『新潮』昭和四九年一、四、八、九、一一、一二月号、昭和五〇年二、三月号）。で、福田は、現代日本において、「国家」というフィクションが、まさに、こうした事態に直面しているという（「防衛論の進め方についての疑問」『中央公論』昭和五四年一〇月号）。いいかえると、現代日本人は、「国家」をあたりまえの現実として受け取り、その維持・存立のための努力を怠っている。このままでは、日本国家というフィクションは崩壊してしまうであろう。

こうした認識にもとづいて福田は、「国家意識」の強化を訴えていくことになる（『国家意識なき日本人』昭和五一年など）。

ちなみに福田は、イギリスに範を取りながら、力強い政府と民主主義とが決して矛盾するものでないことを力説している（『私の英国史』中央公論社、昭和五五年など）。

また当時議論されていた「靖国神社国家護持法案」（昭和四四〜四七年）に賛成を示している。神社神道は、宗教ではなく、日本人の自然感情・生活習慣である。したがって、靖国神社を国家管理にしても信教の自由を侵犯することにはならない。日本国民として靖国神社を参拝し、個人としては何宗を信仰してもいいし、無宗教でもいいというのが、福田の主張だった（「クリスト教徒に反省を促す」『サンケイ新聞』昭和四四年三月一七日など）。

国際的言論人として

福田の自由な言論は、国境をも越えていった。「福田恆存氏、ワシントン・ポスト編集局長に迫る」（『正論』昭和五三年五月号）は、その一例である。

昭和四八年に、福田が渡米した際に、同行した臼井善隆（英文学者・早稲田大学教授）は、アメリカの要人たちから轟々たる批判を受け、孤立しながらも、日本国の立場や自分の考え方について発言する福田の姿に感銘を受けたと述べている（「福田さんのお供をして」現代文化会議主催講演会「福田恆存を語る」、平成二一年）。こうしてその影響も、海外に及んでいった。

台湾の代表的知識人・陳鵬仁は、福田を敬愛し、福田の訪台に取り組んだ（陳鵬仁「福田恆存先生の思い出」『文學界』平成七年二月号）。

また韓国の政治家で、朴正熙《パクチョンヒ》大統領の首席補佐官を務めた金聖鎮《キムソンジン》も、福田を師と仰いでいた（「白鶴のような哲学者」『文學界』平成七年二月号）。金は、朴大統領と福田を引きあわせ、以後、朴と福田は急速に親交を深めていくことになる。

朴が暗殺されたとき、福田は、日韓演劇公演のため、ソウルにいた。その知らせを聞いて、福田は、ホテルの部屋で、ひとり涙を流した。轟々たる非難にさらされながらも近代韓国の礎を築こうと邁進する朴の姿に、福田は深い尊敬の念を抱いていたのだ。福田は、「孤独の人――朴正煕」(『文藝春秋』昭和五五年一月号)と題した至情あふれる追悼文を書いている。

アメリカの日本文学者で、保守派の論客でもあったE・G・サイデンステッカーも、福田を「誰よりも尊敬していた」と述べている。サイデンステッカーは、日本のオピニオン・リーダーとしてもっとも信頼できる人物は誰か、との質問に、福田の名を挙げ、「彼の社会や政治に関する評論は、私にはまことに明晰であると同時に、まさに良識を代表するものと思える」と答えている(『流れゆく日々――サイデンステッカー自伝』時事通信社、平成一六年)。

終章　大いなる自然とともに

全集

昭和五六年（一九八一）、福田は、古稀（七〇歳）を迎えた。しかし、福田の精神は、躍動を続けていた。この年福田は、「小林秀雄『本居宣長』」（『小説新潮スペシャル』創刊号、昭和五六年一月）と題した重厚な評論を発表。

また、翌年には、ロレンス『現代人は愛しうるか』を改訳（中公文庫、昭和五七年）、その二年後にも、ソポクレス『オイディプス王・アンティゴネ』を翻訳している（新潮文庫、昭和五九年）。

演劇方面でも、『演劇入門』（玉川大学出版会、昭和五六年）を上梓し、シェイクスピア劇の演出や翻訳にも引き続き取り組んでいる。

昭和六二年からは、『福田恆存全集』全八巻（文藝春秋）、平成四年からは『福田恆存翻訳全集』全八巻（文藝春秋）の刊行が始まり、福田みずから編纂にあたっている。

大きな賞にも恵まれた。昭和五五年に、第二八回菊池寛賞、翌昭和五六年に、第三七回日本芸術院賞を受賞し、昭和六一年には、勲三等旭日中綬章を贈られている。

終　幕

しかし同時に、老いも確実に忍び寄ってきた。昭和五五年以降、肺炎や脳梗塞で、たびたび入院。そうした中、昭和五八年には、小林秀雄を見送り、六三年には、中村光夫、大岡昇平、清水幾太郎を見送っている。

そうして、福田にも生命の終わりが訪れる。八二歳を迎えた平成五年、福田は、肺炎のため入院。翌六年（一九九四）三月に退院するも、以後、在宅酸素設備を要する生活となる。

一〇月、重篤の肺炎。その後、つかの間の小康を得るも、一一月一九日、朝一言二言ののち声が出なくなり、終日筆談。

翌二〇日午後一時、家族友人に囲まれ、八三年の生涯に、幕が閉じられた。葬送にあたっては、ベートーベンの「チェロ・ソナタ」三番が流された。

福田は生前、この曲について、次のように述べている。

先ずあの第一楽章の冒頭、チェロからピアノに引渡される第一主題の、陰陽の展開がこたへられない。第二楽章に入つてピアノとチェロが交互に反復しながら盛上げて行くスケルツォの華麗な流れに身を委ねながら、その美しさがやがては頂点に達して消えてしまふのをおそれ、時々途中でプレイヤーを止めたくなる、（後略）

（「私の一枚」『α pex』昭和五四年四月号）

生命

本書を締めくくるにあたって、一つの対談を引いておこう。昭和四三年に行われた福田と三島由紀夫の対談である。君にとって「絶対」なるものは何か、と問いかける三島に対して、福田は、こう答えている。

福田　それはだから本能ですよ。初めからさういふものだと思つてゐる。言換へれば自然といってもいいですよ。
三島　それは人類の自然、つまりあなたは人類といふものを信ずるわけね。
福田　いや、自然を信ずる。日本人も、ぼくもその分枝にすぎないといふ実感だよ。
三島　自然といふ観念だよ。全部違ふよ。この国の自然、フランスの自然、ドイツの自然、みんな観念だよ。
福田　そんなことはないだらう。やはり根源だよ。生命力の根源みたいなものだ。
三島　ぼくはさうは思はないね。生命主義といふ側からみると自然は生命かもしれないけれど、人間の歴史から見た場合自然は生命ぢやない、観念だよ。歴史の表象だよ。

（中略）

福田　観念といふ点は同じだと思ふのだよ。それを信ずるか信じないかといふ問題だ。
三島　結局それだけの問題なの。あなたはそれを信ずるの——生命、あるいは自然、あるいは人間。

福田　ウン。

（『討論・現代日本人の思想』〈国民講座・日本人の再建1〉原書房、昭和四三年）

大いなる自然の生命に対する信。福田の思索は、ここに根源を有していたように思う。

主要参考文献

福田恆存の文献

『福田恆存全集』全八巻（文藝春秋、昭和六二～六三年）
『福田恆存翻訳全集』全八巻（文藝春秋、平成四～五年）
『福田恆存戯曲全集』全五巻（文藝春秋、平成二一～二三年）
『福田恆存著作集』全八巻（新潮社、昭和三二年～三三年）
『福田恆存評論集』全七巻（新潮社、昭和四一年）
『福田恆存評論集』全二〇巻・別巻（麗澤大学出版会、平成一九～二三年）
『福田恆存対談・座談集』全七巻（予定）（玉川大学出版部、平成二三年～）
『福田恆存講演』第一集～三集（『新潮カセット』新潮社、平成八年）
福田恆存「我国新劇運動の過去と現在」（『浦高時報』第二八号、昭和七年六月一四日、埼玉大学図書館官立浦和高等学校記念資料室所蔵、全集未収録）
福田恆存「三月の作品」（『演劇評論』昭和一一年四月号、全集未収録）
福田恆存「リアリズムと批評の問題」（『日本記録』昭和一一年一〇月号、全集未収録）
福田恆存「横光利一と「作家の秘密」――凡俗の倫理」（『行動文学』昭和一二年二月号、加筆修正した原稿が全集に収録）

福田恆存「一作家に於ける羞恥の感情」（『文学』昭和一三年一月号、全集未収録）
福田恆存「嘉村礒多」（『作家精神』昭和一四年三月号、加筆修正した原稿が全集に収録）
福田恆存「芥川龍之介論（序説）」（『作家精神』昭和一六年六月号、加筆修正した原稿が全集に収録）
福田恆存「ロレンス『アポカリプス論』覚書」（『新文学』昭和一七年一〇月号、全集未収録）
福田恆存「文学至上主義的風潮に就て」（『新潮』昭和一八年二月号、全集未収録）
福田恆存「文学報国会評論随筆部会発言」（『日本学芸新聞』昭和一八年四月一日号、全集未収録）
福田恆存「造型への意志を」（『東京新聞』昭和一八年四月二八日、全集未収録）
福田恆存「年輪の美しさ――クラシシズムの常識」（『文藝』昭和一八年六月号、全集未収録）
福田恆存「（アンケート）一億総配置につけ！　諸家回答」（『新潮』昭和一八年一一月号、全集未収録）
福田恆存「純情の喪失」（『日本文学者』昭和一九年五月号、全集未収録）
福田恆存「作家の態度」（『新世代』昭和二一年四月号、全集未収録）
福田恆存「同時代形成の意志」（『朝日新聞』昭和二三年五月一二日、全集未収録）
福田恆存「あとがき」（小田仁二郎『触手』眞善美社、昭和二三年、全集未収録）
福田恆存「アトリエ訪問　岡本太郎」（『美術手帖』昭和二四年一〇月号、全集未収録）
福田恆存「苦言」（『東叡新聞』昭和二四年一〇月二一日、全集未収録）
福田恆存「叙事詩への憧れ」（『日本読書新聞』昭和二七年九月一五日号、全集未収録）
福田恆存「文学」（『芸術の教養』河出新書、昭和二八年、全集未収録）
福田恆存「自信をもたう」（『毎日新聞』昭和三〇年一月一日、全集未収録）
福田恆存「世界は変わらない」（『文藝春秋』昭和三二年一月号、全集未収録）
福田恆存「序」（斎藤隆介『職人昔ばなし』昭和四二年、文藝春秋、全集未収録）

福田恆存「世界の孤児・日本」（『Energy』昭和四二年一〇月号、全集未収録）
福田恆存「沈黙と微笑」（『林達夫著作集』第四巻、附録「研究ノート4」、月報、平凡社、昭和四六年、全集未収録）
福田恆存「坂西志保さんから教わった事」（『坂西志保さん』編集世話人会・代表松本重治、国際文化会館、昭和五二年、全集未収録）
福田恆存「福田恆存氏　ワシントンポスト編集局長に迫る」（この題目は、『正論』平成七年二月号に再録された時のもの。原題は「世相を斬る・海外取材シリーズ④アメリカ版・新聞のすべて」、『正論』昭和五三年五月号。全集未収録）
福田恆存「ふるさとと旅」（『旅』昭和五三年一〇月号、全集未収録）
福田恆存「私の一枚――ベートーベン「チェロ・ソナタ」三番」（『αpex』昭和五四年四月号、『人間不在の防衛論議』新潮社、昭和五五年所収、全集未収録）
福田恆存「反核運動の欺瞞――私の死生観」（『諸君！』昭和五七年八月号、全集未収録）
福田恆存「いい意味のスパルタ教育」（『高藤太一郎先生を追憶する』高藤太一郎先生を追憶する会、昭和六一年、全集未収録）
福田恆存「エイローネイア」（『田中美知太郎全集』第六巻、月報、筑摩書房、昭和四四年、全集未収録）
福田恆存訳、オルダス・ハクスリ「社会変革とその限界」（『展望』昭和二一年八月号、全集未収録）
福田恆存・花田清輝「芸術の創造と破壊」（『花』昭和二二年四月号、全集未収録）
福田恆存・荒正人・加藤周一・佐々木基一・花田清輝・埴谷雄高・日高六郎（座談会）「平和革命とインテリゲンチャ」（『近代文学』昭和二二年四月号、全集未収録）
福田恆存・遠藤周作・服部達・進藤純孝・村松剛・山本健吉「新しい文学史のために――メタフィジックを求め

て」(『文學界』昭和三一年五月号、全集未収録)
福田恆存・中村雄二郎(対談)「(日本文化・思想の焦点と盲点　対話とエッセイ　連載第一回)福田恆存氏と社会科学論」(『論争』昭和三七年三月号、全集未収録)
福田恆存・田中千禾夫(対談)「新劇と近代文化」(『新劇』昭和三八年六月号、全集未収録)
福田恆存・大宅壮一(対談)「人物料理教室　福田恆存流ケンカのすすめ」(『週刊文春』昭和四〇年三月二九日、全集未収録)
福田恆存「反近代について」(インタビュー・聞き手・香山健一)(『学習院輔仁会雑誌』昭和四二年一一月、全集未収録)
福田恆存・村松剛・戸田義雄(座談会)「日本民族国家の形成と天皇御存在の意義」(日本を守る会編『昭和史の天皇・日本』日本教文社、昭和五〇年、全集未収録)
福田恆存・井上洋治(対談)「下町のつきあい感覚はキリスト教の愛の思想」(『井上洋治対談集・ざっくばらん神父と13人』主婦の友社、昭和五四年、全集未収録)
福田恆存「日本よ、行くところまで行け」(インタビュー・聞き手・井尻千男)(『VOICE』昭和六一年一月号、全集未収録)
福田恆存・佐伯彰一(対談)「腑抜けにされた日本の文化」(『文藝春秋』昭和六二年三月号、全集未収録)
福田恆存「余白を語る」(インタビュー・聞き手・黛哲郎)(『朝日新聞』昭和六三年三月四日、全集刊行後のインタビューにつき、全集未収録)
福田恆存・宇野精一・土屋道雄編(国語問題協議会監修)『崩れゆく日本語』(英潮社、昭和五〇年、全集未収録)
福田恆存・宇野精一・土屋道雄編(国語問題協議会監修)『死にかけた日本語――私設・マスコミ校閲部』(英潮

社、昭和五一年、全集未収録）
村松剛・葦津珍彦・福田恆存ほか『元号——いま問われているもの』（日本教文社、昭和五二年、全集未収録）
福田恆存編著『なぜ日本語を破壊するのか』（英潮社、昭和五三年、全集未収録）

福田恆存に関する資料

『東京電燈株式会社開業五十年史』（昭和一一年）
『神田区史』（神田公論社、昭和二年）
『東京下町の昭和史　明治・大正・昭和一〇〇年の記録』（毎日新聞社、昭和五八年）
『錦華の百年』（錦華小学校創立百年記念会、昭和四九年）
『錦華の百拾年』（創立百拾年記念誌委員会、昭和五八年）
『目でみる錦華百二〇年記念誌』（東京都千代田区立錦華小学校創立百二〇年記念事業協賛会、平成五年）
『瑤沙原誌』（旧制浦和高等学校開校五十周年記念事業委員会、旧制浦和高等学校同窓会、昭和四八年）
『瑤沙抄誌——旧制高等学校物語・浦高篇』（財界評論社、昭和四〇年）
『形成』（創刊号〜第八号、古今書院、昭和一四年一二月〜一五年七月）
『日本語』（創刊号〜第四巻第八号、日本語教育振興会、昭和一六年四月〜一九年八月）
『聲』（創刊号〜第一〇号、丸善、昭和三三年一〇月〜三六年一月）
国語問題協議会編『國語問題協議会四十年史』（平成一八年）
国語問題協議会『國語國字』（第一八三号、平成一七年四月）
村尾次郎編『東京教育懇話会志』（昭和五三年）
『大磯町史7通史編　近現代』（大磯町、平成二〇年）

日本文化会議の定例研究会会議録

福田恆存に関する文献（その一・福田を主題にしているもの）

磯田光一「福田恆存論――自由の二元性」（『文藝』昭和四二年一〇月、『昭和作家論集成』新潮社、昭和六〇年所収）
磯田光一「福田恆存氏の卒業論文」（『日本現代文学全集』第一〇三巻、月報、講談社、昭和四二年）
磯田光一・福田善之（対談）「福田恆存　逆説的幻想の論理」（現代の眼編集部『戦後思想家論』、現代評論社、昭和四六年）
井尻千男『劇的なる精神　福田恆存』（日本教文社、平成六年）
岩上順一「戦後の文学界」（『前衛』第一七号、昭和二二年）
岩波剛「逆説の現代喜劇」（『テアトロ』平成二三年八月号）
岩本真一「福田恆存の「近代の超克」論――「言葉」と「共同体」」（『超克の思想』水声社、平成二〇年）
江藤淳「福田恆存の「シェイクスピア」」（『文學界』平成七年二月号、『人と心と言葉』文藝春秋、平成七年、所収）
江藤淳・永井陽之助・高橋和巳・いいだもも「討論・現代知識人の役割・福田恆存氏の論文をめぐって」（『毎日新聞』昭和四三年三月一三日～二一日）
遠藤浩一『福田恆存と三島由紀夫』上・下巻（麗澤大学出版会、平成二二年）
大岡昇平「隣人・福田恆存」（『新潮』昭和三六年九月号）
大場健治「福田恆存のシェイクスピア翻訳」（『テアトロ』平成二三年八月号）
大西巨人「「理想人間像」とは何か」（『文化展望』昭和二四年四月、『大西巨人文選1　新生1946―195

6』みすず書房、平成八年所収）
小川徹「人間水族館・福田恆存」（『現代の眼』昭和三八年三月号）
荻久保泰幸「福田恆存覚書——戦中から戦後へ」（『昭和文学研究』昭和六〇年二月）
奥野健男「解説」（『日本現代文学全集』第一〇三巻、講談社、昭和四二年）
小澤純「比喩と道化——福田恆存『太宰と芥川』におけるロレンス『黙示録論』」（『太宰治スタディーズ』平成二〇年六月）
小田切秀雄「新文学の立場——伝統との関係」（『潮流』昭和二一年七月号）
加藤道夫「福田恆存の戯曲」（『東京新聞』昭和二五年四月一日）
苅部直「政治と偽善——丸山眞男・福田恆存の論争から」（『大航海』第四〇号、平成一三年）
兼子昭一郎「現代の名工　福田恆存の孤独」（『正論』平成七年二月号）
金子光彦『福田恆存論』（近代文藝社、平成八年）
川村湊「福田恆存の日本語・時枝誠記の国語」（『海を渡った日本語——植民地の「国語」の時間』青土社、平成一六年）
川久保剛「小・中・高校時代の福田恆存——新資料を用いて」（『麗澤学際ジャーナル』第一九巻第一号、麗澤大学、平成二三年）
川久保剛「昭和戦前・戦中期の福田恆存——原点としての「凡俗」の倫理」（『麗澤学際ジャーナル』第一六巻二号、麗澤大学、平成二〇年）
川久保剛「昭和二十年代前半の福田恆存（上）——「新しい人間」の思想史から」（『麗澤学際ジャーナル』第一六巻第一号、麗澤大学、平成二〇年）
金聖鎮「白鶴のような哲学者」（『文學界』平成七年二月号）

金田一春彦「福田恆存君を偲ぶ」(『This is 読売』平成七年一二月号)
久米明「理事長・恆存先生」(『文學界』平成七年二月号)
越部良一「福田恆存——絶対者のまなざし」(峰島旭雄編著『戦後思想史を読む』北樹出版、平成九年)
越部良一「福田恆存と小林秀雄——自己を超えるものをめぐって」(『別冊・比較思想研究』第二三号、平成九年)
佐伯彰一「哀悼・福田恆存　批評家魂のサムライ」(『文藝春秋』平成七年一月号)
坂本多加雄「「二元論」の逆説」(『知識人——大正・昭和精神史断章』〈20世紀の日本　第一一巻〉読売新聞社、平成八年)
坂本多加雄「近・現代史を知る500の良書」(アンケート回答)(『諸君!』平成一三年七月号)
塩野七生「福田先生のこと」(『文學界』平成七年二月号)
鈴木由次「福田恆存と俳句」(『國語國字』第一八九号)
高澤秀次「論争家福田恆存の戦い」、「福田恆存」(『戦後知識人の系譜』秀明出版会、平成一〇年)
竹内洋「福田恆存の論文と戯曲の波紋」(『革新幻想の戦後史』中央公論社、平成二三年)
谷崎昭男「ツルのように」(『花のなごり——先師　保田與重郎』新学社、平成九年)
谷崎昭男「福田恆存」(『ポリタイア』第二巻三号、近畿大学出版部、昭和四四年)
陳鵬仁「福田恆存先生の思い出」(『文學界』平成七年二月号)
土屋道雄『福田恆存と戦後の時代——保守の精神とは何か』(日本教文社、平成元年)
　＊資料的に貴重。
筒井康隆「攻撃的な喜劇」(『やつあたり文化論』新潮文庫、昭和五四年)
坪内祐三「いまこそ問う福田恆存か丸山眞男か」(『諸君!』平成八年一一月号、『ストリートワイズ』晶文社、

平成九年所収）
坪内祐三「二人の保守派――江藤淳と福田恆存」（『諸君！』平成一一年一〇月号、「生き方としての保守と主義としての保守」と改題のうえ『後ろ向きで前へ進む』晶文社、平成一四年所収）
坪内祐三「一九七九年の福田恆存」（『ストリートワイズ』晶文社、平成九年）
坪内祐三「解説」（『福田恆存文芸論集』講談社文芸文庫、平成一六年）
中澤伸弘「福田恆存の逸文」（『会報あらたま』荒魂之会、平成一七年四月一〇日）
中村保男『絶対の探求――福田恆存の軌跡』（麗澤大学出版会、平成一五年）
＊資料的に貴重。
西尾幹二「行動家・福田恆存の精神を今に生かす」（『諸君！』平成一七年二月号、「「素心」の思想家・福田恆存の哲学」と改題のうえ、『真贋の洞察』文藝春秋、平成二〇年に所収）
＊資料的に貴重。
西部邁「保守思想の真髄」（『思想史の相貌――近代日本の思想家たち』世界文化社、平成三年）
橋川文三「町奴の心意気」（『図書新聞』昭和三三年三月七日号）
浜崎洋介『福田恆存　思想の〈かたち〉――イロニー・演戯・言葉』（新曜社、平成二三年）
本多秋五「実生活と芸術の混同を斥ける福田恆存」（『物語戦後文学史』上巻、新潮社、昭和四一年）
福田逸「（父の肖像）粗忽親父」（『かまくら春秋』平成一四年一〇月号）
古田高史「福田恆存のD・H・ロレンス受容」（『筑波大学地域研究』第三二号、平成二三年）
前田嘉則『文学の救ひ――福田恆存の言説と行為と』（郁朋社、平成一一年）
三浦小太郎「日韓保守連携の思想的原点　福田恆存を読み直す」（『嘘の人権　偽の平和』高木書房、平成二二年）

水崎野里子「福田恆存とシェイクスピア」(『論集』第五二巻、平成一二年)
持丸博・佐藤松男『証言三島由紀夫・福田恆存　たった一度の対決』(文藝春秋、平成二二年)
由井哲哉「全体感の喪失と自己劇化のプロセス――福田恆存の『マクベス』観」(『英語青年』平成一八年一一月号)
吉田健一「万能選手・福田恆存――その人と作品」(『別冊文藝春秋』昭和三〇年八月、『三文文士』講談社文芸文庫、平成三年所収)

福田恆存に関する文献（その二・福田に言及しているもの）

青山光二『純血無頼派の生きた時代――織田作之助・太宰治を中心に』(双葉社、平成一三年)
浅利慶太『時の光の中で――劇団四季主宰者の戦後史』(文藝春秋、平成一六年)
渥美國泰『岸田國士論考――近代知識人の宿命の生涯』(近代文藝社、平成七年)
家永三郎、川島武宜・宮城音弥（座談会）「日本人とは何か」(『知性』昭和三〇年五月号)
石塚為雄「カリン先生とギリシャ語」(『田中美知太郎全集』第七巻、月報、筑摩書房、昭和四四年)
磯田光一『戦後史の空間』(新潮社、昭和五八年)
磯田光一「『吉本隆明論』のモチーフ」(『磯田光一著作集』第二巻、小沢書店、平成二年)
石原萠記・奈須田敬「丸山史観から司馬史観まで」(『諸君!』平成一四年二月号)
上丸洋一『『諸君!』『正論』の研究――保守言論はどう変容してきたか』(岩波書店、平成二三年)
エドワード・G・サイデンステッカー『流れゆく日々――サイデンステッカー自伝』(時事通信社、平成一六年)
遠藤周作『深い河』(講談社、平成五年)
遠藤周作『『深い河』創作日記』(講談社文庫、平成一二年)

大西巨人「新しい文学的人間像」(『思潮』昭和二三年一二月号、『大西巨人文選1　新生1946―1956』みすず書房、平成八年所収)
大平章「日本の戦後文学とロレンス」(日本ロレンス協会編『D・H・ロレンスと現代』国書刊行会、平成九年)
岡本謙次郎『運慶論』(眞善美社、昭和二三年)
小川徹『花田清輝の生涯』(思想の科学社、昭和五三年)
小田実『日本の知識人』(講談社文庫、昭和五五年)
小田切秀雄「文学と近代主義の問題――回想を通して――」(『現代日本思想体系』第三四巻、月報、昭和三九年七月)
小田切秀雄「禁欲主義について」(『新潮』昭和二三年七月号)
大笹吉雄『日本現代演劇史　昭和戦後篇I』(白水社、平成九年)
大笹吉雄『戦後演劇を撃つ』(中央公論新社、平成一三年)
奥武則『論壇の戦後史　1945―1970』(平凡社新書、平成一九年)
小熊英二『〈民主〉と〈愛国〉――戦後日本のナショナリズムと公共性』(新曜社、平成一四年)
小熊英二『清水幾太郎――ある戦後知識人の軌跡』(神奈川大学評論ブックレット26、御茶ノ水書房、平成一五年)
粕谷一希『中央公論社と私』(文藝春秋、平成一一年)
粕谷一希『戦後思潮――知識人たちの肖像』(藤原書店、平成二〇年)
粕谷一希『作家が死ぬと時代が変わる――戦後日本と雑誌ジャーナリズム』(日本経済新聞社、平成一八年)
河上徹太郎「解説」(『嘉村磯多全集』上巻、南雲堂桜楓社、昭和三九年)
苅部直『移りゆく「教養」』(NTT出版、平成一九年)

北見治一『回想の文学座』（中公新書、昭和六二年）
栗田治夫氏の回想文（『掛中掛西高百年史』平成一一年）
久野収「特別インタビュー・京都学派と30年代の思想」（『批評空間』平成七年四月号）
紅野敏郎『昭和文学の水脈』（講談社、昭和五八年）
紅野敏郎「逍遙・文学誌（第一七七回）戦争末期と戦後早々の『日本文学者』」（『国文学』平成一八年三月号）
小島信夫「年譜」（『美濃』講談社文芸文庫、平成二一年）
小林広一「幻の「近代文学」から見た戦後史」（『日本文学』平成一五年一一月号）
小谷野敦編著『翻訳家列伝101』（新書館、平成二一年）
今東光・中河与一・堀口大學・前川左美雄・保田與重郎・池田栄三郎・林房雄座談会「大和路の万葉歌碑」（『浪漫』昭和四八年一月号）
佐伯彰一編『批評58〜70文学的決算』（番町書房、昭和四五年）
坂口安吾「花田清輝」（『新小説』昭和二二年一月号）
坂口安吾・小林秀雄「伝統と反逆」（『作品』昭和二三年八月号）
向坂隆一郎「手記」（『回想の向坂隆一郎』向坂隆一郎追悼集編集会、昭和五九年）
佐藤誠三郎『笹川良一研究——異次元からの使者』（中央公論社、平成一〇年）
佐藤光『21世紀に保守的であるということ——反時代的考察としての同時代論』（ミネルヴァ書房、平成一二年）
佐藤光『マイケル・ポランニー「暗黙知」と自由の哲学』（講談社選書メチエ、平成二二年）
白川浩司『オンリー・イエスタデイ1989——「諸君！」随想』（小学館、平成二三年）
嶋中鵬二「編集後記」（『中央公論』昭和二九年一二月号）
清水幾太郎『わが人生の断片』（上巻、文春文庫、昭和六〇年）

清水幾太郎・川上源太郎（対談）「二十世紀研究所」（『季刊社会思想』昭和四六年一〇月号）
進藤純孝「自分の呼吸で哲学する」（『田中美知太郎全集』第一〇巻、月報、筑摩書房、昭和四五年）
新保祐司・富岡幸一郎『日本の正統』（朝文社、平成九年）
絓秀実『「超」言葉狩り論争』（情況出版、平成七年）
絓秀実「抑圧の装置について――チャタレイ裁判」（『新潮』昭和六三年一二月号）
絓秀実『探偵のクリティック――昭和文学の臨界』（思潮社、昭和六三年）
杉森久英『大政翼賛会前後』（文藝春秋、昭和六三年）
鈴木忠志・中村雄二郎『（エナジー対話）劇的言語』（エッソ・スタンダード石油株式会社広報部、昭和五一年）
扇田昭彦『世界は喜劇に傾斜する』（沖積舎、昭和六〇年）
扇田昭彦『舞台は語る――現代演劇とミュージカルの見方』（集英社新書、平成一四年）
高井有一『昭和の歌　私の昭和』（講談社、平成八年）
田久保忠衛『激流世界を生きて　わが師わが友わが後輩』並木書房、平成一九年）
田中清玄『田中清玄自伝』（インタビュー・大須賀瑞夫）（文藝春秋、平成五年）
田中美知太郎『時代と私』（新装版、文藝春秋、昭和五九年）
谷崎昭男「文学という思想について――保田與重郎と戦争」（『花のなごり――先師　保田與重郎』新学社、平成九年）
檀一雄『太宰と安吾』（沖積舎、昭和四三年）
土屋道雄『新たなる出発――我が半生』（笠原書房、平成一八年）
　＊資料的に貴重。
土屋道雄『小原台の青春――防衛大学生の日記』（高木書房、平成六年）

＊資料的に貴重。
土屋道雄『国語問題論争史』（玉川大学出版部、平成一七年）
筒井康隆「演技者志願」（『やつあたり文化論』新潮文庫、昭和五四年）
都築勉『戦後日本の知識人――丸山眞男とその時代』（世織書房、平成七年）
戸板康二『回想の戦中戦後』（青蛙房、昭和五四年）
戸板康二『わが人物手帖』（白凰社、昭和三七年）
中村智子『「風流夢譚」事件以後――編集者の自分史』（田畑書店、昭和五一年）
中村雄二郎『日本の思想界――自己確認のために』（勁草書房、昭和五五年、増補版）
中村雄二郎「小島さんのつよさ」（『小島信夫全集』第六巻、月報、講談社、昭和四六年）
中野康雄「眞善美社始末」（『花田清輝全集』別巻二、月報一七、講談社、昭和五五年）
七北数人『評伝坂口安吾――魂の事件簿』（集英社、平成一四年）
西尾実『国語教師としての歩み』（『西尾実国語教育全集』第一〇巻、教育出版、昭和五一年）
西部邁・中島岳志『保守問答』（講談社、平成二〇年）
根津朝彦「編集者粕谷一希と『中央公論』――「現実主義」論調の潮流をめぐって」（『総研大文化科学研究』第四号、平成二〇年）
野口冨士男『感触的昭和文壇史』（文藝春秋、昭和六一年）
野原一夫「太宰治と聖書」（『新潮』平成九年一二月号）
花田清輝「八犬伝をめぐって」（『花田清輝全集』第三巻、講談社、昭和五二年）
花田清輝「年譜」（『花田清輝全集』別巻二、講談社、昭和五五年）
林健太郎『歴史と体験』（文藝春秋、昭和四七年）

林達夫「新しき幕明き」(『群像』昭和二五年八月号、『林達夫著作集』第五巻、平凡社、昭和四六年所収)
林達夫「本のもう一つの世界」(『林達夫著作集』第六巻、平凡社、昭和四七年)
林達夫・久野収『思想のドラマトゥルギー』(平凡社、昭和四九年)
原文兵衛『以文會友――折り折りの記』(鹿島出版会、昭和五七年)
原文兵衛『以友輔仁――続折り折りの記』(鹿島出版会、平成七年)
福田和也・小林康夫・絓秀美・西谷修・山城むつみ・浅田彰・柄谷行人「共同討議〈戦前〉の思考」(『批評空間』平成六年四月)
本多秋五「編集後記」(『近代文学』昭和二二年六月号)
松原新一ほか『戦後日本文学史・年表』(『現代の文学』別巻、講談社、昭和五三年)
森朝男「大伴家持の悲しみ」(『保田與重郎文庫12　万葉集の精神』新学社、平成一四年)
森毅『一刀斎の古本市』(日本評論社、平成二年)
森毅『ゆきあたりばったり文学談義』(日本文芸社、平成五年)
松浦総三『「文藝春秋」の研究――タカ派ジャーナリズムの思想と論理』(晩聲社、昭和五二年)
宮本顕治「新しい成長のために」(『前衛』昭和二三年八月号)
矢代静一「福田さんと芝居」(『新潮』平成七年二月号)
矢野誠一『戸板康二の歳月』(文藝春秋、平成八年)
吉川勇一・太田昌国・天野恵一「左翼運動の戦後史」(『インパクション91』インパクト出版会、平成七年)
吉田秀和『音楽紀行』(新潮社、昭和三二年)
吉見良三『空ニモ書カン――保田與重郎の生涯』(淡交社、平成一〇年)
安田武「文化なき「文化人」」(『展望』昭和四三年七月)

安良岡康作『西尾実の生涯と学問』（三元社、平成一四年）
鷲田小弥太『日本資本主義の生命力』（青弓社、平成五年）
渡邊一民『林達夫とその時代』（岩波書店、昭和六三年）
「人物フラッシュ　二十世紀研究所の巻」（『書評』昭和二四年四月号）
『保守反動思想家に学ぶ本――柳田国男から山崎正和まで』（ＪＩＣＣ出版局、昭和六〇年）
財団法人言語文化研究所編『長沼直兄と日本語教育』（開拓社、昭和五六年）

その他

荒正人「横のつながり――人間関係から見た後進国」（『近代文学』昭和二二年一〇月号）
荒正人「三十代の台頭」（『朝日評論』昭和二二年一月号）
荒正人・小田切秀雄・佐々木基一・埴谷雄高・平野謙・本多秋五「文学者の責務」（『人間』昭和二一年四月号）
荒川幾男『昭和思想史――暗く輝ける１９３０年代』（朝日選書、平成元年）
アリストテレス『詩学』（『アリストテレス全集』第一七巻、今道友信訳、岩波書店、昭和四七年）
アリストテレス『気象論』（『アリストテレス全集』第五巻、泉治典訳、岩波書店、昭和四四年）
池島信平「創刊の辞」（『諸君』創刊号、昭和四四年）
石塚義夫「太平洋協会について」（『環』第八号、藤原書店、平成一四年）
石川公彌子『〈弱さ〉と〈抵抗〉の近代国学――戦時下の柳田國男、保田與重郎、折口信夫』（講談社選書メチエ、平成二一年）
梅棹忠夫「生態史観から見た日本」（『文明の生態史観』中公文庫、昭和四九年）
植村和秀『丸山眞男と平泉澄――昭和期日本の政治主義』（柏書房、平成一六年）

植村和秀『昭和の思想』（講談社選書メチエ、平成二二年）
瓜生忠夫・荒正人・小田切秀雄・佐々木基一・埴谷雄高「座談会・大塚久雄を囲んで・近代精神について」『近代文学』昭和二二年八月号。
大熊信行『戦中戦後の精神史』（論創社、昭和五四年）
大嶽秀夫『新左翼の遺産――ニューレフトからポストモダンへ』（東京大学出版会、平成一九年）
大塚信一『哲学者・中村雄二郎の仕事――〈道化的モラリスト〉の生き方と冒険』（トランスビュー、平成二〇年）
大塚久雄「近代的人間類型の創出」（東京大学『大学新聞』昭和二一年四月一一日号、『大塚久雄著作集』第八巻、岩波書店、昭和四四年所収）
大塚久雄「ロビンソン・クルーソーの人間類型――その歴史的意義と限界」（『時代』昭和二二年四月号、前掲『大塚久雄著作集』第八巻所収）
大塚久雄「序」（『近代化の人間的基礎』白日書院、昭和二三年、前掲『大塚久雄著作集』第八巻所収）
岡本太郎「夜の会」、「対極」（『岡本太郎の本1　呪術誕生』みすず書房、平成一〇年）
「特集・岡本太郎」（『ユリイカ』平成一一年一〇月）
奥野健男「「政治と文学」理論の破産」（『文藝』昭和三八年六月号
オスカー・ワイルド「嘘の衰退」（『オスカー・ワイルド全集』第五巻、西村孝次訳、青土社、平成三年）
オスカー・ワイルド「芸術家としての批評家」（『オスカー・ワイルド全集』第四巻、西村孝次訳、青土社、昭和五六年）
加藤周一「IN EGOISTOS」（『近代文学』昭和二二年七月号
苅部直『丸山眞男――リベラリストの肖像』（岩波新書、平成一八年）

苅部直『光の領国　和辻哲郎』（岩波現代文庫、平成二二年）
北河賢三『戦争と知識人』（『日本史リブレット65』山川出版社、平成一五年）
熊野純彦「近代日本哲学の展望――「京都学派」を中心にして」（同編著『日本哲学小史――近代100年の20編』中公新書、平成二一年）
契沖『万葉代匠記』（『契沖全集』第六巻、岩波書店、昭和五〇年）
高坂正堯「現実主義者の平和論」（『中央公論』昭和三八年新年号）
小田中直樹『日本の個人主義』（ちくま新書、平成一八年）
小林秀雄『本居宣長』（『小林秀雄全集』第一四巻、新潮社、平成一四年）
坂口安吾「巻頭随筆」（『現代文学』昭和一八年六月号、『坂口安吾全集』第一四巻、ちくま文庫、平成三年所収）
坂口安吾「エゴイズム小論」（初出誌未詳、昭和二一年、前掲『坂口安吾全集』第一四巻所収）
坂口安吾「愕堂小論」（初出誌未詳、昭和二一年、前掲『坂口安吾全集』第一四巻所収）
坂口安吾「インテリの感傷」（『文藝春秋』昭和二四年三月号、『坂口安吾全集』第一五巻、ちくま文庫、平成三年所収）
坂口安吾「文藝時評」（『東京新聞』昭和二一年七月三日、前掲『坂口安吾全集』第一四巻所収）
清水幾太郎「戦後を疑う」（『中央公論』昭和五三年六月号）
ジョルジュ・バタイユ『呪われた部分』（『ジョルジュ・バタイユ著作集』第六巻、生田耕作訳、二見書房、昭和四四年）
絓秀美『革命的な、あまりに革命的な――「1968年の革命」史論』（作品社、平成一五年）
末木文美士『明治思想家論』（トランスビュー、平成一六年）
菅原潤『昭和思想史とシェリング――哲学と文学の間』（『叢書シェリング入門4』萌書房、平成二〇年）

鈴木貞美『「生命」で読む日本近代――大正生命主義の誕生と展開』（NHKブックス、平成八年）
高田里恵子『グロテスクな教養』（ちくま新書、平成一七年）
高橋義孝「感性の人」（「月報」『保田与重郎全集』第一〇巻、講談社、昭和六一年）
高橋義孝『構想する精神――独逸文学論集』（育英書院、昭和一七年）
高橋義孝『芸術について』（玄理社、昭和二三年）
高見順『昭和文学盛衰史』（文藝春秋、昭和三三年）
田尻祐一郎『江戸の思想史――人物・方法・連環』（中公新書、平成二三年）
田中久文「虚無からの形成力」（日本哲学史フォーラム編『日本の哲学』第二号、昭和堂、平成一三年）
田中宣一「生活改善諸活動と民俗の変化」（成城大学民俗学研究所編『昭和期山村の民俗変化』名著出版、平成二年）
丹治愛『モダニズムの詩学――解体と創造』（みすず書房、平成六年）
田中美知太郎「日蝕」（『形成』第二号、昭和一五年一月）
田中美知太郎「現代への責任」（『読売新聞』昭和四三年六月一四日夕刊）
田村秋子・内村直也『築地座――演劇美の本質を求めて』（丸ノ内出版、昭和五一年）
辻橋三郎『昭和文学ノート』（桜楓社、昭和四九年）
D・H・ロレンス研究会『ロレンス研究――「チャタレイ卿夫人の恋人」』（朝日出版社、平成一〇年）
T・S・エリオット『文化とは何か』（深瀬基寛訳、アテネ新書、昭和二六年）
T・マン「われわれの経験から見たニーチェの哲学」（『トーマス・マン全集』第九巻、三城満禮訳、新潮社、平成八年）
T・マン『トニオ・クレエゲル』（『トーマス・マン全集』第八巻、高橋義孝訳、新潮社、昭和四六年）

遠山静雄『アドルフ・アピア――現代舞台芸術の父』(相模書房、昭和五二年)
富田祥之亮「むらの生活革命・暮らしの都市化」(『都市の暮らしの民俗学』第一巻、吉川弘文館、平成一八年)
永井龍男『石版東京図絵』(中公文庫、昭和五〇年)
永井陽之助「日本外交における拘束と選択」(『中央公論』昭和四一年三月号)
中村雄二郎『魔女ランダ考』(岩波書店、昭和五八年)
中村雄二郎『悪の哲学ノート』(岩波書店、平成六年)
中村雄二郎「進歩の代償」(『毎日新聞』昭和五一年一一月三〇日)
日本近代文学館編『日本近代文学事典(新聞・雑誌)』(講談社、昭和五二年)
橋川文三『日本浪曼派批判序説』(未來社、昭和三五年)
橋川文三「日本保守主義の体験と思想」(『戦後日本思想体系7　保守の思想』筑摩書房、昭和四三年)
秦郁彦『旧制高校物語』(文春新書、平成一五年)
花田清輝「ゆうもれすく」(『喜劇悲劇』昭和二四年四月号、『花田清輝全集』第四巻、講談社、昭和五二年所収)
花田清輝「仮面の表情」(『群像』昭和二四年三月号、『花田清輝全集』第四巻、昭和五二年所収)
花田清輝「楕円幻想――ヴィヨン」(『復興期の精神』昭和二一年、『花田清輝全集』第二巻、昭和五二年所収)
ファニー・ドゥルーズ、ジル・ドゥルーズ『情動の思考』(鈴木雅大訳、朝日出版社、昭和六一年)
深沢七郎「風流夢譚」(『中央公論』昭和三五年一二月号)
富士川義之『英国の世紀末』(新書館、平成一一年)
フランシス・ファーガソン『演劇の理念』(山内登美雄訳、未來社、昭和三三年)
フリードリッヒ・ニーチェ『悦ばしき知識』(『ニーチェ全集』第八巻、信太正三訳、理想社、昭和三七年)
増口充「D・H・ロレンスと日本」(日本ロレンス協会編『D・H・ロレンスと現代』国書刊行会、平成九年)

松尾尊兊『わが近代日本人物誌』（岩波書店、平成二三年）
松本輝夫「保田与重郎覚書――イロニーとしての日本」（『早稲田文学』昭和四六年一二月）
松本道介「日本におけるトーマス・マン」（『近代自我の解体』勉誠社、平成七年）
丸山眞男「近代日本の知識人」（『後衛の位置から』未來社、昭和五七年、『丸山眞男集』第一〇巻、岩波書店、平成一〇年所収）
丸山眞男「近代的思惟」（『文化会議』昭和二一年一月号、『丸山眞男集』第三巻、岩波書店、平成九年所収）
丸山眞男「日本における自由主義の形成と特質」（『帝国大学新聞』昭和二二年八月二一日、前掲『丸山眞男集』第三巻所収）
丸山眞男「超国家主義の論理と心理」（『世界』昭和二一年五月号、前掲『丸山眞男集』第三巻所収）
三木清『構想力の論理』（燈影舎、『京都哲学撰書』第一八巻、平成一三年、『三木清全集』第八巻、岩波書店、昭和四二年）
宮本常一「生活から何が失われたか――古きよきものの意味」（『展望』昭和四三年六月号）
宮本常一『民俗学の旅』（文藝春秋、昭和五三年、講談社学術文庫、平成五年）
迷信調査協議会編『生活慣習と迷信』（技報堂、昭和三〇年）
本居宣長『鈴屋答問録』（『本居宣長全集』第一巻、筑摩書房、昭和四三年）
本居宣長『紫文要領』（『本居宣長全集』第四巻、筑摩書房、昭和四四年）
森田実『進歩的文化人の研究――体験的戦後史レポート』（サンケイ出版、昭和五三年）
米原謙『日本的「近代」への問い――思想史としての戦後政治』（新評論、平成九年）
保田與重郎「ルツインデの反抗と僕のなかの群衆」（『コギト』昭和九年一一月号、『保田與重郎全集』第三巻、講談社、昭和六一年所収）

保田與重郎「二つの論文（新しき芸術学への試み――文学時評）」（『コギト』昭和七年七月号、『保田與重郎全集』第六巻、講談社、昭和六一年所収）
渡辺和靖『保田與重郎研究――一九三〇年代思想史の構想』（ぺりかん社、平成一六年）
和辻哲郎『倫理学』（『和辻哲郎全集』第一〇、一一巻、岩波書店、平成二年）
柳田國男「平凡と非凡」（『柳田國男集』第二四巻、筑摩書房、昭和三八年）

おわりに

本書を終えるにあたって、まずは読者各位に感謝申し上げたい。

次に、これまで筆者の研究を支えてくださった方々に感謝の意を表明したい。ここに、一部の方のお名前だけ挙げさせて頂く。

まず学生時代から今日に至るまでご教示を賜っている水野治太郎先生。そして、大橋容一郎先生、熊野純彦先生、原田貞義先生、石川秀巳先生、菅原潤先生、浅野裕一先生。麗澤大学及び公益財団法人モラロジー研究所道徳科学研究センターの教職員諸氏、麗澤大学外国語学部の学生諸氏にも感謝申し上げたい。

本書執筆にあたってお世話になった方々にも謝意を表したい。

まず苅部直先生。苅部先生は、『日本思想史ハンドブック』（苅部直・片岡龍編、新書館、二〇〇八年）を編まれるにあたって、筆者に「戦後文学の思想」というテーマで執筆するよう声をかけてくださった。筆者はそこで、福田恆存の戦後批判について執筆させて頂いた。

その原稿に関心を寄せてくださり、本書を執筆するよう勧めてくださったのが、ミネルヴァ書房編集部の田引勝二氏である。浅学菲才の筆者を導いてくださった田引氏に深く御礼申し上げる次第である。

本書刊行にあたり尽力を賜ったミネルヴァ書房編集部の岩崎奈菜氏にも厚く御礼申し上げる次第である。

また刊行に向けご協力を賜った福田敦江氏と福田逸氏にも心より御礼申し上げる次第である。

最後に本書は、筆者の学業時代を長きにわたって支えてくれた父母、川久保忠興・泰子に捧げたい。

二〇一二年三月

川久保　剛

福田恆存年譜

和暦	西暦	齢	関連事項	一般事項
大正元	一九一二	1	8・25父幸四郎、母まさの長男として誕生。戸籍には下谷区（現在の台東区）御徒町二丁目九番地で出生と記されているが、母によると、出生地は東京市本郷区（現在の文京区）東片町、初宮参りは根津権現。	
四	一九一五	4	東京電燈株式会社勤務の父の転任の度に転々と居を移し、この頃、神田区錦町一丁目一三番地（後に一〇番地と改称）の二軒長屋に居を定める。11月妹・悠紀枝誕生。	
六	一九一七	6	夏頃、立て続けに肋膜炎、赤痢、ジフテリアを患い、入院。	3・12ロシア革命。
八	一九一九	8	4月東京市立錦華小学校（現在のお茶の水小学校）に入学。	
九	一九二〇	9	2月妹・妙子誕生。	

一二	一九二三	12	7月弟・二郎誕生。9月関東大震災により家を焼かれ鶴見の叔母夫婦宅に、翌年一月初めまで身を寄せる。その間、潮田尋常小学校に通学。その後、元の錦町に一戸建ての家を建てて戻る。	9・1関東大震災。
一四	一九二五	14	4月第二東京市立中学校（現在の上野高等学校）に入学。弟・二郎を亡う。	5・12治安維持法施行。
昭和二	一九二七	16	4月妹・伸子誕生。	7・24芥川龍之介没。
四	一九二九	18	3月中学四年修了で浦和高等学校を受験したが不合格。	10・24世界恐慌始まる。
五	一九三〇	19	浦和高等学校（現在の埼玉大学）文科甲類に入学。この年、父が退職。以後、書道教授で家族を養う。	
七	一九三二	21	この頃より戯曲に興味をもつ。築地座の脚本募集に応じ、「或る街の人」が佳作となる。	5・15五・一五事件。
八	一九三三	22	4月東京帝国大学文学部英吉利文学科に入学。『演劇評論』同人となる。	1・30ナチス政権成立。
一一	一九三六	25	3月東京帝国大学卒業。戯曲「別荘地帯」（『演劇評論』四月号）を発表。この年、大学卒業により徴兵検査を受け丙種合格兵役免除となる。	2・26二・二六事件。
一二	一九三七	26	1月高橋義孝に誘われ、『行動文学』同人となる。同誌二月号に「横光利一と「作家の秘密」」を発表。	7・7日中戦争始まる。

			4月一年待てども就職がないため、東大大学院に入る。	
一三	一九三八	27	3月大学院の研究報告に「マクベス」を発表。5月静岡県立掛川中学校に赴任。校長と対立し、翌年七月退職。	4・1国家総動員法公布。
一四	一九三九	28	第二次『作家精神』三月号に「嘉村礒多」を発表。	9・1第二次世界大戦勃発。
一五	一九四〇	29	西尾實の紹介により、古今書院から創刊された雑誌『形成』の編集者となる。編集を通して、岸田國士、小林秀雄、田中美知太郎を識る。この頃、白崎秀雄に誘われ白樺派の八幡関太郎について漢文講読を受ける。	10・12大政翼賛会発会。
一六	一九四一	30	5月「芥川龍之介論（序説）」（『作家精神』六月号）を発表。この年、D・H・ロレンス『アポカリプス』を翻訳。渡邊一夫の紹介で白水社から出版されるはずだったが、当時の情勢から実現不可能となる。西尾實の紹介で、日本語教育振興会に入り、『日本語』の編集に携わる。その間、神奈川県立湘南中学校、浅野高等工学校、日本大学医学部予科などの嘱託、講師を兼任する。	12・8大東亜戦争始まる。
一七	一九四二	31	9月「ロレンス『アポカリプス論』覚書」（『新文	

			学』一〇月号）を発表。この年、九月末より一二月初めまで、日本語教育振興会から命じられて、当時の満州、蒙古、北支、中支を視察。	
一九	一九四四	33	春、日本語教育振興会を退職。太平洋協会アメリカ研究室の研究員となる。	
二〇	一九四五	34	1月西尾實の媒酌により西本直民の長女敦江と結婚。3月あらゆる公職を辞して防空壕掘りに専従。5月罹災。西尾實方に寄寓する。後に、家族は静岡県に疎開。六月より、東京女子大学に講師として週一回出講。10月長男・適誕生。	3・9〜10東京大空襲。7・26ポツダム宣言。8・15終戦の詔書。
二一	一九四六	35	2月「民衆の心」（『展望』三月号）を発表。3月神奈川県大磯町に間借りし疎開先より家族を呼び寄せる。12月大磯町の山下亀三郎の別荘に間借りする。	11・3日本国憲法公布。
二二	一九四七	36	1月「人間の名において」（『新潮』二月号）を発表。4月「一匹と九十九匹と」（『思索』春季号）、「近代の宿命」（『文学会議』第一号）、「近代の克服」（『展望』五月号）を発表。7月父・幸四郎他界、享年六六。9月自身初の評論集『作家の態度』（中央公論社）を刊行。11月『近代の宿命』（東西文庫）刊行。12月『平衡感覚』（眞善美社）刊行。この年、『批	2・1二・一ゼネスト中止。

			評』同人となる。中村光夫、吉田健一と「鉢木会」を作る。	
二三	一九四八	37	1月次男・逸誕生。3月太宰治を論じた「道化の文学」(『群像』六、七月号)発表。8月戯曲「最後の切札」(『次元』九月号)発表。10月『太宰と芥川』(新潮社)刊行。12月『白く塗りたる墓』(河出書房)刊行。借家に引っ越し。	
二四	一九四九	38	2月小説「ホレイショー日記」(『作品』第三号)を発表。『現代作家』(新潮社)刊行。8月『西欧作家論』(創元社)、『小説の運命』(角川書店)刊行。9月『否定の精神』(銀座出版社)刊行。10月坂口安吾を訪ねる。12月戯曲「キティ颱風」(『人間』昭和二五年一月号)発表。	10・1中華人民共和国成立。11・3湯川秀樹にノーベル物理学賞。
二五	一九五〇	39	1月戯曲「堅塁奪取」(『劇作』二月号)を発表。3月「キティ颱風」を文学座により上演。5月妹・伸子、勝呂忠(画家・美術家)と結婚。6月『芸術とはなにか』(要書房)刊行。8月岸田國士を中心に「雲の会」を作る。11月ロレンス『恋する女たち』上巻(小山書店)翻訳刊行。岸田國士「道遠からん」を文学座より演出(岸田と共同)・上演。12月	6・25朝鮮戦争勃発。

二六	一九五一	40	「堅塁奪取」を文学座アトリエにて上演。**2月**『恋する女たち』中巻、およびT・S・エリオット『カクテル・パーティ』を小山書店より翻訳刊行。**5月**チャタレイ裁判の特別弁護人を引き受ける。大岡昇平「武蔵野夫人」を脚色し、『演劇』創刊号に発表。**11月**ロレンス『アポカリプス論』を『現代人は愛しうるか』と題し白水社から翻訳刊行。**12月**戯曲「龍を撫でた男」（『演劇』一月号）発表。	9・8サンフランシスコ講和条約。
二七	一九五二	41	**1月**チャタレイ裁判の最終弁論を「結婚の永続性」と題し『文學界』二月号に発表。**6月**戯曲「現代の英雄」（『群像』七月号）発表。「現代の英雄」を俳優座により上演。**10月**文学座に入る。「龍を撫でた男」を文学座により上演。「恋愛と人生」（『婦人画報』昭和二八年一月号～七月号）を発表。	
二八	一九五三	42	**1月**「龍を撫でた男」により第四回読売文学賞を受賞。**3月**小説「謎の女」を『新大阪』に八月まで連載。**4月**『福田恆存集』（河出書房・新文学全集）刊行。**9月**ロックフェラー財団の奨学金で留学。翌年三月までアメリカ・ニューヨークに滞在。	
二九	一九五四	43	**3月**ワイルド『獄中記』（新潮文庫）翻訳刊行。『現	3・1ビキニ水爆実験、第五福

			代世界文学全集』第二六巻に、T・S・エリオット「カクテル・パーティ」「一族再会」「寺院の殺人」を翻訳・収録し、新潮社より刊行。**4月**イギリス・ロンドンに移る。**7月**ロンドンを去り、パリ、ベルリン、チューリッヒ、ローマ、アテネ、イスタンブールなどを経て、九月初めに帰国。**11月**講演「文化とは何か」（ＮＨＫ）。「平和論の進め方についての疑問」（『中央公論』一二月号）発表。**12月**詩劇「崖のうへ」（『文學界』昭和三〇年一月号）発表。「日本及び日本人」（『文藝』昭和三〇年一月号〜一〇月号）発表。大磯町大磯五一三番地に移り、生涯の住み家とする。	竜丸被曝。
三〇	一九五五	44	**1月**妹・妙子、加藤和夫（役者）と結婚。**5月**『シェイクスピア全集』第一回配本『ハムレット』を河出書房より翻訳刊行。「ハムレット」を文学座アトリエで演出上演。**6月**「人間・この劇的なるもの」（『新潮』七月号〜翌年五月号）を発表。**8月**「幸福への手帖」（『若い女性』九月号〜翌年一二月号）発表。**9月**「国語改良論に再考を促す」（『知性』一〇月号）発表、金田一京助と論争をする。**12月**シェイ	**10・13**社会党統一。**11・15**自民党結成。この年から、神武景気（〜一九五七）。

			クスピア全集翻訳により第二回岸田演劇賞（新潮社）受賞。	
三一	一九五六	45	**1月**「ハムレット」の翻訳、演出により第六回芸術選奨文部大臣賞を受賞。**3月**戯曲「明暗」（「崖のうへ」に補筆したもの）を、文学座二〇周年記念公演として上演。**4月**田中眞洲について書を学び始める。この頃、文学座を退座。**9月**「一度は考へておくべき事」（『新潮』一〇月号～翌年九月号）発表。**12月**『幸福への手帖』（新潮社）刊行。岡本謙次郎、小島信夫、中村雄二郎などとともに「アルプス会」を作る。この頃から、弓を習い始める。	10・19日ソ国交回復。2・24スターリン批判。10・23ハンガリー事件。
三二	一九五七	46	**2月**戯曲「明智光秀」（『文藝』三月号）発表。**6月**戯曲「一族再会」（『文學界』七月号）発表。「私の演劇白書」（『芸術新潮』七月号～翌年八月号）発表。『人間・この劇的なるもの』（新潮社）刊行。**8月**ロレンス『死んだ男・てんたう虫』（新潮文庫）翻訳刊行。**9月**『福田恆存著作集』全八巻を翌年六月まで新潮社より順次刊行。**11月**『劇場への招待』（新潮社）刊行。この年、中村保男など福田に師事する若い人々が「蔦の会」を作る。	

三三	一九五八	47	9月鉢木会の仲間（中村光夫、吉田健一、大岡昇平、三島由紀夫、吉川逸治）と共に季刊誌『聲』を丸善より創刊。「一族再会」を文学座アトリエにて上演。10月「マクベス」を文学座より演出上演。12月「批評家の手帖」（『新潮』昭和三四年一月号～一二月号）発表。『私の演劇白書』（新潮社）刊行。	
三四	一九五九	48	1月ワイルド『サロメ』（岩波文庫）刊行。4月「象徴を論ず」（『文藝春秋』五月号）発表。10月河出書房倒産のため、新潮社より『シェイクスピア全集』を刊行。11月岩下保等に相談され小汀利得と共に国語問題協議会を設立。	
三五	一九六〇	49	6月「オセロー」を松本幸四郎と文学座により演出上演。7月『伝統に対する心構』（『日本文化研究』第八巻、新潮社）刊行。8月「常識に還れ」（『新潮』九月号）を発表。12月『私の国語教室』（新潮社）刊行。	6・23新安保条約発効。
三六	一九六一	50	1月『私の国語教室』『批評家の手帖』『常識に還れ』により第一二回読売文学賞を受賞。2月「論争のすすめ」（『中央公論』三月号）を発表。9月戯曲「有間皇子」（『文學界』一〇月号）を発表、芸術座	2・1嶋中事件。

			により上演。「ジュリアス・シーザー」を文学座二五周年記念のアトリエ公演として演出上演。「現代の悪魔」（『紳士読本』一一月号）を発表。	
三七	一九六二	51	「自由と平和」（『自由』二月号）を発表。	
三八	一九六三	52	**1月**劇団「雲」を創立。**4月**「雲」旗揚げ公演に「夏の夜の夢」を演出上演。**5月**財団法人現代演劇協会を設立。改めて「雲」をその付属劇団とする。	
三九	一九六四	53	**6月**アメリカにおけるシェイクスピア生誕四〇〇年祭に妻と共に招かれて渡米。**10月**読売新聞社、日本文化フォーラム共催の世界平和推進会議に日本代表として出席。基調報告「平和の理念」を提出、『自由』一二月号に発表。	10・10〜24東京オリンピック開催。
四〇	一九六五	54	**4月**イギリス政府の援助を受け演出家マイケル・ベントールを招き「ロミオとジュリエット」を「雲」により上演。**6月**「アメリカを孤立させるな」（『文藝春秋』七月号）、「当用憲法論」（『潮』八月号）を発表。**12月**「雲」の姉妹劇団として「欅」を結成。	6・22日韓基本条約調印。2・7ベトナム戦争始まる（〜一九七五）。
四一	一九六六	55	**1月**「建白書」（『潮』二月号〜九月号）を発表。**11月**『福田恆存評論集』全七巻を新潮社より全巻同時刊行。	5・16中国文化大革命始まる。

四二	一九六七	56	2月戯曲「億萬長者夫人」(『展望』三月号)を発表。3月「億萬長者夫人」を「欅」により演出上演。11月『シェイクスピア全集』第一期一五巻訳了により日本翻訳家協会第四回日本翻訳文化賞を受賞。	
四三	一九六八	57	1月「知識人とは何か」(『毎日新聞』)発表。『シェイクスピア全集』第一期一五巻訳了により第一九回読売文学賞を受賞。6月戯曲「解つてたまるか!」(『自由』七月号)を発表。同作を劇団「四季」により上演。財団法人日本文化会議発足。7月「偽善と感傷の国」(『文藝春秋』八月号)を発表。	10・17川端康成にノーベル文学賞。
四四	一九六九	58	4月京都産業大学教授に就任。月一回の集中講義を行う。5月『日本を思ふ』(文藝春秋)刊行。6月「利己心のすすめ」(『諸君』創刊号)を発表。	1・19東大安田講堂封鎖解除。
四五	一九七〇	59	6月戯曲「総統いまだ死せず」(『別冊文藝春秋』第一一二号)を発表。日本万国博覧会のキリスト教館において福田訳エリオット「寺院の殺人」を雲により演出上演。7月「総統いまだ死せず」を四季により上演。11月「乃木将軍は軍神か愚将か」(『中央公論』臨時増刊「歴史と人物」号)を発表。	3・14〜9・13日本万国博覧会開催。11・25三島由紀夫自決。
四六	一九七一	60	「総統いまだ死せず」により新潮社の第三回日本文	6・17沖縄返還協定調印。

			学大賞を受賞。	
四七	一九七二	61	5月天皇陛下の春の園遊会に招かれ、お言葉を賜る。11月奈良県桜井市の大神神社に参り、保田與重郎の「土舞台」顕彰の行事に参加。	2・19〜28浅間山荘事件。5・15沖縄本土復帰。
四八	一九七三	62	3月母まさ他界、享年八九。『言論の自由といふ事』（新潮社）刊行。5月安西徹雄共訳チェスタトン『正統とは何か』（春秋社）刊行。6月「日本の将来」シリーズ『中国のすべて』を企画編集し高木書房より刊行。現代演劇協会一〇周年記念として「あらし」を雲により、「ヴェニスの商人」を欅により演出上演。7月吉田国際教育基金及びアジア財団の援助により臼井善隆と共にアメリカに渡り政財界人、学者、知識人と会談。帰国後、「日米両国民に訴へる」と題し、その感想を『文藝春秋』（一一月号〜翌年一月号）に発表。	10・23石油危機始まる。
四九	一九七四	63	1月三百人劇場竣工。9月「私の歴史教室――家永教科書裁判をめぐつて」（『歴史と人物』第一〇号）を発表。	
五〇	一九七五	64	9月「日本の将来」シリーズ『新聞のすべて』を企画編集し高木書房より刊行。10月ソウルにおける韓	

			国芸術院シンポジウム「芸術の社会性と内面性」に参加、同時に朴正熙大統領の招待にて妻とともに訪韓。11月筒井康隆「スター」を欅により演出上演(共同演出・荒川哲生)。	
五一	一九七六	65	この年、「雲」「欅」二劇団を合併統一し「昴」と称する。1月「韓国美術紀行」(『芸術新潮』二月号)を発表。3月「日本の将来」シリーズ『国家意識なき日本人』を企画編集し高木書房より刊行。6月芥川龍之介没後五〇年を記念し「河童」を脚色、昴により演出上演。7月三島由紀夫「班女」を坂東玉三郎主演により演出上演。11月『知る事と行ふ事と』(新潮社)刊行。妹・悠紀枝が他界。	
五二	一九七七	66	7月フジテレビの番組「世相を斬る」で日曜日ごとに対談、五四年九月まで続ける。9月「役者への忠告」を『テアトロ』(一〇月号～五四年九月号)に連載。	
五三	一九七八	67	この年、現代演劇協会創立五周年記念公演四本の演出を受け持つ。	8・12日中平和友好条約調印。
五四	一九七九	68	3月中華民国政府の招きにより陳鵬仁と共に台湾を訪ねる。4月次男・逸、北里大学に奉職。九月「防	

			衛論の進め方についての疑問」（『中央公論』一〇月号）を発表、森嶋道夫と論争。**10月**日韓親善演劇交流として昴と共に渡韓。臼井善隆訳ラティガン「海は深く青く」を昴によりソウルの世宗会館にて演出上演（共同演出・樋口昌弘）。公演初日前夜、朴大統領暗殺事件が起こる。**11月**『せりふと動き』（玉川大学出版部）刊行。**12月**「孤独の人――朴正煕」（『文藝春秋』昭和五五年一月号）を発表。
五五	一九八〇	69	**1月**肺炎のため入院。**5月**『人間不在の防衛論議』（新潮社）刊行。「言論の空しさ」（『諸君！』六月号）を発表。**6月**『私の英国史――空しき王冠』（中央公論社）刊行。**9月**「近代日本知識人の典型清水幾太郎を論ず」（『中央公論』一〇月号）を発表。『教育とはなにか』（玉川大学出版部）刊行。**11月**『文化なき文化国家』（ＰＨＰ研究所）刊行。第二八回菊池寛賞を受賞。**12月**現代文化会議（昭和四五年設立の日本学生文化会議を発展改称）発足。
五六	一九八一	70	**1月**「言葉、言葉、言葉」（『新潮』二月号、三月号）、「小林秀雄『本居宣長』」（『小説新潮スペシャル』創刊号）を発表。**2月**「問ひ質したき事ども」

五七	一九八二	72	(『中央公論』三月号)を発表。脳梗塞のため入院。6月第三七回日本芸術院賞を受賞。『演劇入門』(玉川大学出版部)刊行。12月日本芸術院会員になる。6月ロレンス『現代人は愛しうるか』を改めてカルニンズ版により検討、一部改訳して、中公文庫として刊行。	
五八	一九八三	72	3月小林秀雄の葬儀にあたって弔辞を読む。京都産業大学教授を定年退職。6月現代演劇協会創立二〇周年記念公演Ⅰとして「ヴェニスの商人」を昴により上演。8月ソポクレス「オイディプス王」(『新潮』九月号)を翻訳発表。10月現代演劇協会二〇周年記念公演Ⅱとして「オイディプス王」を昴により演出上演。	
五九	一九八四	73	6月ソポクレス「アンティゴネ」(『新潮』七月号)を翻訳発表。11月「ハムレット」を昴により演出上演。	
六〇	一九八五	74	この年、全集刊行の準備に取り掛かる。12月「夏の夜の夢」を昴により演出上演(共同演出・樋口昌弘)。	
六一	一九八六	75	5月勲三等旭日中綬章を受ける。6月『シェイクス	4・26チェルノブイリ原発事故。

			ピア全集』第一九回配本『リチャード二世』を新潮社より翻訳刊行。	
六二	一九八七	76	1月肺炎にて入院。『福田恆存全集』全八巻を文藝春秋より順次刊行。	
六三	一九八八	77	3月現代演劇協会理事長を辞し会長となる。7月『福田恆存全集』全八巻完結。中村光夫の葬儀に友人代表として列席。7・4談話「余白を語る」(『朝日新聞』四日)。	
六四 平成 元	一九八九	78	1月郡司勝義より京都の八重紅枝垂櫻を贈られ、以後毎年自宅で醍醐の花見と楽しむ。3月文藝春秋臨時増刊『大いなる昭和』に「象徴天皇の宿命」を発表。4月次男逸、北里大学を辞し明治大学に奉職。10月保田與重郎の炫火忌に参列する。	1・7昭和天皇崩御、平成と改元。6・3中国、天安門事件。11・10ベルリンの壁崩壊。12・2東西冷戦終結。
二	一九九〇	79	6月翻訳全集を刊行することになり、準備に取り掛かる。	8・2湾岸戦争勃発。
四	一九九二	81	1月『福田恆存翻譯全集』全八巻を文藝春秋より順次刊行。	6・5ＰＫＯ法成立。
五	一九九三	82	12月肺炎のため入院。	
六	一九九四	83	3月退院。10・23急激な血圧低で緊急入院。重篤の肺炎なるも以後小康を得る。11・20死去。11・22大	

磯の妙大寺で密葬。12・9東京の青山葬儀場で本葬。葬儀委員長、阿川弘之。林健太郎、原文兵衛、久米明が弔辞を捧げた。墓所は妙大寺、福田家之墓。

参考文献：『福田恆存全集』第七巻（文藝春秋）、『福田恆存評論集』別巻（麗澤大学出版会）。

人名索引

あ　行

か　行

さ　行

た　行

な　行

は　行

ま　行

や　行

ら　行

わ　行

著作索引

さ　行

た　行

な 行

は 行

ま　行

や　行

ら　行

わ　行

雑誌索引

《著者紹介》

川久保剛（かわくぼ・つよし）

1974年　福井県生まれ。

1997年　上智大学文学部哲学科卒業。専攻は日本思想史。

現　在　麗澤大学外国語学部准教授。同大学道徳科学教育センター研究員。

共　著　『日本思想史ハンドブック』（苅部直・片岡龍編）新書館，2008年，ほか。

ミネルヴァ日本評伝選

福《ふく》田《だ》恆《つね》存《あり》

——人間は弱い——

2012年7月10日　初版第1刷発行　〈検印省略〉

定価はカバーに
表示しています

著　者　川久保　剛

発行者　杉田啓三

印刷者　江戸宏介

発行所　株式会社　ミネルヴァ書房

607-8494 京都市山科区日ノ岡堤谷町1
電話（075）581-5191（代表）
振替口座 01020-0-8076番

共同印刷工業・新生製本

ISBN978-4-623-06388-8

Printed in Japan

刊行のことば

歴史を動かすものは人間であり、興趣に富んだ人間の動きを通じて、世の移り変わりを考えるのは、歴史に接する醍醐味である。

しかし過去の歴史学を顧みるとき、人間不在という批判さえ見られたように、歴史における人間のすがたが、必ずしも十分に描かれてきたとはいえない。二十一世紀を迎えた今、歴史の中の人物像を蘇生させようとの要請はいよいよ強く、またそのための条件もしだいに熟してきている。

この「ミネルヴァ日本評伝選」は、正確な史実に基づいて書かれるのはいうまでもないが、単に経歴の羅列にとどまらず、歴史を動かしてきたすぐれた個性をいきいきとよみがえらせたいと考える。そのためには、対象とした人物とじっくりと対話し、ときにはきびしく対決していくことも必要になるだろう。

今日の歴史学が直面している困難の一つに、研究の過度の細分化、瑣末化が挙げられる。それは緻密さを求めるが故に陥った弊害といえるが、その結果として、歴史の大きな見通しが失われ、歴史学を通しての社会への働きかけの途が閉ざされ、人々の歴史への関心を弱める危険性がある。今こそ歴史が何のためにあるのかという、基本的な課題に応える必要があろう。評伝という興味ある方法を通じて、解決の手がかりを見出せないだろうかというのも、この企画の一つのねらいである。

狭義の歴史学の研究者だけでなく、多くの分野ですぐれた業績をあげている著者たちを迎えて、従来見られなかった規模の大きな人物史の叢書として、「ミネルヴァ日本評伝選」の刊行を開始したい。

平成十五年（二〇〇三）九月

ミネルヴァ書房

ミネルヴァ日本評伝選

企画推薦
梅原　猛
ドナルド・キーン
佐伯彰一
角田文衞

監修委員
上横手雅敬
芳賀　徹

編集委員
石川九楊
伊藤之雄
猪木武徳
今谷　明
今橋映子
熊倉功夫
佐伯順子
坂本多加雄
武田佐知子
竹西寛子
西口順子
兵藤裕己
御厨　貴

上代

*俾弥呼　古田武彦
日本武尊　西宮秀紀
仁徳天皇　若井敏明
雄略天皇　吉村武彦
*蘇我氏四代　遠山美都男
推古天皇　義江明子
聖徳太子　仁藤敦史
斉明天皇　武田佐知子
小野妹子・毛人　大橋信弥
*額田王　梶川信行
弘文天皇　遠山美都男
天武天皇　新川登亀男
持統天皇　丸山裕美子
阿倍比羅夫　熊田亮介
柿本人麻呂　古橋信孝
*元明天皇・元正天皇　渡部育子
聖武天皇　本郷真紹
光明皇后　寺崎保広
孝謙天皇　勝浦令子
藤原不比等　荒木敏夫
吉備真備　今津勝紀
*藤原仲麻呂　木本好信
道　鏡　吉川真司
大伴家持　和田　萃
行　基　吉田靖雄

平安

*桓武天皇　井上満郎
嵯峨天皇　西別府元日
宇多天皇　古藤真平
醍醐天皇　石上英一
村上天皇　京樂真帆子
花山天皇　上島　享
*三条天皇　倉本一宏
藤原薬子　中野渡俊治
小野小町　錦　仁
藤原良房・基経　瀧浪貞子
菅原道真　竹居明男
*紀貫之　神田龍身
源高明　所　功
*安倍晴明　斎藤英喜
藤原実資　橋本義則
*藤原道長　朧谷　寿
藤原伊周・隆家　倉本一宏
藤原定子　山本淳子
清少納言　後藤祥子
紫式部　竹西寛子
和泉式部　ツベタナ・クリステワ
大江匡房　小峯和明
阿弖流為　樋口知志
坂上田村麻呂　熊谷公男
*源満仲・頼光　元木泰雄
平将門　西山良平
藤原純友　寺内　浩
空　海　頼富本宏
最　澄　吉田一彦
*空　也　石井義長
奝　然　上川通夫
*源　信　小原　仁
後白河天皇　美川　圭
式子内親王　奥野陽子
建礼門院　生形貴重
藤原秀衡　入間田宣夫
平時子・時忠　元木泰雄
平維盛　根井　浄
守覚法親王　阿部泰郎
藤原隆信・信実　山本陽子

鎌倉

源頼朝　川合　康
*源義経　近藤好和
源実朝　神田龍身
後鳥羽天皇　五味文彦
九条兼実　村井康彦
九条道家　上横手雅敬
北条時政　野口　実
熊谷直実　佐伯真一
*北条政子　関　幸彦
北条義時　岡田清一
曾我十郎・五郎　杉橋隆夫
北条時宗　近藤成一
安達泰盛　山陰加春夫
平頼綱　細川重男
竹崎季長　堀本一繁
西　行　光田和伸
藤原定家　赤瀬信吾
*京極為兼　今谷　明
*兼　好　島内裕子
重　源　横内裕人
*運　慶　根立研介
快　慶　井上一稔

法然 今堀太逸
慈円 大隅和雄
明恵 西山　厚
親鸞 末木文美士
恵信尼・覚信尼 西口順子
覚如 今井雅晴
道元 船岡　誠
叡尊 細川涼一
*忍性 松尾剛次
*日蓮 佐藤弘夫
一遍 蒲池勢至
夢窓疎石 田中博美
*宗峰妙超 竹貫元勝

南北朝・室町

後醍醐天皇 上横手雅敬
護良親王 新井孝重
赤松氏五代 渡邊大門
*北畠親房 岡野友彦
楠正成 兵藤裕己
*新田義貞 山本隆志
光厳天皇 深津睦夫
足利尊氏 市沢　哲
佐々木道誉 下坂　守
円観・文観 田中貴子
足利義詮 早島大祐
足利義満 川嶋將生
足利義持 吉田賢司
足利義教 横井　清
大内義弘 平瀬直樹
伏見宮貞成親王 松薗　斉
山名宗全 山本隆志
日野富子 脇田晴子
世阿弥 西野春雄
雪舟等楊 河合正朝
宗祇 鶴崎裕雄
*満済 森　茂暁
一休宗純 原田正俊
蓮如 岡村喜史

戦国・織豊

北条早雲 家永遵嗣
毛利元就 岸田裕之
毛利輝元 光成準治
*今川義元 小和田哲男
*武田信玄 笹本正治
*武田勝頼 笹本正治
*真田氏三代 笹本正治
三好長慶 天野忠幸
*宇喜多直家・秀家 渡邊大門
*上杉謙信 矢田俊文
島津義久・義弘 福島金治
吉田兼倶 西山　克
山科言継 松薗　斉
*雪村周継 赤澤英二
織田信長 三鬼清一郎
豊臣秀吉 藤井讓治
*北政所おね 田端泰子
*淀殿 福田千鶴
前田利家 東四柳史明
*黒田如水 小和田哲男
蒲生氏郷 藤田達生
*細川ガラシャ 田端泰子
伊達政宗 伊藤喜良
*支倉常長 田中英道
ルイス・フロイス エンゲルベルト・ヨリッセン
*長谷川等伯 宮島新一
顕如 神田千里

江戸

徳川家康 笠谷和比古
徳川家光 野村　玄
徳川吉宗 横田冬彦
*後水尾天皇 久保貴子
光格天皇 藤田　覚
崇伝 杣田善雄
春日局 福田千鶴
*池田光政 倉地克直
シャクシャイン 岩崎奈緒子
*田沼意次 藤田　覚
*二宮尊徳 小林惟司
末次平蔵 岡美穂子
*高田屋嘉兵衛 生田美智子
林羅山 鈴木健一
吉野太夫 渡辺憲司
中江藤樹 辻本雅史
山崎闇斎 澤井啓一
山鹿素行 前田　勉
*北村季吟 島内景二
貝原益軒 辻本雅史
松尾芭蕉 楠元六男
*ケンペル B・M・ボダルト＝ベイリー
荻生徂徠 柴田　純
*雨森芳洲 上田正昭
石田梅岩 高野秀晴
前野良沢 松田　清
平賀源内 石上　敏
本居宣長 田尻祐一郎
杉田玄白 吉田　忠
上田秋成 佐藤深雪
木村蒹葭堂 有坂道子
*大田南畝 沓掛良彦
菅江真澄 赤坂憲雄
*鶴屋南北 諏訪春雄
良寛 阿部龍一
*山東京伝 佐藤至子
*滝沢馬琴 高田　衛
平田篤胤 山下久夫
シーボルト 宮坂正英
本阿弥光悦 岡　佳子
小堀遠州 中村利則
狩野探幽・山雪 山下善也
尾形光琳・乾山 河野元昭
*二代目市川團十郎 田口章子
与謝蕪村 佐々木丞平
伊藤若冲 狩野博幸
鈴木春信 小林　忠
円山応挙 佐々木正子
*佐竹曙山 成瀬不二雄
葛飾北斎 岸　文和
酒井抱一 玉蟲敏子
孝明天皇 青山忠正
*和宮 辻ミチ子
徳川慶喜 大庭邦彦
島津斉彬 原口　泉

*古賀謹一郎　小野寺龍太
*栗本鋤雲　小野寺龍太
塚本明毅　塚本　学
*月　性　海原　徹
*吉田松陰　海原　徹
*高杉晋作　海原　徹
ペリー　遠藤泰生
オールコック　佐野真由子
アーネスト・サトウ　奈良岡聰智
緒方洪庵　米田該典
冷泉為恭　中部義隆

近代

*明治天皇　伊藤之雄
*大正天皇　F・R・ディキンソン
*昭憲皇太后・貞明皇后　小田部雄次
大久保利通　三谷太一郎
山県有朋　鳥海　靖
木戸孝允　落合弘樹
井上　馨　伊藤之雄
*松方正義　室山義正
北垣国道　小林丈広
板垣退助　小川原正道
長与専斎　笠原英彦
大隈重信　五百旗頭薫
伊藤博文　坂本一登
井上　毅　大石　眞
井上　勝　老川慶喜
*桂　太郎　小林道彦
渡辺洪基　瀧井一博
*乃木希典　佐々木英昭
林　董　君塚直隆
*児玉源太郎　小林道彦
*高宗・閔妃　木村　幹
山本権兵衛　室山義正
高橋是清　鈴木俊夫
小村寿太郎　簑原俊洋
*犬養　毅　小林惟司
加藤高明　櫻井良樹
加藤友三郎・寛治　麻田貞雄
牧野伸顕　小宮一夫
田中義一　黒沢文貴
内田康哉　高橋勝浩
石井菊次郎　廣部　泉
平沼騏一郎　堀田慎一郎
宇垣一成　北岡伸一
宮崎滔天　榎本泰子
*浜口雄幸　川田　稔
幣原喜重郎　西田敏宏
関　一　玉井金五
水野広徳　片山慶隆
広田弘毅　井上寿一
安重根　上垣外憲一
*グルー　廣部　泉
*永田鉄山　森　靖夫
東條英機　牛村　圭
今村　均　前田雅之
蔣介石　劉　岸偉
石原莞爾　山室信一
木戸幸一　波多野澄雄
*岩崎弥太郎　武田晴人
伊藤忠兵衛　末永國紀
五代友厚　田付茉莉子
大倉喜八郎　村上勝彦
*安田善次郎　由井常彦
渋沢栄一　武田晴人
山辺丈夫　宮本又郎
武藤山治　阿部武司・桑原哲也
西原亀三　森川正則
小林一三　橋爪紳也
大倉恒吉　石川健次郎
大原孫三郎　猪木武徳
*河竹黙阿弥　今尾哲也
イザベラ・バード　加納孝代
*林　忠正　木々康子
森　鷗外　小堀桂一郎
二葉亭四迷　ヨコタ村上孝之
夏目漱石　佐々木英昭
巌谷小波　千葉信胤
樋口一葉　佐伯順子
島崎藤村　十川信介
泉　鏡花　東郷克美
有島武郎　亀井俊介
永井荷風　川本三郎
北原白秋　平石典子
菊池　寛　山本芳明
宮澤賢治　千葉一幹
正岡子規　夏石番矢
高浜虚子　坪内稔典
与謝野晶子　佐伯順子
*種田山頭火　村上　護
*斎藤茂吉　品田悦一
*高村光太郎　湯原かの子
萩原朔太郎　エリス俊子
*原阿佐緒　秋山佐和子
*狩野芳崖・高橋由一　古田　亮
竹内栖鳳　北澤憲昭
黒田清輝　高階秀爾
中村不折　石川九楊
横山大観　高階秀爾
*橋本関雪　西原大輔
小出楢重　芳賀　徹
土田麦僊　天野一夫
岸田劉生　北澤憲昭
松旭斎天勝　川添　裕
中山みき　鎌田東二
佐田介石　谷川　穣
ニコライ　中村健之介
出口なお・王仁三郎　川村邦光
島地黙雷　阪本是丸
*新島　襄　太田雄三
木下広次　冨岡　勝
嘉納治五郎　クリストファー・スピルマン
津田梅子　田中智子
*澤柳政太郎　新田義之
河口慧海　高山龍三
山室軍平　室田保夫
大谷光瑞　白須淨眞
*久米邦武　髙田誠二
フェノロサ　伊藤　豊
三宅雪嶺　長妻三佐雄
*岡倉天心　木下長宏
志賀重昂　中野目徹
徳富蘇峰　杉原志啓

竹越與三郎 西田 毅
内藤湖南・桑原隲蔵 礪波 護
岩村 透 今橋映子
西田幾多郎 大橋良介
金沢庄三郎 石川遼子
上田 敏 及川 茂
柳田国男 鶴見太郎
厨川白村 張 競
大川周明 山内昌之
西田直二郎 林 淳
折口信夫 斎藤英喜
九鬼周造 粕谷一希
辰野 隆 金沢公子
シュタイン 瀧井一博
*西 周 清水多吉
*福澤諭吉 平山 洋
福地桜痴 山田俊治
田口卯吉 鈴木栄樹
*陸 羯南 松田宏一郎
黒岩涙香 奥 武則
宮武外骨 山口昌男
*吉野作造 田澤晴子
野間清治 佐藤卓己
山川 均 米原 謙
岩波茂雄 十重田裕一
*北 一輝 岡本幸治
中野正剛 吉田則昭

満川亀太郎 福家崇洋
杉 亨二 速水 融
*北里柴三郎 福田眞人
田辺朔郎 秋元せき
*南方熊楠 飯倉照平
寺田寅彦 金森 修
石原 純 金子 務
J・コンドル 鈴木博之
辰野金吾 河上真理・清水重敦
*七代目小川治兵衛 尼崎博正
ブルーノ・タウト 北村昌史

現代

昭和天皇 御厨 貴
高松宮宣仁親王 後藤致人
*李方子 小田部雄次
吉田 茂 中西 寛
マッカーサー 柴山 太
石橋湛山 増田 弘
重光 葵 武田知己
市川房枝 村井良太
*池田勇人 藤井信幸

高野 実 篠田 徹
和田博雄 庄司俊作
朴正熙 木村 幹
竹下 登 真渕 勝
*松永安左エ門 橘川武郎
鮎川義介 井口治夫
*出光佐三 橘川武郎
松下幸之助 米倉誠一郎
渋沢敬三 井上 潤
*本田宗一郎 伊丹敬之
井深 大 武田 徹
佐治敬三 小玉 武
幸田家の人々 金井景子
*正宗白鳥 大嶋 仁
大佛次郎 福島行一
*川端康成 大久保喬樹
*薩摩治郎八 小林 茂
松本清張 杉原志啓
安部公房 成田龍一
*三島由紀夫 島内景二
R・H・ブライス 菅原克也
金素雲 林 容澤
柳 宗悦 熊倉功夫

バーナード・リーチ 鈴木禎宏
イサム・ノグチ 酒井忠康
川端龍子 岡部昌幸
藤田嗣治 林 洋子
*井上有一 海上雅臣
*手塚治虫 竹内オサム
山田耕筰 後藤暢子
古賀政男 藍川由美
*吉田 正 金子 勇
武満 徹 船山 隆
*力道山 岡村正史
*西田天香 宮田昌明
安倍能成 中根隆行
サンソム夫妻 平川祐弘・牧野陽子
和辻哲郎 小坂国継
矢代幸雄 稲賀繁美
石田幹之助 岡本さえ
*平泉 澄 若井敏明
安岡正篤 片山杜秀
島田謹二 小林信行
前嶋信次 杉田英明
保田與重郎 谷崎昭男
*福田恆存 川久保剛
井筒俊彦 安藤礼二
佐々木惣一 松尾尊兊

*瀧川幸辰 伊藤孝夫
矢内原忠雄 等松春夫
福本和夫 伊藤 晃
*フランク・ロイド・ライト 大久保美春
大宅壮一 有馬 学
今西錦司 山極寿一

*は既刊
二〇一二年七月現在